天降好孕

2

風 文創 1146

松籬 著

目錄

第二十七章

公佈自己有孕之事後，碧蕪便一直待在譽王府中沒有外出。

又過了半個多月，她的肚子便稍稍凸顯了出來。

幸得衣衫寬鬆，加之只有銀鈴、銀鉤貼身伺候，所以雨霖苑中並無人發現此事，錢嬤嬤也被蒙在鼓裡。

直到又過了十餘日，她才刻意將肚子給錢嬤嬤瞧，還露出一副擔憂的模樣，說自己的肚子怎大得這般快，是不是不大正常。

錢嬤嬤雖也有些疑惑，但還是安慰她，孕婦的體質各人不相同，確實也有很多婦人，不到三個月就顯懷的。

碧蕪佯作安心的點了點頭，其實心下對錢嬤嬤愧疚不已。錢嬤嬤以為得知了實情，處處在替自己掩飾，自己卻還千方百計的騙她。

她養胎期間，為了不露出馬腳，登門拜訪，或遞了拜帖的，她想法子能拒的都給拒了。只蕭家人，碧蕪實在不忍心拒絕，趁著月分還小的時候，到底還是讓蕭老夫人、周氏和蕭毓盈來看她。

待到腹中孩子四個多月、將近五個月的時候，趙如繡來了。

碧蕪本想找理由讓她離開，但想起兩人許久未見，她也實在閒得無趣，還是讓銀鈴將人請了進來。

人還未進屋，碧蕪便遠遠聽見趙如繡的笑聲，她邊小跑進來，邊喚著姊姊，手中也不知捏著什麼，興沖沖的要給碧蕪瞧。

碧蕪靠在枕上，用小被蓋住肚子，倒也不怎麼看得出來。

她接過趙如繡遞過來的東西，展開一看，才發現是件孩子的衣裳，細細瞧了瞧，碧蕪忍俊不禁。

「妳這針腳，可實在不怎麼好看……」

「我花了好幾個晚上，好心好意給姊姊腹中的孩子縫製的衣裳，姊姊怎還取笑我。」趙如繡扁了扁嘴，還將手掌遞到碧蕪面前。「姊姊瞧瞧，我的手都被針扎得不成樣子了。」

「哎喲。」碧蕪摸著她的手指，看到上頭的針眼，感慨道：「幸好啊沒成篩子。」

「姊姊……」

「好了，同妳玩笑呢，怎還當真了。」碧蕪抬手在趙如繡鼻尖輕輕點了點。「妳親手做的衣裳，我自然珍惜，往後孩子生下來，便穿妳做的這一身，可好？」

「嗯。」趙如繡點了點頭，卻驀然想起什麼，收了嬉皮笑臉，眸中流露出幾分失落。

「算算日子，待姊姊生下孩子，我應當已經入了東宮，到那時，恐怕沒法親自來看望姊姊了。」

因太子是先皇后唯一的孩子，帝后情深，先皇后又逝世得早，太子便深得陛下偏愛，縱然是二次娶妃，也分外隆重，故而準備的時間也長。

冊封太子妃的大典在十一月，時間應當和碧蕪臨產的日子差不多。

可想到趙如繡前世的結局，碧蕪便如鯁在喉，如何都接不下這話，許久，才乾巴巴道：「那不是挺好的。京城中不知多少人想當太子妃，怎的還不高興呢，妳想見我，召我進宮便是，何況宮中那麼多筵席，我倆總是能碰面的。」

這話似乎安慰不了趙如繡，她一副心事重重的樣子，抬首看了碧蕪一眼，欲言又止，似是有什麼話要說。

碧蕪看出她的心思，抬手揮退了屋內的僕婢，才問道：「怎麼了？有什麼話與我直說便是。」

趙如繡垂下腦袋，再抬頭時，雙眸有些發紅，片刻後，才低聲道：「姊姊，我發現太子哥哥似有別的喜歡的人了……」

聽得這話，碧蕪不由得秀眉蹙起，心下生出幾分緊張。按理趙如繡不該這麼快知道此事才對，怎的突然對她說這話。

她定了定心神，試探道：「緣何這麼說，妳可是瞧見什麼了？」

「也未親眼瞧見。」趙如繡搖搖頭。「先前端午時，母親讓我給太子哥哥做一只香囊，可我嫌自己手笨，做得難看，縱然做好了也沒敢送出手。可是前兩日隨母親進宮，偶然遇見了太子哥哥，看見他腰上多了一個香囊。」

原來如此。碧蕪鬆了口氣，寬慰道：「一個香囊而已，許是妳多心了，說不定是天熱，戴著用來驅蚊蟻罷了。」

「並非如此……」趙如繡面上露出幾分憂愁。「那香囊我細細瞧了好幾眼，那繡花那穗子，顯然是女子親手所做，定是哪家姑娘送給太子哥哥的。」

「也不一定是哪家的姑娘。」碧蕪道：「畢竟東宮還有那麼多嬪妃，總是有人做了香囊送給太子的。」

趙如繡張了張嘴，似乎還想反駁什麼，但終究沒有再說。

碧蕪見她這般，牽起她的手拍了拍。「繡兒，妳往後是太子妃，將來……也有可能是皇后，太子登基後注定有三宮六院，身邊只會有越來越多的女子，妳需得想開一些，整日在意這些，日子定然無法舒心。」

「姊姊，我明白……」趙如繡苦笑了一下。「打知道自己將來會嫁給太子哥哥，我便曉得，我這輩子都奢望不了父親母親那般的一世一雙人了。我將太子哥哥視作自己的丈夫，不盼著他只有我一人，可總想著或許他願意只將他的心單單給我……」

她頓了頓，聲音裡帶著幾分哽咽。「到底是我天真了……」

看著她這副黯然神傷的模樣，碧蕪心下也滯悶得厲害，然沒一會兒，便見趙如繡扯了扯嘴角道：「不過姊姊說得很對，太子哥哥身邊將來定會有很多女子，我若一一在意，豈不是累得慌。日子是我自己的，我總要讓自己先過得好才是。」

「這就對了。」見她這麼快便打起精神，碧蕪不免欣慰，怕此事講多了她又要難過，忙轉了話題道：「妳今日既難得來了，不如同我講講，近日京城發生的趣事，我整日悶在王府，實在閒得無聊，說出來我也好一道樂樂。」

「京城中的趣事？」趙如繡認真思忖了半晌。「倒是沒聽聞什麼趣事，不過前一陣子，有一件事在京城鬧得挺大的，不知姊姊聽說了沒有？」

「什麼？」

這一個多月碧蕪都待在王府裡，府門都未踏出去，哪聽說過什麼外面的事。

趙如繡咬了咬唇，稍稍湊近了些。「是關於那位蘇姑娘的。」

蘇嬋？

碧蕪蹙了蹙眉，算算日子，她應當也快成親了。按碧蕪前世對她的瞭解，以她的性子，定不會坐以待斃，恐怕趙如繡所說的事，與她的婚事有關。

「怎的，蘇姑娘的婚事出了岔子？」碧蕪問道。

「姊姊這也猜到了。」趙如繡略有些驚訝。「確實是了，不過不是婚事出了岔子，是那位永昌侯世子出了岔子。」

見碧蕪好奇的盯著她瞧，趙如繡刻意頓了頓，賣了個關子，才道：「姊姊也知道，那位永昌侯世子是出了名的風流成性，賜婚的聖旨下來後，永昌侯為了自己的面子，勒令世子在家中安安分分，在大婚前莫再去尋花問柳。可婚期在幾月後，世子到底待不住，一個月前偷偷翻牆出去快活了。」

說至此，趙如繡也不知是覺得永昌侯世子無藥可救，還是蘇嬋要嫁這麼個人實在可憐，她搖了搖頭道：「可誰知當天夜裡，世子在那凝香樓中尋歡作樂時，不知怎的突然發起了癲，撕扯著自己的衣裳，將屋裡的東西都砸壞了，誰也攔不住。而後他衣衫不整的跑出樓，徑直往東街的明月河奔去，竟縱身跳了下去。」

碧蕪聞言驚了驚，身子都坐直了些。「那世子……沒了？」

「倒不至於。」趙如繡笑道：「世子當即便被救了起來，不過回到永昌侯府後就一直昏迷不醒，姊姊妳猜怎麼著，沒過多久，街頭巷尾便開始流傳，說世子是被惡鬼附身，怕是不久於人世。」

惡鬼附身？不久於人世？

碧蕪唇間泛起一絲淡淡的嘲諷，突然明白了些什麼，她看向趙如繡，問道：「蘇家借此退親了？」

「呀，姊姊可真是料事如神！」趙如繡道：「鎮北侯世子自然不可能讓妹妹嫁過去等著守寡，於是求到陛下面前，懇求解除這樁婚約，說蘇姑娘大抵和永昌侯世子命格相沖，才會讓永昌侯世子遭此大難。」

這套路數，碧蕪實在覺得很熟悉，且不說永昌侯世子方淄突然發癲，昏迷不醒的事是不是蘇嬋所為，就後頭借神神鬼鬼之說，順理成章的擺脫婚事，是蘇嬋前世就幹過的事情。

前世，因蘇嬋手段殘忍，凌虐宮妃，喻景遲一度欲廢黜皇后。然聖旨都已擬了，南方突發大旱，民不聊生，本在宮中禁足的蘇嬋突然不管不顧的衝出寢宮，說自己作了一個夢，老天爺告訴她，只消一步三叩首，從殿門口跪到宮門處，就能為南方子民祈得大雨。

那時正是三伏天，日頭毒辣辣的，照在身上都能活脫脫曬下一層皮來。

蘇嬋卻真的三跪九叩，從裕甯宮一路到安慶門，花了近兩個時辰，幾度暈厥後又醒，真的讓她跪完了全程。

當然，老天自然不可能馬上便下起雨來，但皇后為萬民祈福之事不脛而走，感動南方不少百姓。

不承想，不過六、七日，天還真下起雨來。所有人都將這份功勞歸到皇后身上，說是皇后的誠心感天動地，才會天降甘霖，救萬民於水火。

朝中不少重臣接連上奏，勸陛下收回成命，重新考慮廢后一事。在多方壓力之下，那廢后的聖旨終究沒有傳到裕甯宮。

可見蘇嬋這人手段極其厲害。

不出意外，永昌侯世子的事肯定也與她脫不了干係。

碧蕪抬首問道：「那蘇姑娘和世子的婚事作罷了？」

「沒有！」

「沒有？」

碧蕪納罕地眨了眨眼，都到這分上了，居然還未解除婚約。

「這事可著實離奇得緊，跌宕起伏，比觀止茶樓裡那些賣座的話本子還要精彩呢。」趙如繡想起後頭的事，不由得激動起來，忙端起茶盞啜了一口，潤了潤嗓子道：「鎮北侯世子既來求了，陛下也不好推卻，只是陛下既下旨賜了婚，不能輕易收回成命，便順著鎮北侯世子的話，請欽天監再來算上一算。」

聽到欽天監三個字，碧蕪心下生出幾分異樣，便聽趙如繡接著道：「陛下本也只是想要找個臺階下，可誰知欽天監的尹監正卻上奏說，蘇姑娘和永昌侯世子乃是天作良緣，絕不可分，若分開怕是會兩相遭遇劫難。世子這場大病，不是因兩人相沖，而是大婚婚期拖得太久所致，若想要世子甦醒也簡單，只消蘇姑娘去永昌侯府一趟，世子便能很快痊癒。」

荒唐，實在是太荒唐！

碧蕪越想越覺得好笑，忍了半天，到底沒忍住笑出聲。

「姊姊笑什麼。」趙如繡道：「我這事還未講完呢。」

不必講碧蕪大抵也猜到了一二，打聽到「欽天監」，再聽到「尹監正」三個字時，結果已是可想而知。

果然只聽趙如繡繼續道：「陛下向來信任尹監正，於是便將鎮北侯世子召來，與他說了此事。鎮北侯世子雖然不信，但皇命難違，到底不得不回府勸蘇姑娘去永昌侯府一趟。可誰知，蘇姑娘前腳剛從侯府出來，世子後腳便醒了。尹監正的話得到應證，這婚事自然也解除不了了，不僅解除不了，還提前了，算一算，應當就在這幾天了。」

這事的確如趙如繡所言，曲折離奇得很。

但不必猜碧蕪也知道，尹監正此事大抵是喻景遲所為。前世她便覺得喻景遲厭極蘇嬋，沒想到這一世，他以其人之道還治其人之身，讓她終究不得不嫁給永昌侯世子。

蘇嬋那般心性高傲的人嫁給那樣一個風流浪子，定會比要了她的性命還更難受，的確是極大的懲罰了。

雖說蘇嬋縱火，意圖害死她之事不能得回公正，但想到蘇嬋日後會過上那般生不如死的日子，也算大大出了口惡氣。

趙如繡又在雨霖苑坐了好一會兒，見天色晚了，才遲遲辭行。

她臨走前，碧蕪又拐彎抹角的道了好些勸說的話。

看著趙如繡步履輕鬆的出去，她才稍稍安下心來，這般明媚良善的姑娘，碧蕪實在想像不出她往後為情自縊的模樣。希望這一世她能將她的勸告聽進去，莫再做前世那樣的傻事。

趙如繡走後，碧蕪喚來錢嬤嬤，讓她命廚房準備些新鮮的蓮葉和排骨，晚些時候她親自去廚房給譽王殿下燉湯。

錢嬤嬤喜出望外，畢竟這還是碧蕪頭一回主動要求給喻景遲送湯水，還是親自下廚。錢嬤嬤連連應聲，忙退下去吩咐了。

碧蕪倒也不是如錢嬤嬤所想要討喻景遲歡心，只是上回孟太醫的事，再加上方才聽趙如繡說起的蘇嬋的事，喻景遲都是幫了她的。

既然幫了，她自然得思感恩，大的事情她也做不了，能做的也只有這些了。

半個時辰後，錢嬤嬤回稟她，說荷葉和排骨都備好了，碧蕪便換上一身寬鬆的衣裙，去了王府的後廚。

府中的幾個廚子站在一側，皆有些戰戰兢兢，後廚管事還上前，勸王妃不必親自動手，交代給他們便是。

碧蕪搖了搖頭，既然為了道謝，自然得親力親為，幸好前世為了給旭兒補身子，她練就了一手好廚藝，要做這道湯也不難，就是有些費時間。

因也不知喻景遲什麼時候回來，蓮葉排骨湯做好後，就一直溫著，直到喻景遲回府才差人送過去。沒過一炷香的工夫喻景遲便遣了康福來，告訴她湯很好喝，謝了她的好意。

碧蕪倒不需他謝，本就是她該謝他的。

第二十八章

趙如繡那日來過後，碧蕪便再沒讓旁人進府看她，養胎的日子一如既往的枯燥，這日正在做針黹，就聽銀鈴來稟，說夏侍妾來了。

碧蕪皺了皺眉，問：「她來做什麼？」

銀鈴道：「說是隔了這麼久都未來向王妃您請安，今日來看望您了。」

看望她？

碧蕪嫁進王府三月有餘，除了大婚第二日見過，兩人一直是互不相干。碧蕪本不需夏侍妾請安，她不來也好，今日怎麼突然心血來潮想到來請安？

碧蕪本想拒了，可想起畢竟是喻景遲心愛的女子，喻景遲又幫她良多，就這般把人拒之門外似乎也不大好，想了想，還是讓銀鈴把人請了進來。

夏侍妾還是一貫明豔奪目的打扮，棠紅衫子，石榴裙，說是妖嬈其實也算不上，只她那般長相，只要穿的衣衫顏色稍亮些，就襯得她越發風姿綽約。

碧蕪只覺得她美，錢嬤嬤卻並不覺得，打夏侍妾一進來，錢嬤嬤的眉頭便皺得緊，看著她的目光裡都透著幾分嫌棄。

因懷著身孕，碧蕪坐在裡間的小榻上，索性也不動，當然也是想讓夏侍妾看見自己不便的樣子，識相點早些離開。
只見夏侍妾在碧蕪面前嫋嫋娜娜的一福身，道了句。「妾身見過王妃。」
碧蕪半倚在枕上，抬了抬手道：「夏侍妾坐吧，今日怎的想著到我這雨霖苑來？」
夏侍妾在小榻邊坐下，笑道：「按理，妾身應當日日來向王妃請安才是，但王妃良善寬厚，免了妾身的請安，如今王妃有孕，妾身怎麼著都得來一趟。妾身還特意備了些補身的藥材，都是適宜王妃服用的，還請王妃莫要嫌棄。」
她說著，朝背後站著的張嬤嬤使了個眼色，張嬤嬤立刻呈上自己手中的錦盒。
「夏侍妾有心了。」碧蕪看了眼銀鈴，示意她將東西收起來，旋即看向夏侍妾道：「這段日子我身子不便，不能伺候王爺，怕是要煩勞夏侍妾多費些心了。」
夏侍妾聞言愣了一下，似是沒想到碧蕪居然會對她說這話，片刻，才道：「伺候王爺乃是妾身的本分，妾身定會盡力。」
碧蕪點了點頭，兩人相對著一時無話。
雖說前世生完孩子，她也在夏侍妾的菡萏院住過一段時日，可兩人壓根兒沒什麼交集。畢竟旭兒不是夏侍妾所出，夏侍妾對這個孩子愛搭不理，平日裡也都懶得看一眼，只喻景遲來時，才命她將旭兒抱出來瞧瞧，裝出一副慈母的樣子，那模樣生動得跟真的一般，著實讓碧蕪佩服。
她還一度覺得，夏侍妾若去唱戲，定會是個最好的戲子。

碧蕪對夏侍妾說不上討厭，至少她不會隨意折辱院裡的下人。當初聽聞碧蕪有孕，也只是將她關在偏院裡養胎而已。

她也曾擔心過，待她生下孩子，夏侍妾會不會殺了她滅口，以隱藏真相。結果生下旭兒後幾日，被別的乳娘帶著的旭兒始終啼哭不止，只有到碧蕪懷中才會安靜下來。

夏侍妾滿臉不耐煩，似乎很討厭孩子啼哭，見此情形，便發了話，讓碧蕪往後就當孩子的乳娘。

時日一長，碧蕪發覺夏侍妾這人雖然有些許刁鑽，但並未存害人之心，或許因為如此，才會弱蘇嬋一頭，最後丟了性命。

碧蕪原以為自己不說話，夏侍妾會很快覺得尷尬，主動退下。誰知她卻看向榻桌上的繡筐道：「王妃這是在為小公子做衣裳？當真是好看，可否給妾身瞧瞧？」

聽她這般說，碧蕪也不好拒絕，便拿起繡了一半的衣裳遞給她。

夏侍妾用指腹摩挲著上頭的紋樣，卻皺了皺眉。「王妃繡的是如意雲紋？這紋樣倒是與妾身知道的有些不同，若是在上頭再添上幾針，會更好看。」

她話音方落，站在一側的錢嬤嬤登時不滿道：「夏侍妾這話說的，老奴瞧著王妃的紋樣沒有問題，好看得緊，怎的，您的紋樣還更高貴……」

碧蕪忙抬眼制止錢嬤嬤，她看得出來，夏侍妾這話確實不是在找事，而是在說實話。

她索性將繡筐遞過去道：「這倒是讓我好奇了，夏侍妾不若補上那幾針讓我瞧瞧？」

「那妾身便獻醜了。」

夏侍妾接過針線，真繡了起來，沒一會兒，就將繡好的雲紋拿給碧蕪瞧。

碧蕪略有些詫異，果真如夏侍妾所說，添了幾針，紋樣的確好看了許多。

這倒是她前世沒發現的事，她還以為舞姬出身的夏侍妾單單只有舞跳得好，沒想到居然連女紅都很不錯，怪不得如此得喻景遲喜歡了。

「夏侍妾添了這幾針，的確更好看了些。」碧蕪毫不吝嗇的誇讚。

「左右妾身午後也沒什麼事。」夏侍妾提議道：「王妃若是不嫌棄，這剩下的雲紋，妾身便一同幫您繡了。」

錢嬤嬤顯然不大願意，還朝碧蕪暗暗搖了搖頭，她可不信，這個小妖精會這麼好心，許是揣著什麼壞呢。

碧蕪自然也看出夏侍妾的心思，但還是笑道：「既然如此，那便再好不過了。」

夏侍妾聞言一喜，同她保證道：「妾身一定盡力。」

有夏侍妾在那兒賣力的繡，碧蕪也樂得清閒，讓銀鈴給她取了本閒書來，隨意翻看，看著看著，到底止不住睏意，不知不覺睡了過去。

再醒來時，夏侍妾坐在那圓凳上，還在繼續繡，許是常年練舞的緣由，即使在做繡活，她的脊背依然直挺，她緊抿著朱唇，神色認真，著實讓碧蕪覺得有些奇妙。

前世的她怕是怎麼也想不到，自己會安安靜靜的與夏侍妾坐上這麼久，而且夏侍妾還在幫她做針黹。

也不知喻景遲看到這一幕會作何感想，可別生出什麼誤會，覺得她在刻意搓磨他這位寵妾了。

她正想著，外頭驀然傳來一聲。「見過譽王殿下。」

真是想什麼來什麼。

碧蕪忙坐直了身子，抬眼便見喻景遲已提步入了屋。

她還未說什麼，夏侍妾已然回頭望了過去，面上的驚喜絲毫不掩。她放下手中的繡活，嬌滴滴喚了聲「王爺」，迫不及待的撲過去。

看著她小跑出去的背影，碧蕪唇間笑意微滯，旋即秀眉蹙起。

她倒不是怕夏侍妾去跟喻景遲胡扯告狀，只是……她怎麼覺得這個背影這麼眼熟呢！

喻景遲甫一踏進內屋，看見突然撲上來的人，下意識往後退了退，待看清此人的模樣，不由得沈聲道：「妳怎麼在這兒？」

夏侍妾扭了扭腰，伸手要去拽喻景遲的衣袂，可瞥見喻景遲眼底的寒沈，動作一頓，忙收回手，掐著嗓子道：「妾身來看望王妃，送了好些補身的藥材，還替王妃做了繡活呢，繡得妾身手都疼了……」

說著，她還攤開手掌給喻景遲瞧。一旁站著的錢嬤嬤和銀鈴、銀鉤等人都不禁在心裡暗暗地啐她，分明是她上趕著要做繡活，手疼了也是活該。

喻景遲淡淡掃了一眼，未置一言，只掠過她，徑直往內走去。

夏侍妾卻一下攔了他，紅著眼眶委屈道：「殿下已經好久未去妾身那兒了，妾身實在是惦念殿下，今晚……」

喻景遲垂眸居高臨下的看了她一眼，淡淡道：「今日本王有要事與王妃商議，妳先回去吧。」

夏侍妾卻不依，扁了扁嘴，提聲道：「若王爺不去妾身那兒，那妾身也不回去了。反正妾身喜歡王妃喜歡得緊，今日就在王妃這兒睡下！」

那邊，正垂眸思索的碧蕪聞言愣了一下，不由得抬首看去。「嗯？」

見喻景遲和夏侍妾相對而站僵持著，碧蕪調整好背後的引枕，躺得更舒服了些，靜靜的看著，頗有瞧熱鬧的意思。

少頃，卻見喻景遲倏然抬眸看向她，問：「王妃希望本王過去嗎？」

碧蕪面上的笑意一僵，他要走便走，這怎麼還將事情踢給她了。

她看了眼泫然欲泣的夏侍妾，再看向面色沈沈的喻景遲，倏然明白幾分。

想來，喻景遲是想借她的口給自己臺階下了。他方才之所以拒絕夏侍妾，或是覺得當著這麼多人的面，拋下她去夏侍妾那廂，多少折了她這個正妻的面子。

他一番好意，碧蕪不能教他太為難，便道：「殿下確實也有段日子未去夏侍妾那廂了。臣妾自也不能一直霸佔著王爺，不然該教旁人說臣妾善妒了。」

聞得此言，喻景遲眉頭頓時皺得更深了些，眸中銳意叢生，看得碧蕪頭皮發緊，不由得在心下反思，是不是方才的那番話裡有什麼不妥。

但很快，就聽喻景遲低低笑了一聲。「王妃可真是大度。」

說罷，他瞥了眼夏侍妾，道了句「走吧」，折身提步出了屋。

看著他略帶惱怒的背影，碧蕪不解的蹙眉，旋即就聽錢嬤嬤對著門外狠狠啐了一聲。

「呸，果然是勾欄瓦肆出來的，當真不要臉，哪個侍妾敢跑到主母房中這般光明正大的勾引主君。」錢嬤嬤滿臉不平，轉而看著碧蕪。「王妃您就是太心軟了，換做別家主母，早就以僭越的罪名處置了，哪可能還給她這樣的機會。」

看著錢嬤嬤激動的模樣，碧蕪曉得她是為了自己好。可碧蕪和喻景遲本也不是什麼正經夫妻，何況婚前她也答應過安安分分，不對他的事多加插手，自不可能去懲戒夏侍妾。

待錢嬤嬤發洩完了，碧蕪才笑著安撫。「如今我懷著身孕，伺候殿下也不便，不可能一直留著他。這府上也就夏侍妾一個，不讓她伺候還能讓誰伺候？今日這事，我雖是讓著她的，但她也得記著我這份情不是，往後就不敢在我面前鬧騰了。何況她再僭越能僭越到哪裡去，她這般身分，連個側妃都當不上，還能替代我這王妃不成。」

她說著，拉過錢嬤嬤的手拍了拍。「嬤嬤且放寬心。」

「王妃……唉……」

錢嬤嬤長嘆了一聲，或許知道勸也沒用，搖了搖頭，不再說道了。

之後的大半個月，喻景遲再未踏足雨霖苑，倒是夏侍妾那廂還去了一、兩趟。錢嬤嬤便在她耳畔念叨，說是喻景遲定是因那日她未留他而同她置氣了，碧蕪卻不以為然，只說喻景遲是忙。

不過喻景遲雖不來，夏侍妾倒成了雨霖苑的常客，隔三差五的來一回，跟成了癮似的。錢嬤嬤和銀鈴、銀鉤每回見著她來，都如臨大敵，聽她說起喻景遲的事情，眼白更是要翻到天上去，只差沒在她茶裡下藥了。

碧蕪倒是樂意，左右夏侍妾也不是白來，每回都會替她做上一會兒繡活，繡著繡著，旭兒的衣裳也快繡完了。

是日午後，碧蕪歇過晌兒，夏侍妾又如往常一般來了雨霖苑，她們一個躺在小榻上看閒書，一個繡著衣裳，就聽門房派人來通稟，說安亭長公主府派了人來。

碧蕪忙讓將人請進來，那小廝呈上帖子，告訴她安亭長公主邀她去三日後在府中舉辦的賞花宴。

聽到這話，碧蕪捏著帖子，顯出幾分猶豫，但轉念一想，她在王府裡也躲了快三個月，若再這麼躲下去，只怕更惹人生疑，傳出些不好的話來。倒不如大大方方給他們瞧，她越是坦然，越是能止住氾濫的流言。

如此想著，她便笑著讓小廝回話，說賞花宴那日她定準時前去。

那小廝走後，一直站在碧蕪身後，默默不言的夏侍妾看著碧蕪手中的請柬道：「也不知這賞花宴是什麼模樣，妾身還從未去過這種場合呢。」

碧蕪聞言，側首深深看了她一眼，聽她這話，大抵心下是想去得緊。

在大昭，妾室身分雖低賤，但也不是沒機會去宴會露露面的，只消主母同意，便能跟著一塊兒去。

只那些同意妾室跟去的主母大多揣著旁的心思，想讓那些妾室在眾人面前表現出一副低眉順眼、唯命是從的模樣，借此向旁人彰顯其在家中的威儀，揚眉吐氣一番。

碧蕪倒是沒想那麼多，只是想到夏侍妾替自己做了那麼多繡活，帶她去見見世面也算是謝過她了，便道：「妳若願意，那日我就帶妳一塊兒去吧。」

此言一出，錢嬤嬤和銀鈴、銀鉤俱朝碧蕪猛搖頭，夏侍妾卻雙眸一亮，上前連連道謝。

赴宴一事，碧蕪雖是答應下了，但夏侍妾畢竟是喻景遲的人，到底還必須經過喻景遲的同意。

碧蕪讓銀鈴吩咐灶房晚間燉一盅滋補的羊肉湯，命人送去時順便將賞花宴的事情一道說了，問問喻景遲的意思。

晚間，喻景遲派了人來，只道了一句「全憑王妃做主」，便算是應了。

賞花宴那日，夏侍妾來得很早，她一身雀藍的暗紋短衫，搭著木槿紫的百迭裙，著實比平素低調了許多。

看來她也曉得自己一個侍妾，去這般宴會不能穿得太扎眼。

這是碧蕪時隔近兩月第一次出門，與上回相比，她的身子笨重了許多，上馬車時費了一番氣力，夏侍妾還幫了好大的忙。

抵達長公主府時，已過巳時，趙如繡在府門口等了許久，遠遠見譽王府的馬車駛來，迫不及待的上前。

「姊姊可讓我好等。」她親自將碧蕪扶下來，餘光瞥見車裡的夏侍妾，不由得愣了愣。

聽碧蕪介紹完，不由得感慨，果真同傳聞一樣，喻景遲這位寵妾美得驚人。

可這位夏侍妾再美，對趙如繡來說也絲毫比不上碧蕪，她很快收回視線，高高興興的扶著碧蕪入府去了。

賞花宴辦在長公主府的後花園，後花園有個很大的池塘，如今正是水芙蓉開得最盛的時候，叢叢荷葉間躲著或怒放、或含苞的花朵，白中沁粉，惹人憐愛。放眼望去，一片碧色，浮動著幽幽的花香氣，最是消暑。

因是夏日，天氣燥熱，雖後院樹木叢生，比外頭涼快不少，可日頭照下來，到底還是毒的。長公主特意命人在池邊搭起架子，其上鋪設涼蓆，倒也擋了大部分的日光。

架子下，設了十幾個長案擺放瓜果吃食，又置了好些椅凳供來客歇腳。

趙如繡扶著碧蕪緩緩而來，涼棚下女眷見到她，忙起身施禮。

碧蕪笑著頷首，在裡側的太師椅上坐下。

她那格外圓鼓鼓的肚子霎時吸引眾人的注意，雖心有疑惑，但到底誰都不敢開口詢問。

還是趙如繡忍不住將手落在碧蕪的小腹上，好奇的問道：「姊姊這不到五個月的身孕，肚子可著實有些大呀。」

碧蕪淡然一笑，她既然敢來，自然是準備好了說辭。「是啊，我也覺奇怪，生怕是腹中的孩子不好，還特意請教了孟太醫。孟太醫說不打緊，這婦人有孕的症狀各不相同，許是我腹中羊水比旁人多些，肚子看起來才顯得更大。」

她頓了頓，又道：「孟太醫還說，讓我平素少吃些，說怕是再這麼吃下去，腹中孩子過大，只怕將來不好生產。妳瞧瞧，我近日是不是胖了許多？」

趙如繡聞言還真仔細的左右觀察起來，少頃，笑道：「胖的話，妹妹還真瞧不出來，妹妹瞧著，姊姊倒是更美了呢，若姊姊這也叫胖，妹妹豈不是胖成豚了。」

她這話一出口，眾人頓時忍俊不禁，氣氛歡快起來，也沒人再繼續注意碧蕪肚子這件事了，倒是站在碧蕪身後的夏侍妾因太過出眾的美貌，一下吸引了眾人的目光。

在場不少人猜到了她的身分，不由得掩唇竊竊私語起來。

見到這般，碧蕪長長鬆了口氣，此番帶夏侍妾出來，想來是個正確的選擇了，陰差陽錯的還算是幫了她自己。

在涼棚下坐了好一會兒，安亭長公主才姍姍來遲，與眾人言笑攀談。

很快，日頭便逐漸上來了，外頭的燥熱豈是涼蓆遮得住的，安亭長公主便將各位女眷請進正廳去用宴。

用宴時，夏侍妾就坐在碧蕪身側，她倒還算安分，只時不時會好奇的抬首張望，露出些許驚嘆的神情。

因著飯菜不大合胃口，碧蕪沒怎麼吃，只挾了些素菜、吃了幾塊雞肉，就放下筷子。

午間日頭還毒，安亭長公主撤了宴，上了些瓜果冷飲。待申時日頭下去，才又攜了眾人去園中賞荷。

為了方便觀賞這些清雅的荷花，安亭長公主頗費了番心思，命人在池中建了不少曲橋，橋隱在荷葉荷花間，站在橋上，宛若置身花叢。

眾人正欲上橋去，就見一家僕急匆匆跑來稟報，說太子殿下來了。

安亭長公主驟然一驚，「快請進來」的話還未說完，就見花園的小徑上已然出現一個身影。

她慌忙疾步上前。「太子殿下。」

看見來人，眾人連忙低身施禮。「見過太子殿下。」

「都平身吧。」太子著一身深煙圓領常服，清雋儒雅，笑著看向安亭長公主。「姑姑，是銜兒來遲了。」

「什麼遲不遲的，來了便好。」安亭長公主喜道：「本宮還以為太子殿下政務繁忙，怕是不能來了呢。」

「既是姑姑邀請，銜兒沒有不來的道理。」太子說著，看向站在安亭長公主身後的趙如繡。「繡兒妹妹，倒是好些日子不曾見過妳了。」

趙如繡強笑了一下，福了福身，垂眸什麼都沒有說。

安亭長公主在太子和趙如繡間來回看了一眼，緊接著道：「本宮這廂還有賓客要招待，阿繡，妳陪著妳太子哥哥去南面池塘的小亭子裡，喝喝茶，吃些點心。」

明眼人都看得出來，安亭長公主是特意這麼安排，畢竟趙如繡很快便是太子妃了，趁著這個時候，與太子多接觸接觸，增進感情，總是沒錯的。

趙如繡自然也明白這個道理，她乖巧的道了聲「是」，隨太子一塊兒去了。

看著他們遠去的背影，碧蕪站在原地，眸中不自覺流露出幾分擔憂。

太子一走，安亭長公主繼續帶著眾人在曲橋上賞景。遊玩了大約一炷香的工夫，才回到涼棚底下。

坐了沒一會兒，就有婢子行到長公主身側，附耳不知說了什麼，長公主面色有些難看，同眾人告了一聲，說府中有些事，需由她去處置，旋即起身離開了。

長公主前腳剛走，後腳便又有一個小婢子過來同碧蕪說話，這人碧蕪認得，是趙如繡的貼身婢女紅兒。

紅兒朝碧蕪施了一禮，說她家姑娘在南面池塘等她。

碧蕪疑惑的蹙了蹙眉，趙如繡分明和太子在一塊兒呢，叫她過去做什麼。

紅兒答說太子殿下已經先行離開了，還低聲同她道，說她家姑娘似乎和太子殿下起了小小的爭執，看起來很是傷心。

聞得此言，碧蕪不免擔憂起來，告訴紅兒自己一會兒便過去，讓她回去通稟一聲。因著才在園中逛過，碧蕪有些疲憊，本想坐一會兒再去，誰知今日胎動得格外厲害，一時有些難受得走不了。

銀鈴見勢忙勸道：「王妃，您身子要緊，要不，還是別去了吧。」

「可……」

碧蕪有些猶豫，然念及腹中的孩子，不由得低嘆一聲，只能選擇放棄。

她看向銀鈴，正欲讓她去向趙如繡通稟，告訴她自己不能過去了，然還未開口，卻見一直很安分，沒怎麼說話的夏侍妾主動道：「王妃，不如讓我去跟趙姑娘道一聲吧。」

「妳去？」碧蕪有些意外。

「是呀。」夏侍妾略有些不好意思的道出自己的意圖。「南面的荷花開得很漂亮，但妾身沒有機會湊近去看，正好趁去通稟的工夫好生觀賞一番。」

左右也只是去傳個話，費不了什麼事，碧蕪點了點頭，便讓她去了。

這來回一趟，頂多也就一盞茶的工夫，然等了小半個時辰，卻遲遲不見夏侍妾回來。

碧蕪疑惑不已，想讓銀鉤去看看，銀鉤卻不大情願。「王妃擔憂她做什麼，指不定是看花看入了迷，才忘了時候。」

這話說得倒也有些道理，碧蕪想著再等等，然沒過一炷香，卻聽南面池塘突然傳來一聲尖叫。

碧蕪心一提，看向銀鉤，這回不待她吩咐，銀鉤便自己小跑著過去看，再回來時面色慘白如紙。

「怎麼了？」碧蕪問她。

銀鉤低著腦袋，卻緊抿著唇不說話。

碧蕪隱隱有種不好的預感，見她不言，起身正欲親自去看，卻被銀鉤一把拉住了。

「王妃您別去。」銀鉤神色中帶著懇求，幾欲哭出來，囁嚅半晌才道：「夏侍妾她……她掉水裡了……」

掉水裡了？

碧蕪不假思索的問道：「那救上來了嗎？」

然還未等到銀鈴回答，碧蕪便見有三五小廝急匆匆跑進南面池塘的曲橋中，沒一會兒，從裡頭抬出個人來。

雀藍衣衫，木槿紫的長裙，不是夏侍妾是誰！

雖只能遠遠瞧見個人影，可想起前世在譽王府花園見過相似的場景，碧蕪只覺周身都在發顫，怎麼止都止不住。

只能在心裡一遍遍告訴自己，不會的，怎麼會呢。

這一世沒有蘇嬋，夏侍妾怎麼可能又以同樣的方式死了。

她眼見那些小廝將夏侍妾平放在地上，其中一人低下身去探她的鼻息。只一瞬，那人便嚇得跳起來，驚恐萬分。

「啊！沒……沒氣了！」

第二十九章

小廝話音一落，涼棚下的女眷們皆嚇得尖叫起來。

碧蕪亦是雙腿軟得厲害，幸得由銀鈴扶著，才沒跌坐下去。

她腦中一片空白，過了好一會兒，才倏然想起什麼，一把拉住銀鉤道：「繡兒呢？繡兒呢！快去，去尋尋趙姑娘。」

銀鉤忙應聲，還未跑出去，就聽身後響起婉約清麗的聲音。「這是怎麼了？」

碧蕪回首看去，便見趙如繡站在她身後，望著遠處，滿目疑惑。

見她平安無恙，碧蕪不由得長長鬆了口氣，緊接著人便覺得一陣陣發暈，眼前發黑，霎時站不住了。

昏迷前，她只看到趙如繡和銀鈴、銀鉤驚慌的臉。

碧蕪再醒來時，已回到了譽王府，錢嬤嬤正在用乾淨的帕子替她擦拭額頭。

見她醒來，頓時喜道：「王妃醒啦！」

聽到錢嬤嬤的聲音，銀鈴、銀鉤和屋內的幾個婢女都著急的圍過來。

碧蕪稍稍清醒了一些，下意識將手覆在小腹上，面色焦急。

「王妃莫擔憂，腹中孩子無恙，孟太醫說王妃暈厥是受了驚嚇所致，服兩帖藥就好了。王妃如今覺得身子如何？可有哪裡難受？」錢嬤嬤問道。

碧蕪搖了搖頭。「只是覺得有些累罷了。」

她頓了頓，似是想起什麼，忙問道：「夏侍妾……」

聽她問起，屋內幾人神色微變，對視著皆不說話。少頃，才聽錢嬤嬤道：「夏侍妾的屍首已由長公主府的人送回來了，如今正在菡萏院呢，王爺命人在菡萏院設了靈堂，明日便出殯。」

「明日？」碧蕪驚了驚。「怎的這麼快，夏侍妾確實是意外溺水死的嗎？可有請仵作來驗驗？」

「天候這麼熱，屍首哪裡放得住，就怕很快就生了氣味，至於請仵作……」錢嬤嬤低嘆道：「王爺不願意。」

不願意……

碧蕪抿唇，心下了然，倒也是，若是要仵作驗屍，定是要開膛破肚的。夏侍妾沒了，他心下定然難過，哪裡願意在她死後，還讓屍首不得安寧。

「殿下呢？可是在夏侍妾那兒？」碧蕪問道。

「王爺他方才過去的。」錢嬤嬤答道。「王爺先前一直在雨霖苑守著王妃，見王妃始終不醒，再加上菡萏院那廂來了人，說有事要王爺親自處置，王爺沒有辦法，這才過去的。」

碧蕪曉得，這話大抵是錢嬤嬤怕她不高興才說的，可她有什麼不高興的，頂多是有些犯愁了。

她本以為蘇嬋沒有入府，這一世，夏侍妾應當會平安無恙，與喻景遲白首終老，可萬萬沒想到夏侍妾居然會以相似的方式丟了性命。

且比前世早了半年多。

前世蘇嬋進府後三月，有一日清晨，夏侍妾被府中小廝發現，溺死於王府後花園的池塘中。

那時，喻景遲處理政事在外，下葬事宜一概由譽王妃蘇氏處置。蘇嬋未加以調查，就以失足意外了結此事，用一口棺材將夏侍妾的屍首從譽王府側門抬出，草草尋了個地方埋下。

兩日後，喻景遲聽聞此事，匆匆趕回京城，為此與譽王妃大吵一架，甚至還不惜惹怒陛下，將夏侍妾以側妃之儀，重新安葬。

也是自那時起，喻景遲開始徹底疏遠冷待譽王妃，甚至在旭兒養到譽王妃名下，被封為世子前，都不曾踏進過蘇嬋的院子一步。

至於當年夏侍妾的死因，碧蕪並不知曉喻景遲有無查出一二，可她曾親眼看見，蘇嬋身邊的嬤嬤手臂上，有清晰的指痕，顯然是被人用手指抓出來的。而當時也確實在夏侍妾遺體的指甲縫中發現了血絲。

即使知道這些，碧蕪仍是什麼都沒有說，要想在王府裡生存，她只有裝聾作啞，才能安安穩穩地陪在旭兒身邊。

可這一世，夏侍妾卻又如前世一般丟了性命。

那旭兒的命運也可能會重蹈覆轍嗎？

碧蕪眸中染上幾分憂色，不由得長長嘆了口氣。

恰如錢嬤嬤所說，夏侍妾的屍首在菡萏院停了一夜便匆匆抬出了府。

只碧蕪很奇怪，這一回，夏侍妾的棺槨仍是從王府側門運走，也未按側妃禮制下葬，不過喻景遲為夏侍妾尋了塊風水寶地，還請了隆恩寺的高僧替她誦經超度，也算是厚葬了。

夏侍妾死後，菡萏院的僕婢悉數被遣散，夏侍妾身邊的張嬤嬤本也到了年紀，齊管事便給了她一筆錢，讓她回鄉養老了。

碧蕪在雨霖苑躺了幾日，期間，趙如繡來看了她，碧蕪便忍不住對賞花宴那日的事多問了兩句。

趙如繡回憶道，那日她在涼亭並未見到夏侍妾，因等了碧蕪許久未見她來，便離開了，而後從另一個曲橋繞到涼棚底下，才看見了那一幕。

碧蕪聞言心中的疑惑更濃，無緣無故的，夏侍妾怎會跌落水，難不成真如外頭所說，是伸手去摘荷花時，不小心掉下去的。

因著當時趙如繡和太子在裡頭，那些僕婢也不敢打擾，皆躲得遠遠的，故而附近並沒有人，也無人看見，真正的緣由是什麼，或許只有夏侍妾自己知道了。

碧蕪也沒再繼續思索這事，轉而問起趙如繡關於她與太子的事，問那日她和太子緣何會鬧得不愉快。

趙如繡面色微僵，搖了搖頭，最後什麼都沒有說。見她這般，碧蕪也不好繼續追問，只轉而與她談起腹中的孩子來。

夏侍妾下葬後，碧蕪一直沒見到喻景遲，銀鈴告訴她，喻景遲最近似乎在忙著查夏侍妾溺死之事，夜裡偶爾會來雨霖苑小坐一會兒，很快便走了，但碧蕪睡得熟並未察覺。

本過了七個月後，腹中孩子就會長得格外快。但這一陣子碧蕪多思多慮，毫無胃口，整個人消瘦許多，連帶著肚子看起來似乎也沒怎麼變大。

她細細捋著近日發生的事，總覺得自己錯漏了什麼，可卻怎麼也抓不住，徒讓自己生出許多苦悶。

是夜，她睜著眼睛，在微弱的燈光中看著床榻內側的牆上投下自己的剪影時，床榻忽然發出一聲輕微的「吱呀」聲響。

碧蕪這回沒有受驚，嗅著淡淡的青松香，不必回首，她也知道來者是誰。

她艱難地轉過身去，卻見喻景遲已在她的身側合衣躺下。

「殿下……」碧蕪忍不住喚了他一聲。

喻景遲低眸看了她一眼，微微抿了抿唇。「本王很累……王妃便讓本王躺一會兒吧。」

碧蕪看著他，只覺他面上透出幾分疲累，聲音裡也摻雜著濃重的倦意。看到他這般憔悴的模樣，聽著他說的像是懇求的話，碧蕪到底不忍心開口趕他。

夏侍妾死了，他心裡定然很難過。辛苦查了一個多月，也不知可查出些什麼。罷了，他要睡便睡吧，只當安慰安慰他。

見喻景遲緩緩闔上眼，似要這般睡去。碧蕪抵著床榻坐起來，從裡側扯了條衾被，俯身蓋在喻景遲身上，離得近了，凸起的小腹正好抵在喻景遲的腰上。

似是感受到什麼，下一刻，喻景遲睜開眼，驀然抬手，輕柔的落在碧蕪的小腹上，眸中漾出幾分笑意。

「他好像動了……」

旭兒的確是動了，碧蕪垂下頭，清晰的看見單薄的寢衣下突出一小塊，而喻景遲正將手掌落在那個地方。

父子倆好似在透過這般方式交流一樣。

看著這一幕，她心下驀然一動，生出些許異樣的感受。

前世，從她有孕到生下旭兒，似乎並未與喻景遲有過接觸。腹中孩子的所有動靜，她得到的每一分歡喜都只能與自己分享。

如今看到喻景遲這般，她竟隱隱生出幾分錯覺，好似他們是一家人了。

對外頭人來講確實如此，可對她而言，無疑是一件可怕的事。

碧蕪的眉頭蹙得更深了些，她終於知道自己的不安源自哪裡。
她之所以不擔憂旭兒會成為太子，便是覺得夏侍妾與喻景遲將來定會有孩子，那個孩子才會成為真正的太子。
如今夏侍妾死了，那她與喻景遲的合作便沒了意義。
一切，不又和上一世一樣了嗎？
夏侍妾在長公主府溺死的事方才傳出去那會兒，在京城中鬧得可謂沸沸揚揚，再加上喻景遲大張旗鼓調查此事，夏侍妾的死成了許多人茶餘飯後的話題，甚至不少人在猜，夏侍妾究竟是怎麼死的。
但很快，隨著夏侍妾下葬，喻景遲停止調查，也漸漸無人再繼續關注此事。
原本還算熱鬧的菡萏院也變得空空蕩蕩，似乎所有人都忘了夏侍妾的存在。只有她幫碧蕪繡的那件小衣裳時常讓碧蕪想起她來。
瑟瑟秋日轉眼而過，天越發的冷了，碧蕪本就畏寒，如今有了身孕，更是要穿得暖些。
才不過十月初，碧蕪便命人在屋內點了暖爐，如今她身子笨重得厲害，連起夜都極其不便，需要人幫忙起身，她原想著讓銀鈴、銀鉤輪換著在內屋值夜，誰知最後卻是喻景遲主動提議說今後這段日子，每夜都會陪著她。
他是在用膳時說出這話，錢嬤嬤和屋內的其他婢女都聽見了。

錢嬤嬤高興得緊，還一個勁兒在她面前道說喻景遲終於醒過神來，知曉孰輕孰重了，如今夏侍妾死了，府裡也沒了勾引喻景遲的人，她需得好好抓住機會，讓喻景遲瞧瞧她十月懷胎有多麼不易，好讓他心中有愧，對她多疼愛幾分。

聽著這些話，碧蕪哭笑不得，可喻景遲既這般說了，她也不能推卻，畢竟他們可是「夫妻」，夫君要同妻子一道睡，本就是天經地義的事。

而且，夜裡有一人照顧她也是好的，如今她大著肚子，銀鈴、銀鉤要扶她起來，都需費好大的勁，男人的氣力總是比女子大。

況且他們也不睡在一個榻上，頂多睡在一間屋裡，有何干係。

碧蕪剛開始確實是這般想的，但後來事情便不是這樣發展的了。喻景遲陪了她幾夜，原本好好的，可之後碧蕪夜裡醒來，怎麼都喊不醒喻景遲，正欲自己努力坐起身，才見喻景遲醒來，從小榻那廂走過來幫她。

如此幾回，喻景遲便同她商量，說他睡得沈，也不一定回回叫得醒，不若睡在她身側，她欲起夜，推一推他便好，豈不是更方便些？

碧蕪見他神色認真，說得在理，何況她這般大的肚子，他也對她做不了什麼。再說了，他們也不是頭一遭同床共枕，有什麼好羞的，到底腹中的孩子要緊，便答應下了。

腹中孩子近九個月時，孟太醫來問診，碧蕪便讓他幫著開些安胎的藥，再同太后稟告，她因先前看到了夏侍妾的死狀，受了些驚嚇，夜裡常夢魘，還有見紅的狀況，再加上她身子弱，只怕有早產的可能。

孟昭明何其聰明的人，聞言立刻會意，依碧蕪的意思，一一向太后稟了。

有了孟太醫這話，將來即便她「早產」，也算有個像樣的理由。

碧蕪日日在屋內閒得無趣，將旭兒從內到外的衣裳做了好幾身。

如今她肚子大了，也不必遮掩，蕭老夫人、蕭毓盈和趙如繡常來看她。

蕭毓盈的親事已然定下了，但因唐編修那廂為了讓蕭毓盈過得更好些，特意用多年攢下的積蓄買了個更大的宅子，宅子要修葺裝潢，故而婚期定得有些晚，在明年年後。

而趙如繡入東宮的日子就在這幾日，和碧蕪臨產的日子相近。

碧蕪最擔心的，便是這段日子了。

因前世，趙如繡就是在這段時日死的。

聽聞，她在成為太子妃的前幾日，刻意遣開僕婢，在自己的閨房中懸梁自縊了。

當初，外頭並無人曉得趙如繡自縊的緣由，直到喻景遲登基，碧蕪跟著旭兒入了東宮，才在某年的中秋夜，在一個醉酒的老宮女口中得知，那天白日，趙如繡曾去了太子寢殿，也不知看到了什麼，出來時渾渾噩噩，一直喃喃說著什麼「騙子」，當夜便沒了。

碧蕪猜想，趙如繡或許在太子寢殿瞧見了他與肖貴人私通的證物，絕望之下才選擇了斷。

碧蕪阻止不了太子與肖貴人私通，也阻止不了趙如繡嫁給太子，這一世，碧蕪能做的只有讓趙如繡自己想通，她的命是她自己的，不該與一個男人相繫，自也不該為了一個男人放棄自己的性命。

碧蕪記得，自己前世的產期在十一月二十，而趙如繡入宮的日子則在十一月十五。因並不知趙如繡究竟是在哪一日自縊的，便只能在她準備入宮事宜的空暇，常將她叫來說說話。

轉眼便到了十一月十三，離趙如繡入宮還有兩日，前一日，碧蕪特意讓銀鈴去了長公主府，問問趙如繡是否得空，空了就來看她一趟，往後她入了宮，便難見著了。

趙如繡應下了。

可到了當日，碧蕪起身梳洗後，趙如繡派了婢子來，說她有要事，或要等午後才能來。

碧蕪心下緊張，忙問那婢子她家姑娘可是進了宮，那婢子搖了搖頭，說她家姑娘似乎是往西街去的，並非皇宮。

聽得此言，碧蕪這才放下心來。

然待到申時，卻仍是不見趙如繡的身影，碧蕪不免又提起了一顆心，差銀鈴去長公主府問問。

小半個時辰後，銀鈴才氣喘吁吁從長公主府回來。

見她神色猶豫、欲言又止的模樣，碧蕪倏然想起了夏侍妾，可這回，她卻慌得更厲害，她緩緩自椅上站起來，扶著身側的桌子，朱唇微張，卻有些不大敢問。

許久，她還是艱難的開口道：「趙姑娘可是出什麼事了？」

第三十章

銀鈴本只是低垂著腦袋不說話，聞得此言，忍不住低低抽泣起來。

碧蕪得了答案，一顆心猛然沈落下去。

怎麼會呢？怎麼會呢！

她的繡兒分明是那般樂觀明媚的姑娘，分明將她的話聽進去了，怎麼會又重蹈前世的覆轍？

銀鉤見她站在那兒搖搖欲墜，忙扶著她在太師椅上坐下，唯恐她再像上回那樣暈過去。

這回，碧蕪並沒有暈厥，可很快她就覺腿間一熱，似有什麼東西流了下來。

碧蕪緩緩垂首看去，銀鉤也順著她的視線往下瞧，便見她裙上一片濡濕，還有水流下，濕了鞋子，連帶著在地毯上暈開一片，不由得驚道：「破、破水了！」

見此情形，銀鈴亦慌亂起來。沒人想到，碧蕪居然這麼快便要生了。

兩人手足無措了一會兒，銀鈴才喊道：「快，快去叫錢嬤嬤。」

「哎。」銀鉤忙應聲往外頭跑去，因跑得太急，在門檻上絆了一跤，險些摔了。

銀鈴上前正想安慰碧蕪，讓她莫要怕，卻見碧蕪神情恍惚，眸中隱隱淚光閃爍，她曉得碧蕪定是為了趙姑娘，忙道：「王妃，奴婢方才去長公主府，只聽人說趙姑娘做了傻事，但並未說趙姑娘沒了呀，您先別擔心，好好生下小主子才是要緊，趙姑娘福大命大，一定會沒事的……」

聽了銀鈴這話，碧蕪忍不住掩面痛哭起來，她只恨自己沒用，重來一回，卻終究什麼都阻止不了。

夏侍妾也是，趙如繡也是，是不是將來她的旭兒也會如此？

錢嬤嬤聽聞碧蕪破水，匆匆忙忙趕了過來，見碧蕪坐在椅上哭得止不住，問她是不是覺得肚子疼了。

碧蕪抽泣著沒說話，還是銀鈴解釋了一番。

明白了緣由，錢嬤嬤不由得長嘆了一口氣，但也只能先勸著，一邊讓人去宮中請孟太醫和早就找好的兩個經驗老道的穩婆，一邊讓人趕緊將喻景遲叫回來。

末了，看碧蕪哭成這般，又派了個人去蕭家通知一聲，想著她家王妃見到家裡人，情緒或許會好些。

錢嬤嬤到底是宮中的老嬤嬤，交代完這些，她不慌不忙的吩咐銀鈴、銀鉤扶著碧蕪上床榻，將髒衣裳換下來，再讓院子裡的婢女去膳房，吩咐廚子煮些雞湯。

從破水到生產，還需好幾個時辰，再加上碧蕪是初產，時間更要長些。

在床榻上躺了沒多久後，碧蕪便覺下腹一陣陣的疼，但勉強還能忍。這感覺碧蕪並不陌生，她曉得，她還得斷斷續續的疼上許久，才能準備生產。

半個多時辰後，膳房煮好的雞湯送來了，錢嬤嬤用小碗給碧蕪舀了一碗，待放到不燙口了，親自端到她面前想餵給她喝。

想到趙如繡，碧蕪心下難過得緊，絲毫胃口也沒有，遲遲不願意張口。

見她這般，錢嬤嬤勸道：「王妃好歹喝一些，喝了一會兒才有氣力生產不是，何況趙姑娘定也不希望您為了她這樣。」

提到趙如繡，碧蕪又止不住滴滴答答的開始掉眼淚，可想到腹中的孩子，她長長的呼出一口氣，接過湯碗，強逼著自己喝了下去。

孟太醫在接到消息後匆匆趕了來，穩婆也很快到了，吩咐院子裡的丫頭婆子，將生產要用的東西速速備好。

可去尋喻景遲的人卻撲了個空，聽府衙的人說，喻景遲突然被陛下派去離京城三十多里遠的地方辦差，最快也要深夜才能趕回來。

他趕不趕得回來，這廂也顧不得了，畢竟腹中的孩子可不能等。

蕭家人是緊接著趕到的，蕭鴻澤是外男，不能入碧蕪的院子，只能在王府正廳等候，蕭老夫人則是心急如焚的由周氏攙扶著去看碧蕪，見她痛得面色慘白，不由得紅了眼睛。「這才七個多月，怎麼好端端的突然要生了呢！」

一側的銀鈴聽到這話，忙哭著跪下來，說是自己在碧蕪面前說了趙如繡的事，碧蕪受了刺激，這才導致早產的。

躺在床榻上的碧蕪聞言苦笑了一下，趙如繡的事倒順理成章成了她早產的藉口了，可她寧願不要這個藉口。

她只希望繡兒平平安安。

等待生產的途中，碧蕪還是命銀鈴去長公主府問問趙如繡的消息，銀鈴回來，告訴她長公主府的人對此事絕口不提。

或許安亭長公主下了命令，根本打聽不到什麼。

怕她擔心，銀鈴又補充了一句，她會再去打聽。但如今這樣，許是長公主不想讓太多人知曉趙姑娘的事，趙姑娘應當還活著。

碧蕪聞言贊同的點了點頭，心下頓時寬慰了幾分。

斷斷續續痛了六個多時辰，約莫快到第二日寅時，穩婆掀開被褥，查看了一番，才點頭稱，可以生產了。

她將屋內多餘的人都趕了出去，在內屋外屋隔了一道屏風。讓孟太醫在屏風外守著，若有問題，隨時可以去請示。

屋內的暖爐燒得旺旺的，只留了一條窗縫透氣，房門關上的一瞬，碧蕪彷彿聽見了喻景遲的聲音。

她不由得心道他回來得倒是挺快，她原還以為，許是要等到她生下孩子，他才能趕回來呢。

喻景遲似乎想進來看看，卻被錢嬤嬤給攔住，說了什麼進去不吉利的話，碧蕪也未聽清，因她太疼了，疼痛一陣陣漫上來，似要將她抽筋扒骨，五馬分屍。

她很想喊叫，可依著上一世的經驗，她明白，要想順利生下孩子，她需得保存體力，在適當的時候才能用得上勁。

果然，沒過多久，就聽穩婆忽然「呀」了一聲道：「糟了，怎的看著，孩子是腳先出來！」

屋內人聞言頓時都慌了神，不知如何是好，忙跑到外頭去請示孟太醫。

孟太醫自是見過不少難產的婦人，聞言立刻問穩婆。「現在矯正胎位，可還來得及？」

「腳還未出來，搏一搏應當還能正回來，就是、就是……」那穩婆猶豫道：「王妃的身子實在是弱，要將孩子調回來，孕婦會吃極大的苦頭，我只擔心王妃受不住啊！」

此事確實是有極大的風險，可自古女人生孩子本就是闖鬼門關，闖過了自是最好，可世上卻多得是闖不過去的。

孟太醫自也不願碧蕪出事，可有些事到底還是必須提前講清楚，畢竟就怕萬一。

他低嘆一口氣，推門出去了。

碧蕪躺在床榻上，面色蒼白如紙，額間流下來的汗都將底下的枕頭濡濕了，她雖疼得厲害，腦袋卻還算清醒。

她從屏風的縫隙間，看見孟太醫出門去，很清楚他是要去做什麼。

因前世，她也遭遇過同樣的事，她在譽王府偏院，聽到穩婆在門口對張嬤嬤說，去問問府裡的主子，這廂難產了，是要保大還是保小。

那時候她躺在床榻上，雖心裡有了準備，但還是格外的害怕，因為她知道答案定然是保小，畢竟留下她，對夏侍妾來說毫無價值，甚至她死了才大大省了夏侍妾的氣力，解決了後顧之憂。

而這一回，碧蕪同樣很害怕，她亦知曉答案。怎知，孟太醫才踏出門，碧蕪就聽見門外傳來喻景遲堅定的聲音。「本王只要王妃平安！」

孟昭明道了聲「是」，復又進屋來，不知對穩婆說了什麼。

緊接著，穩婆繞過屏風，入了內間，對碧蕪道：「王妃，您腹中的孩子胎位不正，民婦需得將孩子調正回來，才好讓王妃繼續生產，若王妃痛得實在受不住，記得要與民婦說。」

碧蕪點了點頭，先不管保大保小的事，生孩子才是最要緊。

那穩婆到底是接生過幾百個產婦，經驗老道的人了，她將手伸入衾被底下，而後想法子一點點的重新糾正孩子的胎位。

碧蕪疼得幾乎快暈厥過去，銀鈴生怕她咬到自己的舌頭，在她口中塞了塊帕子，讓她死死的咬著。

過了小半炷香的工夫，孩子的胎位還未徹底正過來，碧蕪卻已覺得神志恍惚，有些不行了。

那穩婆沒聽見她痛苦的聲音，似察覺到什麼，抬首看過來，碧蕪頓時有些慌了，只努力穩了穩呼吸，定定的看著那穩婆，氣若游絲道：「若我有事，記得要保小。」

那穩婆聞言不由得愣怔了一下。「可……」

「妳應我！」碧蕪眸中透出幾分狠戾。「不然，我就同他一道死！」

雖上一世，她和旭兒都平安度過了此劫，可這一世到底和前世不一樣，她比前世早生產了十餘日，不知這回有沒有這麼幸運。

若注定只能活一個，她自然希望她的旭兒能活下來。沒了旭兒，徒留她一人在這世上活著該有多痛苦！

見她這般，站著的另一個穩婆不由得慌了神，忙再跑去請示太醫。

又是門扇開闔聲響，很快，她只聽外頭一陣騷動，再艱難的抬眼，便見喻景遲不顧眾人阻止闊步闖進來，在她身側坐下。

碧蕪努力出聲道：「殿下……您答應臣妾……求您了……答應臣妾……」

喻景遲眸色沈得厲害，聲音更是冷得嚇人，碧蕪從未見過他對自己這般態度。

「蕭毓甯，妳是不是瘋了，不好好生孩子，卻在這兒同本王談什麼保大保小！」

他俯下身，用只有他們二人能聽見的聲音道：「妳信不信，若妳死了，而這個孩子活下來，本王定會將他一把掐死，給妳陪葬！」

碧蕪聞言雙眸睜大了些，難以置信的看著他，瞥見他眸中的陰鷙，她知道他是認真的！

是了，她都疼糊塗了。

如今旭兒不是他的孩子，他定然不會對旭兒好！若她不在了，旭兒一人在世上，該怎麼活！

她辛苦籌謀一切，不就是為了讓旭兒此生安然活下去嗎？

思緒間，就聽到那正著胎位的婆子喊道：「好了，好了，正過來了！王妃您用力、用力啊！」

碧蕪抬眸看了喻景遲一眼，努力提神，隨著穩婆的喊聲使勁用力。

沒錯，她不能死，絕不能死！

她還要好好保護她的旭兒，讓他這一世平平安安、健健康康的長大，娶妻生子，圓圓滿滿的過完這一輩子。

碧蕪疼得滿頭大汗，想去抓懸在床榻邊的繩子時，卻有一隻溫暖的大掌猛地抓住了她。碧蕪也顧不得許多，使勁攥緊那大掌，指尖都深深陷了進去。

然大掌的主人卻是絲毫未察覺一般，只看著她痛苦的模樣，劍眉緊蹙。

孟太醫命人在她舌底下放了一塊蔘片，碧蕪努力用著最後的氣力，一下子使出勁兒。

也不知過了多久，一瞬間，碧蕪忽然覺得渾身都輕鬆了，耳畔響起穩婆驚喜的聲音。

「生了！生了！恭喜王爺，恭喜王妃，是個小公子！」

穩婆將渾身沾著鮮血、髒兮兮的孩子抱出來，可他面色稍稍有些發紫，閉著眼不出聲，不由得緊張起來，忙朝著孩子的屁股重重拍了兩下。

才拍完，就見小傢伙的眉頭一擰，整張小臉都委屈得皺起來，旋即張開嘴哇哇大哭。嘹亮的哭聲穿透了窗扉，傳到了在外頭等待的眾人耳中。

在西廂坐著休憩的蕭老夫人捏緊了手中的菩提珠串，當即淚流滿面，連周氏和蕭毓盈也忍不住拿起帕子擦眼淚，在院外已站了幾個時辰的蕭鴻澤亦露出放鬆的笑。

璀璨的熹光劃破黑夜，自窗外照進來，照在穩婆手上這個皺皺巴巴、瘦瘦小小的孩子身上，他瞇著眼睛張嘴打了個哈欠，模樣實在可愛得緊。

碧蕪靜靜的看著他，淚水止不住的從眼眶裡往下淌。時隔九個月多，她終於再次見到了她的孩子。

雖比前世早出生了十幾日，但他還是迎著朝陽而來，出生於旭日東昇之時。

這便是她的旭兒！

雖疲累得厲害，碧蕪強撐著讓穩婆將孩子抱過來，倚在她胸口，喝了第一口奶。

她聽過那種說法，說孩子若第一口喝的是母親的乳汁，身體當會比旁的孩子更強健些。

看著旭兒趴在她懷中的模樣，碧蕪不由得面露欣慰，心一落下，睏倦與疲憊便若潮水般湧上來。

眼皮頓時沈若千斤，她到底撐不住沈沈睡了過去。

碧蕪自覺睡了很久很久，再醒來時，便見榻邊點著幽幽的燭火，身上的黏膩感已然消失了，那股濃重的血腥味也沒了，衾被褥子和衣裳應當通通都換過了。

她微微挪了挪身子，腰腹仍有些難受。透過棠紅的繡花床帳，碧蕪便見銀鈴坐在榻上，借著幽暗的燭光，不知在繡什麼。

「銀鈴……」她開口喚了一聲，才發現聲音嘶啞得厲害，應是生產那日用嗓過度。

銀鈴聽見動靜，忙抬首看來，激動道：「王妃，您醒了！」

「王妃醒了，王妃醒了！」她邊朝外頭喊著，邊掀開床簾，問碧蕪還有哪裡不適。

錢嬤嬤等人聞聲急匆匆進來，看見碧蕪安然無恙，不由得紅了眼眶。

「王妃，您終於醒了，您都睡了一天一夜了！」錢嬤嬤啞聲道。

「嬤嬤……」碧蕪低低咳了兩聲，清了清嗓子道：「我有些餓了。」

錢嬤嬤聞言，忙轉頭吩咐。「快，王妃餓了，吩咐膳房將準備好的粥食送來，快些！」

「是！」銀鉤應了一聲，小跑著出去了。

見碧蕪微微抬首，在屋內環視起來，錢嬤嬤還以為她是在尋喻景遲，解釋道：「王爺原一直陪著王妃的，午後被陛下召進宮去了，還沒回來呢。」

碧蕪微微頷首，沒有否認，但她確實不是在尋喻景遲，只是在尋她的旭兒。

「小公子呢？」她問道。

「小公子在東廂呢，一個時辰前由姜乳娘餵了奶，這會子沒聽見哭聲，當是睡著了。」

說起旭兒，錢嬤嬤不由得笑彎了眼。「老奴原還擔心小公子不足月而生，身子孱弱，不承想我們小公子不但活潑得緊，胃口還好得很呢！」

聽到這話，碧蕪便放心了。

前世，旭兒雖是足月，生下來卻極其瘦小，看起來不像足月的樣子。這一世早出生了幾日，便更不像了。

如今天寒，孩子也小，不能隨便抱出去，等好好養個一、兩個月，再抱出來讓人瞧，也不怕有人發現她「早產」的真相。

沒一會兒，銀鉤便端了碗雞絲粥來。碧蕪腹中餓得厲害，咕嚕嚕連喝了兩湯碗才作罷，粥食下了肚，她便覺恢復了些許氣力。

粥才撤下去，碧蕪就聽一聲嘹亮的啼哭驟然響起，在冬日的寒夜顯得格外清晰。

「看來，是小公子醒了。」錢嬤嬤笑道。

碧蕪也跟著笑起來，才出生的小孩子就是這般，整日睡得多，餓得也快，沒一個時辰便要餵奶。前世她親手照料旭兒，幾年都沒能得個整覺睡，那因生產過而凸起的小腹很快就癟了下去，甚至比先前更為瘦削。

原以為哭兩聲，吮了奶吃就好了，不承想，那廂哭聲好半天都沒消停。

碧蕪不由得擔憂起來，讓錢嬤嬤去將孩子抱過來瞧瞧。

錢嬤嬤應聲出去了，再回來時抱著用襁褓裹得嚴嚴實實的孩子，後頭跟著姜乳娘。

見孩子哭得厲害，碧蕪忙伸手接過來，掀開襁褓，往底下摸了摸，確認是乾的，那大抵是因為餓的。

姜乳娘見狀道：「王妃，民婦都已瞧過了，小公子沒有尿，尿布才換過呢，民婦想給小公子餵乳，可不知怎的，小公子就是不吃啊！」

碧蕪聞言蹙了蹙眉，輕輕搖了搖懷裡的孩子，柔聲哄了兩句，旋即將衣衫解開。

錢嬤嬤見狀忙攔道：「王妃，可不行您自己餵啊，還是交給乳娘來吧……」

這尋常高門大戶，不管是主母還是妾室，生下孩子，定不會自己餵養，一則身子不容易恢復過來，二則就怕身形走了樣，在主君那廂失了寵。

久而久之，請乳娘便也成了一種默認的規矩，若是哪家主母生下孩子還要自己辛苦的餵養，傳出去，只怕要引得外頭人發笑了。

碧蕪倒是不在意這些，坦然地讓旭兒趴在自己胸口。「哪有什麼行不行的，既是我的孩子，自是該吃我的乳水的。」

說來也奇怪，原還啼哭不止的小傢伙在喝到母親乳水的一刻，驟然安靜下來。

看到這一幕，錢嬤嬤和姜乳娘不由得驚詫的對看一眼，心嘆果真是母子連心。

因著昏睡了兩日，只喝了一碗雞絲粥，碧蕪的乳水並不多，勉強能夠旭兒喝。

見他停了吮吸的動作，碧蕪小心翼翼將他豎抱起來，從下向上輕輕拍著旭兒的背。直到聽見他趴在自己肩頭，打了個短促的嗝，方才滿意地將他放在床榻上，躺在身側。

吃飽了的小傢伙一雙圓溜溜的眼睛瞇呀瞇，很快便打著呼嚕，睡了過去。

姜乳娘見她拍嗝的動作這般熟練，不由得詫異道：「王妃這是打哪兒學來的手法，民婦也在其他人家做過幾年，還未見過有哪家主母像王妃這般手法嫻熟的，縱然生了好幾胎的也不例外。王妃這般，好似從前就親手帶過孩子一般。」

被無意間看出來，碧蕪略有些尷尬，但還是佯作自然的笑了笑道：「我自小在鄉野地方長大，看過不少同村的婦人帶孩子，也曾替她們看過孩子，時日一久，便學會了。」

她這解釋也不算牽強，再加上姜乳娘也只隨口一問，道了句「原是如此」，話題沒再繼續下去。

碧蕪復又低眸看去，見旭兒睡得沈，便道：「姜乳娘回屋歇著去吧，小公子今夜和我一道睡。」

「可王妃，您身子還未好透呢，況且……」錢嬤嬤猶豫道。

「我睡了那麼久，如今哪還有什麼睡意，小公子與我睡一晚，不打緊。」碧蕪道。「何況今夜銀鈴也在，她自是會幫我的。」

銀鈴聞言忙對錢嬤嬤點了點頭，見得如此，錢嬤嬤也不好堅持，畢竟碧蕪想與孩子多待一會兒，也是人之常情，便福了福身，帶著姜乳娘和屋內一眾僕婢下去了。

碧蕪替旭兒解下襁褓，蓋好衾被，看見旭兒身上穿的衣裳，才發現是趙如繡做的那身。

趙如繡當初還擔憂這衣裳太小，如今穿上才發現正好合身。

想到趙如繡，碧蕪心中不由得滯悶起來，銀鈴見她看到這身衣裳露出感傷的神情，登時明白她在想什麼。

「王妃，您昏迷的時候，奴婢又特意去長公主府跑了一趟，打聽了趙姑娘的事。」

聞得此言，碧蕪登時直起身，焦急地問道：「繡兒如今怎麼樣了？」

銀鈴娓娓道：「趙姑娘應當是無恙。那日，奴婢去長公主府，恰巧遇到了趙姑娘身邊的貼身婢女紅兒，紅兒將奴婢拉到了巷子裡，偷偷告訴奴婢，她家姑娘出事那日清晨，原本是要來王府見王妃您的。可不知是誰，送了封信給趙姑娘，趙姑娘才臨時改變主意，去了西街的一家客棧。」

「客棧？」碧蕪聞言蹙了蹙眉，又問：「後來呢？」

銀鈴垂眸低嘆了一聲，才道：「紅兒說當時趙姑娘讓他們待在客棧外，自己一人進去，不過才一炷香的工夫，趙姑娘便從裡頭出來了，只出來時面色慘白如紙，沒有一絲血色，神情還略有些恍惚。回了長公主府，趙姑娘便將自己關在房內一直不出來，紅兒放心不下，想到趙姑娘答應過午後要來看您，便試著上前敲門勸慰，可敲了許久都不見裡頭有回應，卻聽到一聲什麼東西落地的聲響，她心下覺得不大對，忙讓小廝撞開門，才及時救下了欲懸梁自盡的趙姑娘……」

碧蕪抿唇聽著，只覺這事情經過實在熟悉得緊，只不過趙如繡這回去的不是東宮，而是西街的客棧。

趙如繡到底瞧見了什麼？才會崩潰絕望到想要自盡！

按理，應該不可能是看到了肖貴人和太子才對，肖貴人身在皇宮，哪有那麼容易出來，與太子在宮外密會。

還有，那封信究竟是誰寄給趙如繡的，又有何意圖？

碧蕪百思不得其解，但現在也不是思忖這個的時候，忙又追問道：「趙姑娘現下如何了？身子可還好？」

銀鈴不願欺騙碧蕪，緩緩搖了搖頭。「趙姑娘雖是救回來了，卻一直躺在床榻上鬱鬱寡歡，不願吃喝，論誰都勸不動。還是紅兒將您聽聞趙姑娘的事後傷心到早產，九死一生，好不容易生下孩子的事告訴了趙姑娘，趙姑娘聽後痛哭了一場，說對不起您，如今勉強算是願意吃了。」

聽得這話，碧蕪也忍不住雙眼發澀，但還是接著問道：「那趙姑娘入東宮的事呢？不就是在明日了嗎？」

「封妃典禮推遲了。」銀鈴答道。「安亭長公主對外說，趙姑娘染了惡疾，需得養上好一陣，只怕要晚些入東宮了。」

碧蕪點了點頭，且不管入不入宮的事，能活著便是好的。

當然，趙如繡若是能不嫁予太子，必然更好些，將來也能因太子之事少受牽連。

可她到底做不了主，也不知自己能做些什麼。

碧蕪只覺一股深深的無力感自心底漫上來，唯有垂眸瞥向熟睡的旭兒，內心的焦躁不安才能稍稍被壓制住。

她揮退銀鈴，復又緩緩躺下，目不轉睛地看著眼前的旭兒，嗅著他身上淡淡的奶香氣，不由得唇間微勾，含笑闔眼睡去。

第三十一章

照顧孩子的確是件累人的事，從二更到五更，碧蕪被旭兒的哭聲吵醒了三回，雖不得不被迫起身，但碧蕪仍是甘之如飴，一遍遍耐心的哄著。

待到天明，睡得迷迷糊糊的碧蕪隱約覺得有人向床榻邊靠近。

她以為是銀鈴或是錢嬤嬤來瞧瞧孩子，可稍稍睜開眼，便見青灰色的衣袍一角，上頭隱隱還有水波暗紋。

她陡然清醒過來，便見男人的大掌正緩緩向孩子伸去。

「殿下！」

想到生產那日他說的話，碧蕪猛地翻身坐起，提聲喊道。

似被她這聲音給震懾，喻景遲動作微微一滯，抬首看去，只見她神色緊張，傾身護著孩子，唯恐他會對孩子做什麼一般，不由得勾了勾唇，露出幾分自嘲的笑。

「本王吵醒王妃了？」他問道。

碧蕪緊抿著唇沒有說話，少頃，只道：「殿下怎麼來了？」

「本王不能來嗎？」喻景遲反問道。

這話可著實把碧蕪給噎著了，怎麼答似乎都不大對。

幸得喻景遲也沒再繼續為難她，只垂首看了一眼在榻上睡得正香的旭兒，道：「如今孩子也生了，既明面上是本王的孩子，定是要由父皇來賜名的。」

這事，碧蕪自然清楚。

上一世，旭兒的名字是今上喻珉堯賜下的，因他們這輩是淮字輩，因而旭兒前世的名姓便是喻淮旭。

但這一世，一切都不同了，旭兒不再是府中侍妾生下的孩子。說不定再賜名，便不一定和前世一樣。

不過，對碧蕪而言，一不一樣的並不打緊，旭兒就是旭兒，並不會因他叫什麼而有所改變。

正想著，卻聽喻景遲突地開口問道：「王妃想給這孩子取什麼名字？」

聽得這話，碧蕪愣在那裡，就算她是譽王妃，也沒有資格給自己的親生兒子取名，喻景遲問這話分明是白問。

看她這般反應，喻景遲似是看出她在想什麼，笑道：「縱然不能作大名，用作小名也是可以的。」

這話倒也是了。

碧蕪朱唇輕咬，遲疑片刻才道：「這孩子生於旭日東昇之時，殿下覺得『旭兒』……如何？」

「旭兒？」喻景遲細細品味著這兩個字。「『旭』字意味著朝氣蓬勃，前程似錦，倒是個好名字，那往後便叫旭兒吧。」

喻景遲話音方落，就聽榻上的小傢伙嚶嚀一聲，緩緩睜開眼，卻難得沒有哭鬧，只直直的盯著喻景遲的臉，眼也不眨的看著，似是在觀察他。

「小子，看著本王做什麼！」喻景遲低低笑了一聲，伸手在旭兒額頭上點了一下。

碧蕪屏著呼吸，看著喻景遲的舉動，心都快跳出來了，但見喻景遲笑著，似乎並無什麼惡意，方才鬆了口氣。

再仔細回憶他那日說過的話，似乎也不是真的要殺了旭兒，倒像是在刻意激她，讓她燃起求生的本能罷了。

她深深看了喻景遲一眼，便見喻景遲碰了碰旭兒的小拳頭，小拳頭感受到他的觸碰，驀然攤開，一下緊緊捏住他的手指。

喻景遲挑了挑眉，或是覺得有趣，唇間的笑意更濃了些，他定定凝視著旭兒的臉，片刻後，似是無意般道了一句。「這孩子，細看之下，眉眼居然還與本王有幾分相像。」

碧蕪心下一咯噔，乾笑道：「殿下玩笑了，才出生幾日的孩子，模樣皺巴巴，哪裡瞧得出像誰，再說了，這小孩子一天一個樣，指不定殿下今日覺得像，明日便又不覺得了。」

她胡扯了幾句，然看著喻景遲面上的笑，卻有些心虛的撇開眼，看向躺在身側的旭兒。

小傢伙雖說才剛出生，但是很爭氣，或是感受到了母親的為難，一雙圓溜溜的眼睛眨了眨，小嘴一扁，「哇」的哭出了聲音。

碧蕪忙將他抱起來，柔聲哄著，算算時間，也確實該餵奶了。她下意識去解寢衣，然才掀了一側肩頭，就頓時清醒過來，側首一看，便見男人眸光灼熱，正盯著她瞧。

碧蕪雙頰一燙，忙將落下的衣裳拉了起來，倉皇的背過身去。然該看見的喻景遲都瞧見了，不僅是纖細光潔，淨白如玉的肩頭，還有隨著她的轉動，隱隱約約，搖搖顫顫的一片雪白。

繡著玉蘭的竹青小衣上，還有些許濡濕，不必靠近，喻景遲都能嗅見一股淡淡的乳香。他喉結微滾，只覺一股子燥熱蔓延而上，旋即緩緩移開眼，掩唇低咳一聲，道了句「本王先出去了」，起身掀簾而出。

直到聽見門扇闔上的聲響，碧蕪才紅著耳根，掀開衣裳，讓啼哭不止的旭兒伏在她的胸口。

大抵過了一炷香的工夫，錢嬤嬤帶著姜乳娘進來，將吃飽奶的旭兒抱走了。見她面有倦色，似是沒有睡飽，錢嬤嬤道：「小公子這廂有奴婢們呢，王妃且睡一會兒再起來用早膳也不遲。」

碧蕪確實睏得厲害，她點了點頭，問道：「殿下呢？可還在外頭？」

「不在外頭了。」錢嬤嬤答道。「殿下剛出去時，確實在院子裡站了好一會兒，老奴還勸呢，說天這麼寒，讓殿下仔細受了涼。殿下或是聽進去了，方才回雁林居了。」
碧蕪聞言尷尬的抿了抿唇。
就喻景遲這健壯身子，哪裡會怕寒，只怕是覺得太熱，才會在寒冬臘月裡在院子裡吹風冷靜冷靜。
不管怎麼說，喻景遲是個男人，又是血氣方剛的年紀，如今夏侍妾不在了，她也不可能伺候他，府裡沒了旁的女子，他只能忍著，定是難受。
思至此，碧蕪垂下眼眸，生出個主意來，她朱唇微張，本欲對錢嬤嬤說什麼，可看到錢嬤嬤含笑的臉，一時說不出口了。
她在心下嘆了一聲，罷了，改日尋個好時機再說吧。
碧蕪累得不得了，任錢嬤嬤放下床帳，復又躺下來睡了。

入了臘月，天兒一日比一日寒了，冰天雪地的，碧蕪不好出去，蕭家人也難過來看她。蕭老夫人年事已高，身子骨沒那麼強健了，就怕在外頭受了凍，染了風寒，或是在冰雪上滑上一跤，更是不好。
她雖惦念碧蕪惦念得緊，也只能差小廝過來問候一聲，送些東西，再帶幾句話。讓她月子裡切要注意身子，仔細不要受寒，不要太累，不然怕是要落下月子病的。
不僅蕭老夫人擔憂著碧蕪，太后也很擔心，當初碧蕪難產的事傳進宮裡，太后也止不住掉眼淚，聽喻景遲說，她生產那晚，太后整夜未睡，一直跪在慈安宮後的佛堂中替她誦經祈福。

今年的雪下得格外大，且連著幾日不歇，很快就鬧了雪災，凍死餓死者無數。

旭兒出生大半個月後，喻景遲和喻景彥就被喻珉堯派遣去了西北賑災。

臨走前，喻景遲來了她屋裡一趟，說自己許是要去幾個月，讓她好生待在府裡，無事不要外出。

末了，還從姜乳娘手中接過旭兒，抱了好一會兒。

向來不願生人抱的旭兒那日卻格外安靜，還用肉嘟嘟的小手牢牢捏著喻景遲的衣襟，久久都不願放開。

喻景遲看著旭兒這般，還笑著對碧蕪說，這小子與他倒是有緣。

碧蕪扯了扯唇間，沒說什麼，只客套的道了幾句讓喻景遲一路平安的話。

民間大災，陛下下令開倉放糧，皇后也帶頭讓後宮節儉開支，現下這關頭，自是不能奢靡浪費，大擺筵席。

除夕的宮宴都取消了，旭兒的滿月宴自然也未舉辦。

只他滿月那日，蕭老夫人帶著蕭家眾人頂著風雪，來譽王府同她一道吃了頓飯。

陛下、太后、皇后和其他一眾人則命人送了些滿月禮來。

碧蕪後頭清點禮品，才發現光是長命鎖就有十來副，各式各樣的都有。如今旭兒脖子上戴的，是蕭老夫人特別命人打的，也是她親自給旭兒戴上的。上頭是如意紋，寓意著平安如意，長命百歲，不為邪祟纏身，也是碧蕪如今最大的願望了。

過完年，因有孟太醫的湯藥療養，碧蕪的身子越發康健起來。

雖錢嬤嬤有些不大願意，但碧蕪夜裡還是親自照料旭兒，累雖是累些，但她反倒安心許多，尤其是夜裡醒來，看到躺在身側的孩子，她才能暫時忘記前世的夢魘，得到幾分安慰。

元宵後，喻景遲那廂寄了信來，說賑災十分順利，或許能在兩個月內趕回來，具體什麼時候倒是未說，只說會盡快。

旭兒滿兩月，碧蕪才頭一次出譽王府。

天已不似先前那般寒了，趁著這日天好，碧蕪讓銀鈴備了馬車，一路往長公主府而去。

在譽王府養身子的這兩個月裡，她始終對趙如繡放心不下。雖常寫信讓人送去，可卻並未收到任何回信，再讓銀鈴去打聽，更是什麼都打聽不到。

如今碧蕪身子大好，便想要親自上門去瞧瞧趙如繡。不過她自也不能冒昧前去，去的前一日，特意讓人向長公主府遞了拜帖，很快便收到安亭長公主的回音，說很樂意她上門。

因旭兒早起哭得厲害，碧蕪哄了他許久才哄好，抵達長公主府時已近午時，是長公主府的小廝領著她進去的。

那小廝將她領到趙如繡的院中時，碧蕪才發現安亭長公主也在，正欲施禮，就聽屋內傳來「砰」的一聲脆響。

安亭長公主盯著緊閉的房門，秀眉蹙起，少頃便見房門被推開，紅兒端著一托盤的碎瓷出來，神色黯然，朝安亭長公主搖了搖頭。

碧蕪的面色亦不由得變得難看起來，她幾步上前，施了個禮。「見過長公主殿下。」

安亭長公主轉過身，這才發現碧蕪，她強笑了一下道：「譽王妃來了……」

「繡兒她……如何了？」碧蕪問道。

「不大好。」安亭長公主說著，聲音哽咽起來。「阿繡也不知怎麼了，先前分明被勸下來了，也肯吃喝了，可近日卻突然又開始鬧起來，不吃不喝，還常摔砸東西，也不知如何是好，譽王妃幫忙勸勸吧，阿繡與妳感情好，或許肯聽妳的。」

「嗯。」碧蕪點了點頭，安慰道：「殿下莫急，我且去試試。」

安亭長公主淚眼朦朧，連連道：「好，好，那便拜託妳了……」

怕趙如繡情緒不穩定，碧蕪是一人進去的，她提裙上了臺階，輕輕推開房門，便見屋內四下都落了簾子，昏昏暗暗，看得不是很清楚。

她在外間環視了一圈，並未瞧見趙如繡的身影，便摸著黑，小心翼翼的往裡走。

「繡兒？繡兒？」她邊走邊低低喚著，沒一會兒，便見床榻邊的地面上隱隱坐著一人。

「繡兒。」碧蕪提聲喚道。

那人似乎聽見了她的呼喚，抬首看來，卻一瞬間雙眸瞪大，露出幾分慌亂。「姊姊？」

見碧蕪在她身側蹲下，趙如繡激動的一把攥住她的手。「姊姊來做什麼，為何要來，快走，快些走！」

「妳怎麼了？」

透過屋內幽暗的光，碧蕪勉強看清了趙如繡的模樣，此時的她披頭散髮，神色憔悴，小臉瘦了一大圈，那雙曾經璀璨的眸子裡透著驚慌失措，身子還在止不住的顫抖。

這都不像她認識的繡兒了。

碧蕪的眼淚瞬間湧出眼眶，她心疼的一把抱住趙如繡，輕輕拍著她的後背。「別怕，姊姊來看妳了。」

感受到溫暖的懷抱，趙如繡渾身的顫意止了些，她低低抽泣著，旋即一把回抱住碧蕪，發洩般號啕大哭起來。

碧蕪任由她哭著，許久，才緩緩放開她，取出袖中的絲帕，替她擦拭眼淚，擦著擦著，便發現了她脖頸上淺淺的紅痕，不由得抽了抽鼻子道：「怎的如此想不開，做那般傻事。妳可知道，我聽說妳出事的時候有多害怕。」

「對不起，姊姊，對不起……」趙如繡方才止住的眼淚又開始滴滴答答的往下掉。

「妳哪有什麼對不起我的。」碧蕪道：「身體髮膚，受之父母，妳想自行了斷，對不住的自然是妳的父親、母親。」

碧蕪原以為這樣的話，大抵能警醒趙如繡，卻沒料到趙如繡驀然止了哭聲，渾身復又發顫起來，她看向碧蕪，啞著聲音道：「姊姊既已來看過我了，便快些回去吧，如今妳家中還有孩子，定然不能久留。」

她這般反應，讓碧蕪著實有些奇怪，遲疑片刻，到底忍不住問道：「聽聞那日，妳去了客棧，究竟看到了什麼，才會……」

然她話音未落，就見趙如繡猛地將手邊的圓凳掀翻在地，圓凳磕在青石板上發出「砰」的一聲巨響。

「滾，滾出去，我誰都不想見，給我滾出去！」她站起身，對著碧蕪吼道。

趙如繡的聲音裡雖是帶著憤怒，可看著碧蕪的眼睛卻盈滿淚水，其中情緒錯綜複雜。有痛苦，有謝意，有祈求，有不甘，有恐慌……

須臾，她又緩緩張開嘴，無聲對碧蕪道了兩個字。

「快走！」

看著她這般反常的舉止，碧蕪倏然意識到什麼。

趙如繡並非在趕她，倒像是在保護她，怕她們說的話被什麼人聽見一般。可又有誰會聽見呢？這裡可是長公主府……

思至此，碧蕪的心猛跳了一下，糾纏凌亂的思緒倏爾理順了些。

一個大膽而可怕的想法，冉冉在碧蕪腦海中升起。

她一直以為與太子私通的是肖貴人，如今看來，或許並非如此。

若只是肖貴人，趙如繡不會絕望痛苦到自殺的地步，除非那個人是趙如繡認識的，亦是她不能接受之人。

碧蕪揣著這份猜測，呼吸都透出幾分顫意，她努力穩住心神，輕聲道：「好，我走，妳莫要激動……繡兒，妳要記得，無論發生什麼，都莫要輕生，死了便真的什麼都沒了……」

趙如繡抬手擦了擦洶湧的眼淚，許久，朝她輕輕點了點頭。

見她應下，碧蕪才折身離開，然才推開門，便見安亭長公主站在房門口，微微傾身，作出一副傾聽的姿態。

「阿繡怎麼樣了？」見她出來，安亭長公主露出擔憂的神色來。

想起剛才的猜測，碧蕪掩在袖中的手微微有些發顫，只垂下腦袋，黯然道：「抱歉，殿下，我原以為我勸得住的，可繡兒她……」

「無妨，本宮還要多謝譽王妃肯來這一趟。」安亭長公主嘆了口氣，隨即提議道：「既然來了，譽王妃不若吃了午膳再走。」

「不了。」碧蕪搖搖頭。「多謝殿下好意，可家中還有孩子，我實在放不下，還是早些回去得好。」

聽得此言，安亭長公主也不再堅持。「那本宮派人送譽王妃出去。」

碧蕪福了福身，與安亭長公主告辭，由小廝領著一路出了長公主府。

路過荷花池時，她倏然步子一滯，不由得想起了溺死在此的夏侍妾，腦中靈光一閃。她記得，那時，安亭長公主臨時離了席，而太子也並未與趙如繡在一塊兒。

難不成……夏侍妾的死真的不是意外，她或許是看見了什麼，才遭人滅了口。

想到這種可能，碧蕪忍不住打了個寒顫，忙加快步子往府門外走。

回府的馬車已然在外頭等了，碧蕪正欲上車，就見一匹黑色的駿馬疾馳而來。

她疑惑的看過去，便見馬上人身著灰色的大氅，那俊美清冷的面容，不是喻景遲是誰。

他在離她幾尺開外赫然停了下來，旋即俐落的翻身下馬，面色沈沈，闊步向她走來。

「殿下？您怎麼……」

碧蕪話音未落，卻猝不及防被男人抱進懷裡。

他手臂驟然收緊，俯身附在她耳畔，聲音裡帶著明顯的怒意。「本王不是說過，好好待在王府裡，莫要亂跑，妳為何就是不聽！」

第三十二章

喻景遲這番態度著實讓碧蕪怔了怔，縱然看不到他的神情，碧蕪也能感受到他的緊張。

還有他方才說的那番話，又是何意？她突然意會過來，喻景遲莫非早就知曉安亭長公主和太子的事？

這讓碧蕪越發覺得她的猜測沒有錯。

前世，安亭長公主是在太子造反前幾日去世的，雖對外說是安亭長公主思女成疾，鬱鬱而終，但如今想來，安亭長公主去世得確實有些突然，分明沒有臥病在床，為何那麼快就撒手人寰。

除非她並非病死，而是被人害死的，或者說是被賜死的。

因何賜死，自然是為了掩飾太子與安亭長公主姑姪亂倫的皇家醜事。

雖兩人並非親生姑姪，但安亭長公主畢竟是先帝名義上的女兒，再怎麼樣都是太子的姑姑。

碧蕪曾經疑惑過，分明陛下這般偏愛太子，若僅僅只是與宮妃私通，應不至於大怒。如今看來，實情或全然不是世人看到的那般。

見喻景遲一直緊緊抱著自己不鬆開，嗅著男人身上熟悉的淡雅香氣，碧蕪耳根發燙，不得不將手抵在他胸口，輕輕推了一把。

「殿下……」

喻景遲這才將她放開，隨即脫下大氅，將她裹得嚴嚴實實，側首對銀鈴等人道：「你們坐著馬車先回去，本王騎馬帶王妃回府。」

銀鈴、銀鉤對視了一眼，不禁露出曖昧的笑，想著定是他們王爺才回來，想與王妃多待一會兒，便笑著福了福身，上馬車先行離開了。

碧蕪不明所以的看著喻景遲，卻見他一把將她抱上馬，緊跟著坐在後頭。

這倒不是碧蕪頭一回與他同騎，上回在應州，她也曾被他抱上過馬，只那時他們是在逃命，且他對她著實規矩得很，手都只是虛虛落在她的腰上。

可這回，他卻毫無顧忌，用一隻遒勁有力的手臂緊緊攬著她的腰，隔著厚厚的大氅，碧蕪卻似乎仍能感受到他胸膛的滾燙。

馬行得很慢，踱步般悠悠走著，一路上兩人誰都沒有說話，少頃，還是碧蕪先問道：「殿下何時回來的？怎不派人通知臣妾一聲？」

「昨夜子時便到了離京城幾十里外的地方。」喻景遲垂首，試探著看了她一眼。

可碧蕪卻沒什麼反應，因她仍在想著安亭長公主的事，少頃，到底忍不住問道：「那殿下為何突然來了長公主府？」

話音方落，她便覺男人俯下身，貼在她耳畔問道：「王妃覺得是為了什麼？」

她微微側首看去，額頭險些撞到喻景遲的鼻尖，對著男人漆黑深邃的眼眸，她心下驀然一動。

難不成，是為了她嗎？

這個念頭在碧蕪腦海裡一閃而過，很快便被她否了。

怎麼可能呢！

喻景遲垂首，便見碧蕪緊咬著朱唇不答，一雙秀麗的眉蹙著，也不知在思忖些什麼，他眸光頓時晦暗了幾分，直起身子，緩緩道：「往後，王妃還是少與長公主府來往得好。」

「為何？」碧蕪脫口問道。

喻景遲鎮定自若的答道：「因趙姑娘在封妃前幾日自縊之事，外頭議論紛紛，甚至傳出不少對太子不利的流言，父皇很是不悅，連帶著對安亭長公主也生了幾分怨怒，走得太近到底不大好。」

碧蕪聞言垂下眼眸，乖順的道了一句。「是，臣妾明白了。」

她不僅明白了為何有人要引導趙如繡發現此事，也明白過來，喻景遲為何會來長公主府找她。

以她對喻景遲的瞭解，想必安亭長公主和太子的事他早已瞭若指掌，雖她不知給趙姑娘送信的事是否與他有關，但她隱約能猜到，或是喻景遲怕她壞了他籌謀的一切，才會急匆匆趕來阻止。

定是如此。

因他們行得慢，待馬在譽王府門口停下時，銀鈴、銀鉤早已在外頭等了。見她被抱下馬，銀鉤上前焦急道：「王妃，小公子醒來沒見著您，已經在院內哭了好一會兒了，怎都哄不好，您快去看看吧。」

碧蕪聞言忙提裙往雨霖苑趕，還未到院門口，就聽見嬰兒撕心裂肺的啼哭聲傳來。她步子頓時更急了些，推開屋門，便見姜乳娘抱著旭兒哄，而錢嬤嬤正拿著撥浪鼓搖啊搖，不停的逗著他玩，試圖讓他停止哭泣，但都沒有用。

「旭兒，」碧蕪忙上前心疼的將孩子抱進懷裡，輕輕拍著他的背。「莫哭了，莫哭了，娘回來了。」

可這法子也只是讓旭兒止了一會兒的哭，很快，他便又扯著嗓子哭起來。

喻景遲踏進來時，恰好看見了這一幕，他劍眉微蹙，旋即沈聲道：「不許哭了！」

許是喻景遲聲音太過震懾，與周圍柔聲哄著的人截然不同，旭兒頓時止了啼哭，微張著嘴，表情呆在那裡，愣愣的看著喻景遲，面頰上還掛著一行眼淚。

喻景遲闊步上前，攤開手朝碧蕪比了個讓他抱的姿勢，碧蕪遲疑了片刻，還是將手上的旭兒遞了過去。

「男子漢，有什麼好哭的。」喻景遲雖面沈如水，可手上動作卻溫柔，輕輕搖了兩下。

旭兒果真不哭了，一雙烏溜溜的眼睛盯著喻景遲，少頃，竟扯開嘴角對喻景遲笑了笑。

一旁的錢嬤嬤見狀，登時喜笑顏開。「人都說骨肉相連，父子情深，果真如此。你們瞧瞧，小公子和王爺一個多月未見，絲毫沒有生疏，還對著王爺笑呢。」

碧蕪聞言有些尷尬的扯了扯唇角。

確如錢嬤嬤所說，血脈騙不了人，前世的旭兒從小便與喻景遲十分親近，十六年來，父子倆幾乎沒生過什麼矛盾。

碧蕪知道的，也就一回。那是旭兒十一歲的時候，有一日，他哭著回東宮，一回去便將自己關在殿內，誰都不願見。

後來碧蕪同旭兒身邊的貼身太監孟九打聽，才得知旭兒方才去了御書房，不知怎的跟他父皇起了爭執，再出來便是這個模樣了。

碧蕪也想不出是什麼緣由，便親自在東宮的小廚房，煮了旭兒最喜歡的桂花甜羹給他送去。

旭兒倒是沒不讓她進，只抽著鼻子，坐在書案前哭得雙眼通紅，直勾勾的盯著她瞧，突然問道：「乳娘，您不委屈嗎？您當奴婢不委屈嗎？」

聽得這話，碧蕪愣了一下，以為是旭兒心疼她，笑著道：「奴婢怎會委屈呢，太子殿下待奴婢這麼好，整個東宮哪裡有人比奴婢更有福氣的。」

哪知旭兒聞言卻哭得更凶了，他用袖子擦了把眼淚，不住的搖頭。「不好，還不夠好，乳娘，我一定會努力，讓乳娘您過得更好的。」

碧蕪心下頓生出幾分感動，她強忍住眸中淚意，本想伸手摸一摸旭兒的頭，可想到他長大了，還是大昭的儲君，自不能以下犯上，還是緩緩將手收了回來，重重一點頭。

「那奴婢便等著，太子殿下讓奴婢過上更好的日子……」

回憶著往事的碧蕪忍不住唇角微揚，再看去，便見旭兒已在喻景遲懷中睡著了。

姜乳娘在碧蕪的示意下，小心翼翼的接過孩子，往東廂去了。

旭兒離開後，錢嬤嬤問道：「王爺、王妃可用過午膳了，奴婢去膳房那廂吩咐一聲，做幾道小菜來。」

「本王便不吃了。」喻景遲看向碧蕪道：「算算時候，十一也快進城了，本王得與他一塊兒先去面見父皇。」

聞得此言，碧蕪這才想起先前在路上，喻景遲說的話，他說他是昨晚深夜到京城幾十里外。若是如此，他豈不是天未亮就匆匆趕來，才能在那時抵達長公主府。

他就這般著急嗎？

碧蕪正想著，喻景遲已闊步出去了，她不由得扶著門框，遙遙望著他遠去的背影。

或許，他有沒有一點點，是因為在意她而趕來的呢？

喻景遲和喻景彥的這趟差事辦得極佳，可謂解決了今上壓在心頭的一大煩憂，喻珉堯大喜之下，賜下了不少東西，順勢想起喻景遲那才出生不久的孩子沒有辦成的滿月酒，又賜下了好些錢銀。

因旭兒未過百日還沒賜名，喻珉堯便道讓喻景遲好生籌辦八皇孫的百晬禮，彌補一番。喻珉堯賜下的東西，喻景遲都悉數交給了碧蕪，讓她安置處理，至於旭兒的百晬禮，也全權交予她來負責。

幸得碧蕪前世在東宮待了十一年，籌辦筵席的事情多少懂一些，便在錢嬤嬤的幫助下，有條不紊的列賓客名單，送請柬，打掃佈置，定筵席菜單等。這些瑣碎的事做下來，很快便離旭兒的百晬禮不遠了。

這日，碧蕪閒來無事，便帶著銀鈴、銀鉤去了後廚，品嘗筵席的菜品。

大部分的菜都已定下來了，只一道魚羹，碧蕪一直不大滿意，便讓廚子照著她曉得的法子去改。

今日一嘗，果真沒了魚腥氣，鮮香美味，甚是好吃，銀鈴、銀鉤試過後皆滿意的點了點頭。

碧蕪放下湯匙，正欲誇讚大廚兩句，卻聽膳房外，倏然發出「砰」的一聲響，旋即是低斥怒罵聲。

她指首往外看去，便見一個婢女摔倒在地，手邊是碎裂的碗碟，而一個婆子正頤指氣使的站在一旁，指著她罵個不休。

看著那小婢子低垂著腦袋、渾身顫抖的可憐模樣，碧蕪不免動了惻隱之心，想起從前在譽王府做事的自己，也是這般被管事的婆子辱罵苛責。
她蹙了蹙眉，提步往膳房外而去。「這是怎麼了？」
「見過王妃。」管事的婆子福了福身，一臉諂媚道：「驚擾王妃了，都是老奴管理手下人不力，才讓這個笨手笨腳的丫頭摔碎了碗碟，王妃放心，老奴回去定然嚴懲她一番。」
「不過一些碗碟罷了，誰都有不小心的時候，而且我瞧著這小丫頭瘦骨嶙峋的，讓她端這麼多碗碟，可著實是為難她了。」
碧蕪瞥了那婆子一眼，話雖沒說重，但心裡已存了換掉此人的打算。
這般性子刁鑽的婆子，前世她實在見得多了，在主子跟前八面玲瓏，諂媚討好，私底下卻不知欺虐了多少身分低微的奴婢。
在主子面前當奴才，在奴才面前當主子，眼前一套，背後一套，這種人最是要不得。
且她今日護了這小婢女，指不定轉身那婆子就變本加厲的欺辱小婢女。
見那小婢子伏在地上，左手手背上似被碎瓷片劃傷了一道口子，鮮血直流，碧蕪擰起眉頭，忍不住蹲下身，問道：「可疼？」
那始終低垂著腦袋的小婢子這才淚眼汪汪的抬眸看來。
只一眼，碧蕪便不由得雙眸瞪大，旋即面露驚喜。
「小漣？」
乍一聽到這名兒，那小婢子眨了眨眼，面上露出幾分茫然，還是她身側的婆子道：「王妃怕是錯認了，這丫頭不叫什麼小漣，她叫翠兒，是前幾日才進府的。」

碧蕪盯著那張臉看了好一會兒，確認自己並未認錯。

前世她與小漣同在雁林居照顧旭兒，朝夕相處了整整六年。雖小漣死得早，她們已是許多年不曾再見，但她不至於連小漣的臉都認不清。

每個到高門大戶做奴婢的都是苦命人，不然誰願意賣身至此，不得自由。就連名字也是，管你先前叫什麼，一旦主子賜了名，你便只能叫這個。

碧蕪微微低下身，柔聲問道：「妳叫翠兒？」

那小婢子顫顫巍巍的抬眸看了她一眼，點頭答道：「回王妃，奴婢叫翠兒。」

「妳莫怕，我不會罰妳。」碧蕪俯下身，伸手將小婢女扶了起來，莞爾一笑道：「我瞧著妳的模樣與我的一位故人有幾分相像，總覺得左右也是緣分，妳願不願意到雨霖苑貼身伺候我？」

她話音方落，銀鈴、銀鉤對視一眼，皆有些驚詫。

那婆子更是激動，輕推了一把那小婢子道：「哎呀，死丫頭，還愣著做什麼，王妃看上妳，願意讓妳伺候，那是妳幾世修來的福氣，還不快點跪下給王妃磕個頭。」

那小婢子聞言正欲下跪，就被碧蕪一把托住了。「不必同我跪，妳且回去收拾收拾，午後來雨霖苑便是。」

小婢子雙眸含淚，重重點了點頭，連聲道：「多謝王妃。」

離開膳房回了雨霖苑，碧蕪便命人將齊驛找來，讓他給方才那婆子一些錢銀，請人出府去。

雖她說的是「請」這個字，但齊驛登時明白過來，他們王妃這是要趕人走，他也未多問什麼，拱手道了聲「是」，退下去辦了。

用完午膳沒多久，那個叫翠兒的小婢子便揹著個輕飄飄的包袱來了雨霖苑。

碧蕪讓錢嬤嬤給她安排個稍微好些的住所，待她將東西安置罷，收拾一番，換了衣裳，便來向碧蕪請安。

小丫頭很是拘謹，站在那兒低垂著腦袋，話也不敢多說。還是碧蕪先笑著介紹道：「翠兒，這是銀鈴，這是銀鉤，都是我自安國公府帶來，貼身伺候我的，妳往後有不懂的，問她們便是，不必太過拘著。」

「是，奴婢明白了。」翠兒應聲，旋即遲疑地看向碧蕪，小心翼翼道：「如今奴婢來了雨霖苑，還請王妃給奴婢賜名。」

碧蕪聞言秀眉微蹙，問道：「怎的，不想用著妳原先的名兒？」

翠兒囁嚅半晌道：「奴婢曾聽嬤嬤說，當奴婢的，若有了新主子，能得主子賜名，是莫大的榮幸，說明得主子器重，也能被外頭人高看幾分。如今這名兒也不是奴婢原先的名字，是先頭被賣時牙婆改的，故而奴婢斗膽請王妃賜名……」

這小丫頭看著顫顫巍巍的，但話說得還算索利，前世碧蕪見到小漣是兩年後的事，那時的小漣不似現在這般唯唯諾諾，許是年歲大了，膽子也跟著大了，做事俐落乾淨，陪在她身邊，可是替她出了不少主意。

再看眼前這個翠兒，分明是同一張臉，卻像是兩個人了。

「既然妳這般說了……」碧蕪想了想道：「妳往後便叫小漣吧，漣字五行為水，有溫雅良善之意，倒也襯妳。」

取這名字多少帶著些碧蕪的私心，前世叫了這名字六年，如今再改口，到底是有些不適應。

而且，總覺得將名字換回來，先前她認識的小漣也會逐漸回來一般。

翠兒，不，如今應當是小漣感激的福了福身，同她道了聲謝。

因小漣對雨霖苑還不大熟悉，碧蕪便將她交給錢嬤嬤教導。過了幾日，錢嬤嬤來同她稟，說這丫頭聰明倒是聰明，就是總垂著腦袋彎著腰，一副怯生生的模樣，實在有些膽小了。

碧蕪笑了笑，沒多說什麼，只讓錢嬤嬤對小漣寬容些，不必太嚴苛，教會了就行。

前世，小漣救了她和旭兒的命，今世她應當將身契還給小漣，放她自由，以作報答。可碧蕪記得，前世小漣說過，她父母早亡，早就沒有親人了，世道艱難，女子孤身一人定然難以生活。再加上小漣如今這般膽怯性子，現下放她出去，她也不一定能過得好，指不定就教人給欺負了。

不如再留她兩年，膽子大了，要嫁人還是要離府，再任由她選。

錢嬤嬤教導了小漣幾日，便讓小漣學著在屋內伺候。多了個人，銀鈴、銀鉤不但沒妒忌排擠，還待她極好，很快小漣也與她們熟絡起來，話也多了。

不知不覺間，旭兒的百晬禮也到了。

這日，碧蕪天未亮就起了身，在府內各處指揮調度，佈置安排，招待賓客，忙活了整整一日。

雖是旭兒的百晬禮，但喻景遲還是必須照常去上朝，下朝後交代完一些未了的公事，才匆匆趕回王府，幫襯碧蕪幾分。

午後，宮裡便來了人，喻珉堯身邊的大太監李意依照喻珉堯的旨意，為旭兒賜了名。

乍一聽到「淮旭」二字，碧蕪著實愣住了，忍不住側首看了一眼跪在身前的喻景遲。見喻景遲神色自若的接旨謝恩，一副意料之中的模樣，碧蕪很快便反應過來。那日，喻景遲問她想給孩子取什麼名兒，並非隨口一問。

素來皇子皇孫賜名，先要經由欽天監擬定，再上呈陛下挑選，恐怕喻景遲讓人在其中做了些手腳，才讓喻珉堯最終擇定了「淮旭」這個名字。

不管怎麼說，算是如了她的願。

第三十三章

立夏過後，風暖晝長，萬物繁茂，雨水也多了起來。

不知不覺旭兒也五個月大了，不但抱起來分量重了，還聽慧靈活，翻身翻得索利，躺在床榻上，常不停的踢著兩條肉嘟嘟的腿，一點也不安分。

碧蕪總會將他扶起來靠著小榻上的軟枕坐上一小會兒，用銀製的小鈴鐺逗得他咯咯咯的笑。

錢嬤嬤一邊跟著樂，一邊不斷用棉帕子給旭兒擦嘴角，屋內總是歡聲笑語一片。

然朝堂上，卻是波雲詭譎，並不寧靜。

就在幾日前，前太子妃孫氏的父親，兵部尚書孫鋮，上書喻珉堯，言三年前孫氏難產身亡之事或另有隱情，只怕是遭奸人所害。

按孫鋮所說，當年伺候前太子妃孫氏的婢子告訴他，孫氏生產當日，本一切都好好的，卻在喝下太醫開的補氣元的湯藥後，突地開始崩漏，最後回天乏術，死在榻上，一屍兩命。

當年便是這個小婢子親手熬湯藥的，她未入宮前，長在鄉下地方，認得些許藥材，當日她在那帖藥中發現了紅花，但想到是太醫所開，不敢冒認，只煎了藥送去，不承想孫氏飲下後便一命歸西。如今想來，應是那味活血化瘀的紅花所致。

可所有人都認為前太子妃孫氏的死是一場意外，她便也不敢多言，生怕惹禍上身，然這三年來，她時常夢魘，夢到孫氏披頭散髮，渾身血跡斑斑，抱著一個慘白的嬰兒同她索命。她被折磨已久，實在良心難安，便趁著孫鋮入宮的機會道出此事。

喻珉堯在得知後大發雷霆，勒令三司會省，務必將當年的事查個水落石出。此事事關太子妃和她腹中的皇嗣，刑部、大理寺及都察院皆不敢懈怠，一時忙得焦頭爛額。

碧蕪乍一聽聞此事，手微微一顫，險些沒有端住茶盞。

在旁人看來，孫氏之死大抵同後宅爭鬥有關，最後的結果或也是哪個東宮妃妾為了爭權奪寵所為，連大理寺查案也是循著這個方向開展。

可碧蕪曉得，這不過只是個開場罷了，一切都循著與上一世相同的軌跡展開。但不知為何，比上一世早了太多。

那個引導孫鋮告御狀之人，目的自然不是為孫氏討公道，只怕是為了讓陛下察覺太子與安亭長公主的私情，並從中得益。

這個人，是喻景遲還是承王，抑或是其他對皇位虎視眈眈之人？

碧蕪猜不出來。

她長嘆了一口氣，看向窗外鳥語花香的明媚景色，恰如大昭朝堂表面的平靜，可私底下卻已是暗流湧動，甚至是驚濤駭浪。

這一世的皇位爭奪，早已在悄無聲息間開始了……

然這些都與安國公府不甚相干，而今府中正忙著的，是蕭毓盈的大婚。

碧蕪特意命人去京城最大的首飾鋪子打了幾副紋樣精緻好看的頭面，再加上些頂好的錦緞和器物一併送去，給蕭毓盈添了妝。

大婚當日，碧蕪早早便到了安國公府，去了西院蕭毓盈的住處，蕭老夫人和周氏都在。婆子正在給蕭毓盈梳妝打扮，蕭毓盈卻是坐不大住，直喊頭上的釵鬟太多太沈。

周氏看她這模樣，忍不住斥道：「旁的新娘子哪有妳這般的，還願頭上戴滿才好呢。妳再多話，一會兒也不必出去了，左右這婚事我也不滿意。」

「娘……」蕭毓盈挪動不得，只好通過面前的銅鏡無奈地看向周氏。「您又來了。」

「怎的，我有說錯嗎？」周氏說著，聲音止不住哽咽起來。「別人嫁女兒歡喜，那是因為女兒嫁到好人家去了，我的女兒呢，卻是低嫁給了個七品小官，我緣何不難過……」

蕭毓盈聞言亦是有些胸口發悶，她這母親平日雖有些無理取鬧，可對他們姊弟倆卻始終一視同仁，從不曾偏心過半分，先前不願她嫁，就是怕她嫁過去吃苦頭。

看到周氏哭成這般，她眼眶一熱，也幾欲掉下淚來。

「好了，好了。」蕭老夫人忙制止道：「大喜的日子，哭哭啼啼的，成什麼樣子，妳瞧瞧，將盈兒都快惹哭了，再這樣，她今日的妝可是白化了。」

碧蕪抱著旭兒踏進來時，恰好瞧見這一幕。「這是怎麼了？」

「沒什麼，就是妳二叔母捨不得妳大姊姊罷了。」蕭老夫人瞧見碧蕪懷裡的旭兒，忙歡喜的站起來迎道：「哎喲，旭兒呀，快，讓曾外祖母抱抱。」

蕭老夫人笑著朝旭兒拍了拍手，做了個抱的姿勢，旭兒還真將身子前傾，往蕭老夫人懷裡撲去。

蕭老夫人頓時笑得合不攏嘴，一把將旭兒抱過去。「好孩子，這是認得曾外祖母呢。」

旭兒像是聽得懂這話一般，咧嘴咯咯笑起來。

屋內人見此溫馨一幕，都不由得會心而笑，連周氏都拭了眼淚，勾起了唇角。

蕭毓盈裝扮齊整後，便由喜婆領出院外，隨著她父親蕭鐸一塊兒，去宗廟祭拜先祖。祭拜完，再回到院中，等候唐編修來迎。

等待間，碧蕪命人送來些好下嚥的粥食點心，勸蕭毓盈趁現在多少吃些，不然今日怕是沒時間再吃了。

蕭毓盈搖了搖頭，說自己嚥不下，她絞著膝上的衣裳，顯而易見的緊張。

「大姊姊怕什麼，妳不是挺中意那位唐編修的嗎？」碧蕪調侃道。

「中意歸中意……」蕭毓盈低嘆一聲。「可我總覺得這人著實太木訥了些……」

「妳怕他對妳不好？」碧蕪問道。

「倒也不是。」蕭毓盈一時也不知怎麼解釋，思忖片刻，竟扯到了碧蕪身上。「就像譽王殿下，殿下看妳時，那眼神總是溫柔似水，只消長了眼睛的，都看得出來譽王殿下對妳情深，可……可那人吧，雖對我不差，但他似乎只是為了娶妻而娶妻，而他娶的人恰好是我罷了，我只是擔憂……他不喜歡我……」

蕭毓盈說譽王對她情深的話，著實讓碧蕪覺得好笑，可能是他太會演了，竟讓周遭的人都生了這樣的錯覺。

見蕭毓盈垂眸略有些喪氣，碧蕪安慰道：「你倆雖說認識也有一年了，可也未見過幾回面，都說日久生情，待大姊姊妳嫁過去，往後的日子還長著呢，大姊姊這麼快便灰心喪氣，著實不像妳了。」

前世，關於蕭毓盈與唐編修這兩人的夫妻關係究竟如何，碧蕪倒是不大清楚，只曉得蕭家敗落後，唐編修依舊對蕭毓盈極好，碧蕪也常聽進宮的蕭鴻笙說起他這位姊夫，雖是不善言辭，卻是性情溫順的良善之人。

不然以蕭毓盈這樣的脾氣，哪會有男人沒有絲毫怨言地包容了她那麼多年。

「我哪是灰心喪氣。」蕭毓盈聞言登時不服道：「妳就等著，待我過了門，縱然是塊冰我也給他捂化嘍，教他往後根本離不開我！」

碧蕪勾唇笑起來，這才像她認識的蕭毓盈。「好，那妹妹便等著，等著我這位姊夫對大姊姊死心塌地，將大姊姊寵上天去。」

蕭毓盈輕拍了碧蕪一下，姊妹倆對視一眼，笑作了一團。

在西院直坐到酉時，迎親的隊伍才至安國公府門前。

前院賓客如雲，怕旭兒看到這番喧騰場面嚇著，碧蕪便讓錢嬤嬤和姜乳娘帶著他去了酌翠軒。

送親時，因碧蕪的王妃身分，也坐在了廳中一側，乍一眼看見那個身著婚服，被簇擁著入內，身姿挺拔、面容俊俏的男人時，碧蕪唇間的笑意倏然一滯。

她怎覺得這位唐編修，生得有些面熟。

好似在哪裡見過一般。

碧蕪努力回想，可怎麼都想不起來，見那廂蕭毓盈被婆子扶出來，與蕭鐸和周氏哭著道別，便沒再繼續想了。

周氏拉著蕭毓盈的手哭個不休，細細囑咐了好些話。饒是蕭鐸這般平日沈肅之人，也不禁紅了眼，但只是道了幾句，就催促他們趕緊出發，莫誤了吉時。

碧蕪和蕭鴻澤扶著淚眼朦朧的蕭老夫人出了安國公府，直看著蕭毓盈上了花轎，隨敲敲打打的迎親隊伍一塊兒遠去。

看著新郎坐在馬上的挺拔背影，碧蕪不由得秀眉微蹙，她絕不會認錯。若非這一世，那她定是上一世在哪兒見過這位唐編修才對。

待迎親隊伍走得遠了，賓客悉數被引去廳中入座，碧蕪才乘機拉住蕭鴻澤，佯作隨意問道：「聽聞這位新姊夫還是哥哥介紹的，我很好奇，哥哥是怎麼認識這位新姊夫的？」

蕭鴻澤聞言笑了笑，似乎覺得這事也沒什麼不好說的。「也是緣分，我先前去翰林院辦事，無意落下了一冊案卷，是柏晏親自給我送了回來，一來二去便熟識了，又聽聞他未娶妻，覺得他與盈兒很合適，便將他介紹給了叔父。」

柏晏正是唐編修的名字。

碧蕪聞言垂下眼眸，蕭鴻澤這話聽起來是沒什麼問題，可只是這般簡單嗎？還是她太多疑了。

見她神色有異，蕭鴻澤不由得關切道：「小五，妳怎麼了？」

「沒什麼。」碧蕪笑著搖了搖頭。「只是突然想起旭兒了，總覺得這會兒看不見我，他該是要哭了。」

「那妳快去看看。」蕭鴻澤道：「左右離開席還有一會兒，若放心不下，妳將旭兒一道抱來吧。」

「嗯。」碧蕪微微頷首。

雖是隨意扯的謊，但碧蕪沒想到，待到酌翠軒，旭兒真哭得撕心裂肺，如何都哄不好，錢嬤嬤沒法，正準備去前院尋她呢。

碧蕪分明記得前世的旭兒沒這麼會哭，這世不知怎的，一刻也離不得她。看他哭得滿臉通紅，上氣不接下氣的模樣，碧蕪又好氣又好笑，一邊用絲帕給他擦著眼淚鼻涕，一邊用手掌在他屁股上重重拍了兩下。

坐了大抵一盞茶的工夫，蕭鴻澤那廂派人來，請碧蕪去前廳入席，還說譽王殿下來了。

碧蕪稍愣了一下，昨夜睡前，喻景遲確實說過，有空定會過來，可見新娘都送走了，他還未來，碧蕪本還以為他不會來了。

她應了聲「知道了」，抱起旭兒，與錢嬤嬤、姜乳娘一塊兒往前廳而去。

到了廳中，果見喻景遲與蕭鴻澤、蕭鐸坐在一塊兒，許是感受到她的眼神，他抬眸看過來，薄唇微抿，淡淡的笑了笑。

一瞬間，碧蕪猛然想起自己究竟是在哪兒見過這位唐編修。

那是前世，在皇宮御書房。

她曾在深夜留宿御書房時，看見過唐編修同喻景遲稟告什麼。

若唐編修是喻景遲的人，那他娶了蕭毓盈，難不成是喻景遲授意？那喻景遲又是為了什麼呢？

碧蕪暗暗搖了搖頭，制止自己再想。

興許事實根本不是如此，只是她多疑罷了，畢竟她根本沒有任何證據。

宴後，碧蕪又去蕭老夫人的棲梧苑坐了小半個時辰，才抱著旭兒同喻景遲一道回了府。

沒過多久，前太子妃孫氏一案，很快便有了結果。

只是這個結果多少有些出人意料。

畢竟事情已經過去了三年，不少線索都已無跡可尋，刑部便只能依著那宮婢的證詞，先尋上當年負責給孫氏接生的沈太醫。

沈太醫直喊冤枉，說他當年開的藥方和用的藥材都一一登記在案，保存在太醫院中，完全可以去查，裡面根本沒有紅花，他縱然再糊塗，也不會給產婦開這味催命的藥。

刑部調出當年的冊籍，恰如沈太醫所說，藥方上確實沒有紅花這一味藥材。太醫院若要用藥，不論多少，都必須登記在案，且每晚都會查點剩下的藥材，看看可有缺漏，因而沒那麼容易從中偷取調換。

若真與太醫院無關，那有嫌疑的便是中途經手過這些藥材的人了。

據那宮婢所言，藥材是東宮大太監華祿親手交給她的。

事情轉而查到華祿頭上，華祿自是不可能會認。他反倒是回想起與那宮婢的過往，直言他曾因這丫頭手腳不乾淨，當著眾人的面重懲過她。

她怕不是對此事耿耿於懷，才杜撰出這樁事欲陷害他。

刑部自不敢招惹這位太子身邊的紅人，生怕轉而惹怒了太子。畢竟華祿是太子的貼身內侍，懷疑他，便等於在懷疑太子。可太子怎麼可能會害太子妃呢，整個東宮都知道，太子與前太子妃孫氏舉案齊眉，相敬如賓。孫氏死後，太子更是閉門不出，哀慟不已，對太子妃之情深，天地可鑑。

於是，刑部便循著華祿的話，將那小宮婢抓去，嚴刑拷打之下終於讓她招供，承認自己確實是對華祿懷恨在心，才編造出這樁子虛烏有之事，試圖讓他陷入萬劫不復之地。

這樁案子到此便草草結了案，小宮婢以構陷他人、製造恐慌等罪名被判以斬首，死後無人收屍，身首異處，被丟去了亂葬崗供鳥獸啃食。

碧蕪聽聞此事後，唇間只露出淡淡的嘲諷。

這結果，只怕多數人都覺得滿意，比如刑部，比如大理寺，比如太子，比如陛下。

在位十餘年，喻珉堯雖算不上什麼千古明君，可能坐在這個位置上的，定也不是什麼太過庸碌之輩。

興許在刑部查到太子妃之死或與太子身邊的華祿有關時，喻珉堯便察覺了幾分，於是暗中授意刑部以對太子有利的方向了結此案。

於是，那個小宮婢被屈打成招，送了性命。

在孫氏一案定奪沒多久，喻珉堯以趙如繡患病久治不癒，身子孱弱，恐難勝任太子妃之位為由，欲重新擇太子妃人選。

與此同時，碧蕪從一直幫她留意長公主府動靜的銀鈴口中得知，安亭長公主帶著趙如繡去了隆恩寺祈福休養。

雖不知實際緣由，可碧蕪總覺得，休養是假，躲藏避嫌為真，孫氏的死大抵與太子和安亭長公主脫不了干係，才致使安亭長公主因著此事心虛害怕，暫時躲到隆恩寺中。

可躲得了一時，終究躲不了一世。

因果報應，並非什麼唬人的話，做了虧心事，終有一日是要加倍償還的。

天一日較一日熱得厲害了，不知不覺間，旭兒已滿七個月，不用人攙扶就在榻上獨自坐著，也能靈活的拖著身子四處爬了。

他越是這般，碧蕪便越是頭疼，夜間或是午間與他一道睡，哪裡敢讓他睡外頭，唯恐他不知不覺就滾下床榻去，磕到腦袋。

是日夜半，碧蕪教旭兒的哭聲吵醒，隨手摸了摸，才發現尿布都濕透了。她疲倦的打了個哈欠，起身去外頭叫小漣提些熱水來，然推開門，喊了兩聲，卻不見耳房的小漣應答，或許睡熟了。

碧蕪無奈地笑了笑，也不願吵她，便返回去將枕頭放在旭兒身邊攔著，又將床帳塞在褥子下壓牢，確保旭兒不會掉下來，這才快著步子去小廚房提水。

考慮到她晚間要用水，小廚房的爐火一直未滅，溫著茶壺裡的水。

待她將水提回來，還未進內屋，遠遠一瞧，便見旭兒竟不知何時爬到床榻邊沿，自己將壓在底下的床帳拉開了一條大縫，揮著手「咿呀咿呀」的喊，半個身子露在外頭，眼見著就要摔下來了。

碧蕪大驚失色，忙放下水壺，正欲衝進去，便見一旁伸出一雙大掌，將旭兒穩穩的抱了起來。

被舉高高的旭兒忍不住咯咯咯的笑起來，抱著他的人亦是一聲低笑，還問他好玩嗎。

旭兒似是聽得懂他的話一般，踢著一雙小短腿，高興的抖了抖身子。

方才被半邊竹簾子遮住了，碧蕪並未發現，屋內多了一人。她愣了一瞬，緩緩步入，在看清那張清雋疏朗的面容後，才恭敬的喚了一聲「殿下」。

喻景遲抬首看來，薄唇微抿，對她淺淺一笑。「順路聽見孩子哭聲，本王便來瞧瞧。」

順路來瞧瞧？

且不說根本不順路，而且這會兒都四更天了，誰還在外頭遊蕩。

碧蕪也不揭穿他，上前接過孩子道：「旭兒方才尿濕了，想是難受，這才哭嚷起來。」

她將旭兒抱回榻上，想將外間的水提進來給旭兒換尿布，卻發現小傢伙壓根兒不安分，她才鬆手，他便又翻過身子，試圖向外爬。

碧蕪正不知如何是好時，喻景遲似是看出她的為難，已闊步出去，將水壺提了進來，他將壺中水倒進架上的銅盆中，絞了帕子遞給碧蕪。

碧蕪接過來，微微頷首道謝，她給旭兒解了濕透的尿布，細細擦拭乾淨，將新的尿布換上。

或許覺得舒坦了，小傢伙不再哭鬧，總算是安靜下來，一雙圓溜溜的眼睛眯啊眯，顯然是犯了睏。

碧蕪坐在他身側，邊搖著竹扇，邊輕輕拍著，沒過一會兒，旭兒便徹底睡熟了。

她側首看向喻景遲，便見他淺笑著看著躺在榻上的旭兒，眸色溫柔。

不知怎的，碧蕪倏然想起唐編修的事，她朱唇微張，正欲詢問，卻聽屋門被敲了敲，康福站在虛掩的門外，小心翼翼道：「殿下，奴才有事要稟。」

喻景遲面沈如水，聞言看了碧蕪一眼，旋即提步出了屋。

夜裡靜悄悄的，只聽見蟬鳴此起彼伏，外頭人的說話聲很清晰的透過窗子傳進來。

碧蕪聽見康福道：「殿下，方才宮中來報，說陛下夜半吐了血，似是不大好，讓眾位王爺趕緊進宮呢。」

吐血？

碧蕪蹙了蹙眉，隱約記得，前世似乎也有這麼一齣。

就在太子造反的前幾個月。

緣由似乎是因北方大旱，陛下連續幾夜處理上呈的奏摺，積勞成疾，這才吐了血。

如今想來，莫非此事也與太子有關？

正當她思忖之時，便聽康福又壓低聲音，窸窸窣窣說了什麼。

碧蕪豎耳去聽，只模糊聽得幾個字。「還有……午後……長公主……不見了……」

第三十四章

喻珉堯這一病，便連著病了三月有餘，病因倒是與前世差不多。

後宮嬪妃主動請命願為陛下侍疾，喻珉堯卻是未允，只讓各皇子和王爺輪流侍疾，其中被安排侍疾時日最多的便是太子。

至於安亭長公主，碧蕪那日雖在窗外聽見康福說了安亭長公主消失之事，可讓銀鈴出去打聽，卻說隆恩寺那廂風平浪靜，並未聽聞這樁事。

看來是教人瞞下來了，那安亭長公主究竟去了何處？是被太子藏起來了，還是被陛下命人帶走了？

碧蕪不得而知。

只喻珉堯病癒後不久，特意封賞了太子，言太子在他纏綿病榻時悉心照拂，無微不至，使他樂以忘憂，才得以這麼快痊癒。

然同樣在喻珉堯跟前盡心侍疾的其他王爺和皇子卻未得喻珉堯一句誇讚，相較之下，喻珉堯的偏心盡顯，好似他膝下就只有太子這個兒子一般。

眾皇子心下自然不滿，但到底不敢多言半句，只能忍氣吞聲。畢竟太子是儲君，如今得罪了太子，不會有任何好處。

轉眼便是中秋時節，喻珉堯龍體漸安，自也想借這中秋宴好生慶賀一番。

作為譽王妃，碧蕪自也在參席之列，按理，旭兒作為譽王長子，也該抱著一塊兒去的。可近幾日，碧蕪眼皮跳得厲害，總隱隱有種不祥的預感。雖這世一切風波與前世不盡相同，但若按上一世那般推算，此時應當離太子造反不遠了。

離中秋夜越近，碧蕪越是翻來覆去睡不熟，她依稀記得，前世，太子造反也是在某個宮宴之上，她不確定這一世一切還會不會重演。

若是她一人去參宴也就罷了，可還要帶上旭兒，刀劍無眼，若有個萬一，該如何是好。

她左右睡不著，索性便翻身起來。

喻景遲這段時日忙碌得緊，常是深夜才回府裡，碧蕪本想等他，可忍不住睏意，總是頻頻錯過。

今夜，可不能再錯過了，她望了望外頭的圓月，估算著如今約莫在三更前後，喻景遲也該回來了。

她披了件衣裳，想去尋值夜的婢女問問，誰料才打開門，便見一人站在門口，手掌伸在半空，顯然是要推門。

借著皎潔的月色，碧蕪看清來人，不由得詫異的眨了眨眼。「殿下。」

喻景遲微微頷首，往屋內瞥了一眼。「可是旭兒醒了？」

他本以為碧蕪是起身給孩子換尿布的，碧蕪卻搖了搖頭，如實道：「臣妾是要去尋殿下的，臣妾有話要與殿下說。」
喻景遲深深看了她一眼。「去院中吧，本王也有話想與王妃說。」
那倒是巧了。
碧蕪吩咐值夜的婢女去屋裡看顧一會兒，而後隨喻景遲在院內秋千旁的石凳上坐下。秋日的夜風尚且帶著些夏日的暖意，在外頭坐著，倒也不會覺得太寒，反覺秋高氣爽，舒適得緊。
她方想開口，就聽喻景遲道：「旭兒身子弱，前一陣還發了高熱，明日的晚宴人多，指不定就被誰過了病氣，便不必一道去了。」
碧蕪聞言稍愣了一下，她正想要尋個由頭不讓旭兒去，不承想喻景遲竟先提出來，這對碧蕪來說，自是再好不過。
她順勢道：「臣妾今日想對殿下說的，便也是這個了，旭兒還小，也不常出門，多少有些認生，晚宴人多，若是受了驚嚇，怕是不好。」
喻景遲點了點頭，又道：「那日，王妃也不必去了，畢竟旭兒離不開王妃，晚宴要兩個時辰，久了，旭兒怕是要哭鬧。」
碧蕪有些意外，能不去她自然樂意，但還是試探著問：「臣妾不去，可以嗎？」
喻景遲薄唇微抿，淡淡笑了。「本王會以王妃照顧旭兒，雙雙染疾為由，稟告父皇。」
「多謝殿下。」

碧蕪站起來，福了福身，垂眸若有所思。

喻景遲此番安排不僅稱了她的意，還讓她越發確信，太子叛亂許就在中秋之夜。

以喻景遲的能力，不可能不知太子私下養兵之事，或就是故意放縱，令太子自取滅亡。

不過，這一世與上一世到底不同，因這回並未傳出安亭長公主暴斃的消息，若她猜得不錯，安亭長公主應當還活著，被陛下囚禁在某處，性命堪憂。

正因如此，太子才會不得已起兵造反，逼陛下退位，借此救出安亭長公主。

碧蕪思忖間，不由得露出幾分諷刺的笑，可真是一對癡心不渝的有情人。

中秋當日，不到申時，喻景遲便從府衙回來，為夜裡的宮宴做準備。

碧蕪抱著旭兒去雁林居時，康福正在為喻景遲更衣。

喻景遲平素著裝都喜輕便樸素的，今日穿上這身繁冗精緻的禮服，襯得越發挺拔如松，矜貴威儀。

他對著一面銅鏡，神色沈肅，眸光冰涼，卻在透過澄黃的鏡面瞧見碧蕪的一瞬，浮上幾分淺淡笑意。「王妃怎麼來了？」

碧蕪莞爾一笑，低聲道：「臣妾今日不去參宴，便想著帶旭兒來送送殿下。」

旭兒像是知道碧蕪說到了他，他搖著手臂，對著喻景遲「咿呀咿呀」的叫，咧開嘴露出兩顆可愛的小乳牙來。

喻景遲含笑一把將旭兒抱過去，旭兒竟一下摟住喻景遲的脖頸，還用手在喻景遲肩上親暱的拍了拍。

康福見此一幕，不由得恭維道：「殿下平素公事繁忙，也不常見到小公子，小公子還與您這般親近，當真是父子了！」

碧蕪聞言撇開眼，沒有說話，喻景遲亦是不言，只背對著碧蕪唇角微勾，拉著旭兒的小手逗著他，心情似是極佳。

待喻景遲穿戴齊整，碧蕪便抱著旭兒一道送喻景遲出府。

眼瞧著喻景遲要翻身上馬，碧蕪急急踏出一步，開口喚了一聲。「殿下！」

喻景遲止住動作，回首看向碧蕪，柔聲問：「王妃可還有什麼話要說？」

碧蕪遲疑半晌，將旭兒交給錢嬤嬤，緩步上前。她張了張嘴，欲言又止，到底不能說讓喻景遲小心，便只能轉而笑著道：「殿下一路平安，今夜……今夜莫要飲太多酒。」

喻景遲聞言低笑了一下，頷首認真的道了聲。「好。」

直到看著喻景遲遠去，碧蕪秀眉緊蹙，心下仍是有些不安，分明知曉他不會有事，可光是想到那刀光劍影的場景，她一顆心便揪得厲害。

可不論她想的那事會不會發生，都不會改變今夜是中秋團圓夜的事實。

圓月如盤，高掛於頂，月華如練，美不勝收。雨霖苑中種著幾棵月桂樹，盈盈香氣在夜風中浮動，沁人心脾。

錢嬤嬤命膳房做了月團、螃蟹，還盛了釀好的桂花酒。喻景遲不在，碧蕪讓錢嬤嬤、銀鈴、銀鉤和小漣不必顧什麼規矩，都圍坐在一塊兒過佳節。

旭兒自然吃不了這些，可他坐在碧蕪膝上卻是不老實，時不時探出身子要去抓桌上的東西，都被碧蕪給攔了。

她特意讓膳房蒸了番瓜，將煮熟的番瓜搗成泥，一口一口餵給旭兒。旭兒「吧咂吧咂」吃得歡，小嘴邊沾滿了黃澄澄的番瓜泥，吃完了小半碗還不夠，他還一直張著嘴，拉著碧蕪的袖口，用那雙圓溜溜的眼睛渴望的看著她，發出「啊嗚啊嗚」的聲音。

看著他這副模樣，眾人皆忍俊不禁。歡聲笑語之時，卻見銀鉤望著遠處忽然面色大變。

「呀，妳們瞧那兒，這是怎麼了？」

眾人循著她的視線看去，才見東南面火光沖天，甚至隱隱有喧囂嘈雜聲傳來。

碧蕪心猛然一跳，頓時意識到什麼。這場景前世她便見過，沒想到竟真被她猜中了！

她抱著旭兒的手臂不由得攏緊了幾分。

除了她，所有人皆是面面相覷，不明所以，碧蕪也只能強作鎮定道：「今夜中秋，萬家燈火，安平坊還有燈會，指不定是哪兒不意走了水。」

她又轉而看向錢嬤嬤道：「嬤嬤，妳讓齊管家去告一聲，讓府裡的人今夜都好生待著，莫要出去閒逛，外頭人多又亂，就怕出事。」

「是。」錢嬤嬤應聲，退下去吩咐了。

這頓中秋宴也吃得差不多了，碧蕪亦沒了繼續吃的胃口，便讓銀鈴、銀鉤和小漣收了碗筷，抱著旭兒去了裡屋。

大抵半個時辰後，喧囂聲越近，甚至還隱隱約約夾雜著兵刃交接的聲響，銀鈴、銀鉤進來時面色都不大好，顯而易見的恐慌。

碧蕪一時也不知怎麼安慰她們，只能試圖談笑，讓她們儘量放鬆些。

又過了小半個時辰，錢嬤嬤才進來告訴碧蕪，安平坊的燈會取消了，百姓們都被趕回家中，如今街上都是御林軍在來回巡邏，也不知發生了什麼。

碧蕪自然曉得發生了什麼，太子欲趁中秋宴叛亂，卻被喻珉堯發覺，早一步在宮中各處佈置了御林軍。就不知這一世，太子有沒有在親信的掩護下順利逃脫。

見眾人都是一臉凝重的模樣，碧蕪安慰道：「御林軍是陛下直屬，如今光明正大在城中巡視，當是不會有什麼大事，不必太擔憂。」

雖這般安慰著，可待到亥時，碧蕪哄睡了旭兒，踏出屋門，才發現空氣中都飄浮著一股極淡的血腥氣，白日的不安復又浮上心頭，碧蕪抬首望向頭頂的圓月，竟覺得皎潔的月光都蒙著一層淺淺的血色。

碧蕪毫無睡意，只能坐在屋內的小榻上看閒書，中途，旭兒醒了一回，碧蕪給他換了尿布、餵了乳，他便又安安穩穩翻了個身睡著了。

待到快過四更天，守夜的小漣才輕輕扣門，壓低聲音稟道：「王妃，王爺回來了。」

正以手托額，靠著引枕打盹兒的碧蕪聞得此言，倏然清醒過來，忙問道：「王爺如今在哪兒？」

「方才回雁林居了。」小漣答道。

碧蕪也顧不上只穿了一身單薄的寢衣，起身便往雁林居而去。

雁林居和雨霖苑僅一牆之隔，中間以月亮門連接，碧蕪行至月亮門時，便見那廂正迎面而來的身影。

她愣了一下，沒注意腳下的門檻，步子一快，猛地一絆，身子驟然向前跌去，然不待小漣扶住她，已有一雙大掌抓住她的手臂，穩住她的身子，耳畔旋即響起低沈醇厚的聲音。

「王妃怎的還不睡？」

碧蕪垂下眸子，沒敢看他的眼睛，只道：「今日外頭甚是喧囂，也不知發生了什麼，殿下沒回來，臣妾睡不著……」

「王妃是在擔心本王？」喻景遲的聲音裡帶著幾分歡愉。

然他身前的佳人，朱唇緊抿，雙頰略有些緋紅，卻並未答話。

今夜的風略帶著幾分涼意，透過寢衣的縫隙吹進來，碧蕪縮了縮身子，這才察覺到有些冷。

她方想用手臂環抱住自己，便覺肩上一沈，一件寬大的黑色披風已將她裹得嚴嚴實實。

「外頭涼，王妃若有什麼想問的，不若去屋內說吧。」喻景遲柔聲道。

碧蕪往雁林居的正屋方向看了一眼，遲疑半晌，點了點頭。

前世，未入宮前，她和旭兒就住在雁林居的東廂，因而她對此地倒算不上陌生。

甫一在裡屋的小榻上坐下，康福便命人上了茶水，碧蕪在屋內環視了一圈，等了一小會兒，才見喻景遲換了常服過來。

碧蕪明知故問道：「殿下，可是宮中發生了什麼？」

喻景遲輕啜了一口茶，風清雲淡的說出駭人的話。「太子謀反叛亂了。」

「叛亂！」碧蕪故作驚詫。「因何緣故？太子殿下深受父皇器重，怎麼會叛亂呢？」

許是她演得太拙劣，喻景遲凝神看了她半晌，旋即薄唇微抿。「太子與安亭長公主有私情，此事王妃可知道？」

碧蕪聞言懵了一瞬，不知他這話是在問她，還是企圖讓她承認，她思忖半晌，到底還是頷首道：「算是知曉，先前繡兒同臣妾說過，她懷疑太子殿下與旁人有私，後來去長公主府，見繡兒一直趕臣妾走，生怕我倆說的話被他人聽見的模樣，臣妾便生了懷疑，可此事實在荒唐，不敢確信。」

她如實回答，抬眸看去，便覺喻景遲看她的眼神似有些微妙，但很快他便接著道：「前太子妃孫氏一案，讓父皇對太子與安亭長公主生出懷疑，他將安亭長公主囚禁，這才逼得太子策劃在中秋夜謀反。其實，自三個月前父皇臥病，太子侍疾期間一直在給父皇下毒，才致使中秋夜父皇突感不適，太子本想趁此機會篡位，卻不料父皇早有所覺，沒教太子得逞。」

原是如此……

前世，碧蕪只曉得太子叛亂，其中細節不得而知，如今才曉得，原來太子早就生了害死陛下的心。

碧蕪又問：「太子如今……」

「逃了。」喻景遲答道。「父皇已派妳哥哥帶兵親自前去捉拿。」

逃了？這倒是與前世無異。

那安亭長公主呢？可還活著？

碧蕪抬眸看向喻景遲，喻景遲似是猜出她心中所想，唇間露出一絲嘲諷的笑意。「安亭長公主自然活著，父皇可還指著她逼太子投降就範呢。」

聞得此言，碧蕪不由得秀眉微蹙，脫口而出道：「即使到了這個分上，父皇還對太子殿下抱有希望嗎？」

見喻景遲端著茶盞的手一滯，碧蕪這才反應過來，自己這話怕是戳到了喻景遲的痛處。

宮中都知道，陛下偏愛太子，而那麼多兒子中，最不關心的便是喻景遲。

她朱唇微啟，正想彌補什麼，卻聽喻景遲風清雲淡道：「太子終歸是太子，在父皇心中的分量到底不同，父皇早知他要謀反，卻還是一次次給予他機會，不然王妃以為父皇當初為何會突然患疾。」

聞得此言，碧蕪不由得雙眸微瞠，難不成幾個月前，陛下疲憊吐血是假，欲試探太子為真。

他故意佯裝纏綿病榻，讓太子貼身照顧，就是給太子機會，看看他會不會真的對自己下手。

可讓陛下失望的是，他這個最疼愛的兒子，為了一個女人，不僅要奪他的皇位，還要害他的性命。

她震驚的看向喻景遲，便見他似笑非笑，不知是在嘲諷太子的愚蠢，還是對陛下心寒。雖這一世，安亭長公主並未送命，但不管她有沒有死，太子都謀反了。即便如此，陛下仍處處偏袒太子。

可陛下不知，無論他如何做，得到的都只是他那個不爭氣的兒子滔天的恨意罷了。

與喻景遲聊了一會兒，碧蕪便覺睏倦得厲害，她本只想閉上眼瞇一會兒，卻不想就這般睡了過去，醒來時，便發現自己躺在雁林居主屋的床榻上，而喻景遲已然離開了。

縱然不去打聽，翌日清早，太子造反的事亦傳得沸沸揚揚，很快碧蕪便瞭解了昨夜未得知的細節。

聽聞昨日中秋宴上，喻珉堯忽感不適，便由太子扶著去了側殿歇息，誰知沒過多久，就聽側殿傳來巨大的響動，眾人趕過去，才發現太子正用劍挾持陛下。

沒一會兒，宮門大開，幾千精兵湧入皇宮，將朝雲殿圍得水洩不通，正當太子逼迫喻珉堯退位立詔，命殿中眾人對他俯首稱臣時，卻不料喻珉堯冷笑一聲，緊接著藏在皇宮各處的御林軍一擁而上，將那五千精兵反殺，重新掌控局勢。

太子見勢不妙，挾持喻珉堯至宮門前，而後在身邊親信的掩護下，逃出京城。

而後，事態便如碧蕪前世所知的一般發展，太子一路南逃，被追至蚩疑江畔，只這回他沒有自盡，而是被蕭鴻澤抓住，帶回京城。

喻珉堯並未將他下獄，只囚禁在東宮之中，被囚禁的太子沒有其他要求，只願再見安亭長公主一面，宮人向御書房遞了話，喻珉堯允了。

可誰也沒有想到，安亭長公主進去後半個時辰，卻聽裡頭傳來一聲慘叫，宮人急急打開殿門，卻發現太子身中數刀，倒在血泊之中，而安亭長公主拿著匕首，一身羅衫盡數染紅，她看著太子的屍首，流著眼淚，放肆的大笑。

宮中侍衛湧入，將安亭長公主擒住，押到喻珉堯面前，喻珉堯聽聞太子死訊正深陷於悲痛中，自是對安亭長公主恨之入骨，安亭長公主卻只是看著喻珉堯笑，一聲聲喚他皇兄，旋即驀然變了臉，直向喻珉堯衝去。

兩側侍衛快她一步，一下壓制住安亭長公主，她口中直吐鮮血，可還是死死盯著喻珉堯的臉，不停的說著兩個字——報應。

這些，碧蕪自不曉得。

只從宮中來通傳的人口中得知，太子薨了，緊接著，過了一、兩日，便傳來安亭長公主的死訊。

和上一世一樣，安亭長公主的死因是病故，可縱然她死得蹊蹺，也無人去關心原因。

因太子死後，喻珉堯還是以親王之禮，將太子葬於皇陵，似乎全然不在乎當初太子叛亂一事。

而後，喻珉堯更是因哀慟過度而病倒，久不能臨朝。

碧蕪聽得這些，心下難免百感交集，可她還是什麼都沒說，只默默抱緊了懷中的旭兒，低嘆了口氣。

太子死後，整個京城似乎都籠罩在一片陰雲之下，直到一個多月後，才逐漸恢復往日的生機。

入了十一月，天兒寒起來，炭盆被端進屋裡，竹簾籠也換成了厚厚的棉門簾。

是日，碧蕪正坐在小榻上給旭兒納新鞋，為給他將來練步用，便見小漣疾步進來，將一封信箋遞給她。

「王妃，這是門房那廂派人送來的，說是給您的。」

碧蕪接過信箋，卻發現信封上一片空白，什麼都沒有，她疑惑地將信拆開，展開信紙，上頭只有寥寥一句話。

明日午時，觀止茶樓見，有要事相告。

碧蕪將信紙翻來覆去看了好半天，才終於在角落發現了微小的落款——趙如繡。

第三十五章

這一手娟秀的簪花小楷，碧蕪認得，的確是趙如繡的字沒錯。

打旭兒兩個月時，她去長公主府探望過趙如繡一次，她們便不曾再見過面。安亭長公主死後，碧蕪也曾擔憂趙如繡因此受到牽連，但直到從銀鈴口中得知，在送安亭長公主出殯的人中看到了趙如繡，碧蕪一顆心才算安定下來。

如今接到這封信，她不免有些唏噓，雖不知趙如繡約自己究竟所為何事，但這個約她定是要赴的。

翌日午後，碧蕪借抱著旭兒去外頭遊玩的名義，乘馬車去了觀止茶樓。

趙如繡約她的事，碧蕪並未隱瞞銀鈴、銀鉤和小漣，自也是帶著她們一道去的，雖說是趙如繡約她，但她到底也存了幾分戒心。

直到在觀止茶樓門前瞧見趙如繡的貼身婢子紅兒，她方才踏實了幾分。

「譽王妃，我家姑娘正在上頭等著您呢。」紅兒恭敬的一施禮，旋即引著她往二樓東面的一個雅間而去。

推開房門的一瞬，瞧見那張久違的容顏，碧蕪雙眸一熱，險些掉下淚來。「繡兒……」

「姊姊！」

趙如繡亦是激動難抑，看到碧蕪的那刻，身子微微顫抖起來，很快便以手捂面，哭得不能自已。

碧蕪快走一步，一把將她攏進懷裡，光是這般抱著，心下的酸澀之感就如潮水般不住的上湧。她看得出趙如繡又瘦了，而親自抱過後才發現，她的繡兒哪還有二兩肉，輕飄飄的，恍若風一吹便能倒下。

「怎的瘦成這樣……」碧蕪心疼不已，看著趙如繡瘦削的小臉、黯淡的面色，哪還有初見時笑靨如花的明媚模樣。

趙如繡只輕輕搖了搖頭，什麼都未說，然餘光瞥見小漣懷中的孩子，雙眸卻亮了幾分。

「這便是旭兒吧？都快一歲了，我還是頭一回見他呢。」

碧蕪見勢忙將旭兒抱過來，笑道：「旭兒出生便穿上了妳做的衣裳，只可惜如今大了，那衣裳穿不下了。來，旭兒，叫姨姨。」

旭兒半懂不懂，尚且不會說話，只能眨著那雙大眼睛，對著趙如繡「咿咿呀呀」的嚷著什麼。

「真是可愛，姊姊養得極好。」趙如繡拉著旭兒的手搖了搖，眸中露出些許豔羨。

看著她這模樣，碧蕪心下不免有些發澀，但還是強笑道：「昨日妳來信說有要事相告，到底是什麼話想同我說？」

趙如繡聞言遲疑著抬眸看向碧蕪身後的幾人，碧蕪登時會意，讓銀鈴、銀鉤和小漣，帶著旭兒去樓下玩一會兒。

趙如繡亦屏退了紅兒，一時雅間內便只剩她們二人。

兩人相對而坐，趙如繡為碧蕪倒了茶水，才啟唇緩緩道：「再過幾日，我便要隨父親一道去琓州了。」

碧蕪飲茶的動作微滯，少頃只笑道：「倒也好，聽聞琓州也是個山清水秀之地，很適宜修身養性。」

她這說的倒也不全是安慰的話，前世，安亭長公主去世後，她那位身為翰林院掌院學士的夫君也被喻珉堯尋了個由頭，外派去了琓州。

這一世，趙如繡並未死，隨那位趙掌院一道，這也算是個不錯的結果了吧。

趙如繡卻苦笑了一下。「母親的事想來姊姊也已經得知了，母親死後，我才知曉，原來母親與太子的事父親其實很早便知道，他說他恨自己無用，什麼都做不了，便只能維持表面的假象，這些年盡可能讓我覺得幸福，我很想怪他，卻實在怪不了他。就像我很想恨母親，卻根本狠不下心……」

她說著，眼淚自面頰上滑落，一滴滴落入面前的茶盞中，融入苦澀的茶湯裡。

但很快，趙如繡抬袖擦了眼淚，又道：「姊姊，妳知道嗎？那日，我在客棧撞破母親和太子哥哥的私情後，真的很絕望。打決定我要嫁給太子哥哥那日起，母親便告訴我，太子哥哥是我將來的夫君，我應當敬他愛他，我也照做了。可我萬萬沒有想到，母親所做的一切都是在利用我，都是為了她自己。」

碧蕪聞言不由得秀眉微蹙，從中聽出幾分蹊蹺。

利用……

安亭長公主想利用趙如繡做什麼？她讓趙如繡進宮，難不成真的是為了方便她與太子私會，只是這麼簡單嗎？

碧蕪本欲詢問，可見趙如繡低垂著眼眸，面露感傷，到底沒再問，生怕戳了她的痛處。

趙如繡深吸了一口氣，止住眸中的淚意，恍若想將近一年來，不能向旁人傾訴的苦悶，一一道出。

碧蕪亦不言語，只放下茶盞，靜靜地聆聽著。

「我初初自縊不成，閉門不出時，太子哥哥曾偷偷來看過我，與我說了他和母親的事。他說他幼年喪母，過得孤獨，待他最好的便是母親。雖名義上是姑姑，可太子哥哥一直將母親當做姊姊來看，誰知隨著年歲漸長，這份感情便也在不知不覺中變了……」

趙如繡說到一半，忽而低笑了一下。「他確實對我母親愛之入骨，也始終將自己的這份感情偽裝得很好，甚至可以為了保護母親，親手殺了無意間得知了這個秘密的太子妃和她腹中的孩子。」

碧蕪不由得怔了一瞬，還真如她所想。「太子妃是……」

「是太子害死的，太子妃無意得知了他和我母親的秘密，為了保護我母親，太子哥哥便在太子妃喝的湯碗中動了手腳，致使太子妃崩漏，一屍兩命。」趙如繡面上露出幾絲嘲諷。「更可笑的是，太子哥哥為我母親做到這般，卻不知只是入了我母親的套罷了，我母親為了讓我成為太子妃而不擇手段，害死太多的人……」

她頓了頓，旋即抬眸看向碧蕪，眸色複雜。「包括姊姊，我母親欠姊姊的，繡兒這輩子只怕都還不清了……」

欠她的？

驀然被提及，碧蕪著實有些不明所以，只蹙眉疑惑道：「這話是什麼意思？」

趙如繡垂下眼眸，露出些許愧疚，許久，才啟唇低聲道：「住在隆恩寺的那段時日，母親或也察覺到自己命不久矣，告訴了我許多，還向我透露了一樁往事……姊姊當年在燈會上走丟，並非什麼意外，而是……而是被我母親故意帶走的……」

聽得此言，碧蕪只覺轟的一下，恍若有一道驚雷在腦中響起，令她久久都緩不過神來。

因年歲太小，當年走丟的事，她早已記不得了，她一直以為自己是被拐子拐走的，不承想，帶走她的竟是安亭長公主。

可是為何？她怎都想不出來，安亭長公主要帶走她的緣由。

趙如繡似是看出她的疑惑，低聲解釋道：「姊姊幼時，母親曾無意間讓一個方士給妳算過一卦，那方士說……說姊姊乃是大富大貴的皇后命。母親聽得此言，擔憂不已，怕姊姊對她的計劃有礙，便在燈會將姊姊帶走，交給了一人，囑咐那人帶姊姊走得越遠越好……」

皇后命？

便是為了這個？

就只是為了這個！

碧蕪只覺匪夷所思，果真很荒謬，荒謬得厲害。

怪不得當年，她教人丟在一處河岸邊上，才會被路過的芸娘撿到收養。

碧蕪一時不知該露出什麼表情，到最後，就只張開嘴，從喉間發出了一聲低笑。

「姊姊……」看到碧蕪這副模樣，趙如繡面上的愧色越濃，少頃，啞聲道：「都是我的錯……」

碧蕪雖心下亂得厲害，可腦中還算清醒，她長吸了一口氣道：「不，不是妳的錯……妳母親是妳母親，妳是妳，縱然妳母親犯了十惡不赦的事，也與妳沒有關係，莫將這些事都攬在自己肩上。」

「可我……」

趙如繡還欲再說什麼，就聽外頭響起孩子的哭聲。

緊接著，便聽銀鈴叩了叩門，道：「王妃，小公子哭了。」

旭兒哭得格外厲害，碧蕪不得不站起身。「出來了好一會兒，想是旭兒該換尿布了，今日我便先走了。繡兒，妳離京那日，派人來知會我一聲，我定去送妳。」

趙如繡眸中含淚，須臾，輕輕點了點頭。

碧蕪轉身方走出幾步，又被喚住了，回首，便見趙如繡看著她道：「姊姊，那方士還曾給我母親出主意，說什麼只要將妳的氣運盡數封存在貼身之物上，便能改掉妳的皇后命，我母親帶走妳前，按那方士所說，用妳身上的玉珮封存了妳的氣運，就藏在隆恩寺中。」

她說著，從袖中掏出一物，遞給碧蕪。「所謂氣運一說，想來全是那方士胡言亂語，但這枚玉珮，我替姊姊尋了回來，今日還給姊姊。」

碧蕪看了眼那枚瑩白圓潤的平安扣，上頭紅繩已然泛舊。她伸手接過，朝趙如繡微微一頷首，這才離開。

坐在回府的馬車上，碧蕪抱著一直不安分扭著身子亂動的旭兒，心下百感交集。少頃，摸著那枚平安扣，不知怎的，後知後覺，控制不住的掉下淚來。

她一直以為自己當年走失是個意外，如今卻有人告訴她，這並非意外，而是有人故意為之。

心頭的那股恨意與遺憾交錯上湧，就因為一個方士的胡言亂語，她與日日盼著她回來的親生爹娘兩世都未能再見，前世她更是為奴為婢，吃了一世的苦。

低低的抽泣很快變成了痛哭，只碧蕪沒敢教跟在車外的銀鈴她們聽見，用一隻手死死捂住了嘴。

原還鬧騰不已的旭兒見此一幕驀然安靜下來，他似是能感受到碧蕪的難過，竟將小手放在碧蕪臉上，替她擦起了眼淚，還咧開嘴，對著她咯咯的笑，像是在安慰她。

看到他這模樣，碧蕪亦是抿唇笑起來，她牢牢抱住旭兒，喃喃道：「娘沒事，娘還有你啊……」

雖然抑制住了哭聲，碧蕪下車時，一雙眼睛仍是紅腫得厲害，一眼就能瞧出哭過了。銀鈴、銀鉤和小漣都只當她是因為趙如繡而哭的，碧蕪也未主動解釋什麼，但因著趙如繡那番話，連吃晚膳的胃口都沒了。

錢嬤嬤見她精神不濟，言她若是身子不適，今晚還是莫讓旭兒同她一道睡了，碧蕪想了想，點頭答應了。

飯後她拉著旭兒在屋內學了會兒步，見旭兒睡意朦朧，便教姜乳娘把孩子抱走了。

旭兒不在，碧蕪今日洗漱完，睡得格外早，可卻是躺在榻上，輾轉反側，怎都睡不著。直到三更時分，她面朝床榻裡側而躺，倏然瞧見白牆上映出一道高大的剪影，那影子在榻前停下，幽幽坐了下來。

碧蕪自然曉得是誰，可那人並未出聲喊她，也未動她分毫，只是靜靜的坐著。

他不出聲，碧蕪也不開口先說話，大約一炷香的工夫，才見他起身，作勢欲走。

眼瞧著牆上的影子越來越低、越來越淡，碧蕪終究沒忍住支起身子坐起來，低聲喚道：「殿下。」

喻景遲步子微滯，折身看向她，柔聲問：「可是本王吵醒王妃了？」

他神色認真，若不是碧蕪知曉他常年習武，不可能察覺不到她在裝睡，險些就要被他騙了。

碧蕪搖頭，見他走到她身側，朱唇輕咬。「今日，臣妾去見了趙姑娘……」

喻景遲聞言，從喉間低低發出一個「嗯」字，似乎早就知曉了。

「趙姑娘對臣妾說了些安亭長公主的事，臣妾聽得雲裡霧裡的。」碧蕪試探著看向喻景遲，便見喻景遲也在看她，唇間笑意淺淡，似是看出她的心思。

「王妃可知，安亭長公主是如何被先帝收為養女的？」

這個，碧蕪倒是曉得。

「聽聞是安亭長公主的生父，宣平侯一家忠烈，以死禦敵，最後只剩長公主一人，先帝憐其孤苦，便將她養在膝下。」碧蕪答道。

「那王妃自然也曉得，當初城破，是因援軍久久不達。」喻景遲頓了頓，意味深長道：「兩日兩夜，不過百里，妳猜援軍為何會遲？」

碧蕪秀眉微蹙，少頃，卻恍然大悟。若不是意外，那援軍便是故意為之！

目的便是為了光明正大的害死宣平侯一家。

至於誰敢這麼做，還能有誰，只有一人！

碧蕪只覺指尖都有些發寒，果然，人心之惡，遠比鬼神更加可怕。

怪不得，趙如繡說，即便安亭長公主十惡不赦，她仍是對她恨不起來。

因她可恨，卻未嘗不可憐。

因「功高蓋主」四字，幼年全家被設計遭敵軍屠戮，可她還要認賊作父，只為成全那人虛偽的「宅心仁厚」。

碧蕪不知安亭長公主究竟是何時知曉了真相，可光是想想，碧蕪都能感受到那股滔天的恨意。

或許是為了報這滅門的血海深仇，安亭長公主才會謀劃那麼多年，她的目的，不僅僅是想殺了先帝那麼簡單，她欲令自己的女兒登上太子妃之位，為的便是讓她將來成為皇后，生下儲君。她想徹底攪亂喻家江山，占為己有。

不過這些，都僅僅只是碧蕪的猜測罷了，她並不知安亭長公主當初究竟是如何謀劃的。可不管是不是為了報仇，安亭長公主所造下的孽，都不會被磨滅和原諒，包括她當年帶走碧蕪的事。

碧蕪長嘆了一口氣，抬眸便見喻景遲正看著自己，她倏然想起趙如繡說過的事，脫口問道：「殿下相信所謂的命和氣運嗎？」

喻景遲聞言皺了皺眉。「王妃怎對這些感了興趣？」

碧蕪勾唇笑了笑。「不過是前些日子看了些閒書，隨口一問罷了。」

什麼皇后命，什麼氣運，都是些方士騙錢的話術而已，當不得真。

她想隨口翻過此事，卻聽喻景遲神色認真的一字一句道：「本王不信命，但若真有命，本王也定會與祂鬥到底！」

第三十六章

三日後，趙如繡悄無聲息隨她父親一塊兒離開京城，趕往琓州，碧蕪得知時，人已走了大半日，早就趕不上了。

她只吩咐家中一小廝帶了封信給碧蕪，字裡行間盡是歉意，末了，只道了一句「此生，有緣再見」。

碧蕪強忍下眼眶中打轉的眼淚，告訴自己，該替趙如繡欣慰才是。陛下之所以未趕盡殺絕，或也是因當年先帝所做之事，對安亭長公主有愧，便未對她唯一的骨肉動手，只讓他們父女二人，遠離京城。

離開也好，京城雖繁華迷人眼，但是是非非，錯綜複雜，遠不如琓州清淨。在琓州日子久了，她的繡兒或也能忘了曾經的傷痛，恢復往日明朗的模樣吧。

趙如繡的離開，著實讓碧蕪難過了許久，但很快，府中便又開始忙碌起來。

不知不覺，白駒過隙，旭兒的周晬到了。

太子下葬還不到兩月，喻珉堯身子雖逐漸康復，可朝堂內外仍是一片愁雲慘霧。

碧蕪也曾猶豫，旭兒這周晬宴是否還要辦，唯恐這番喜慶的場面惹得陛下不喜。最後還是太后發了話，說太子的事情到底與旭兒無關，周晬宴是喜事，沒必要太過避諱。

太后既這般說了，碧蕪也不再猶豫，著手操辦起了筵席。

可許還是礙著太子叛亂這事，如今京城人人自危，縱然請柬發出去，當日來參宴的人並不算多。

碧蕪也不在意，人少些倒方便她招待了。

不過旁人不來，蕭家人自是會來的，蕭老夫人給旭兒帶來一雙自己親手納的虎頭鞋，上頭的紋樣還是用金絲一針一線繡出來的，甚為用心。

蕭毓盈也來了，她出嫁後，如今算是唐家人了，與她一道來的還有唐編修，雖是姊夫，唐編修木訥的對碧蕪施了個禮，恭恭敬敬的道了句。「臣參見王妃。」

碧蕪頷首，深深看了他一眼，轉而見蕭毓盈春風滿面，笑靨如花，便曉得她婚後應當過得還不錯，這才放心了幾分。

讓人意外的是，太后也來了。她一把抱起旭兒，看著懷中粉雕玉琢的小娃娃，著實喜歡得緊，還摘下自己戴了許多年的檀木手串，送給了旭兒。

眼見賓客都來齊了，譽王還未回來，碧蕪心急如焚，讓銀鈴派人去探一探。

喻景遲今日本是告了假的，可晨起卻被宮裡召了去，過了兩個多時辰還不回來，也不知是不是臨時有要事。

這譽王不在，原定好了的抓周儀式也不好開始，碧蕪只得先安排賓客在廳內吃些茶水點心，等候一會兒。

眾人倒也不在意，因他們正與今日筵席的主角玩得不亦樂乎。
滿周歲的旭兒學步比旁人快一些，由大人牽著，也能慢悠悠走上一段。
太后手上握了只橘子，故意坐在椅上伸出手逗旭兒，旭兒還真笑著，顛顛的走過去，到後頭甚至撒開錢嬤嬤的手，一下撲進太后懷裡，抓住那只黃澄澄的橘子，高興的捧著樂顛顛的，脖子上懸掛的長命鎖的鈴鐺也隨著他的動作叮叮噹噹響。
周圍人見此情形，都不由得被他的有趣模樣逗得笑起來。
大抵過了半炷香的工夫，就見一小廝急匆匆的跑進來，氣喘吁吁的站在碧蕪面前道：「王妃……來了，來了……」
「可是殿下回來了？」碧蕪問他。
小廝點點頭，接著又猛然搖頭，沈了沈呼吸道：「王爺是回來了，還帶來一位貴客。」
「貴客？」碧蕪納罕不已，還欲再問，餘光便瞥見一人闊步踏進院來，後頭跟著的正是喻景遲。
看清來人的模樣後，碧蕪怔了一瞬，旋即快步上前施禮。「兒臣參見父皇。」
喻珉堯著一身樸素的紫誥圓領袍，斂去幾分平日的端肅威儀，淺笑道：「朕不請自來，也不知譽王妃歡不歡迎。」
這位不速之客的確讓碧蕪有幾分意外，她悄悄瞥了眼喻珉堯身後的喻景遲，恭敬道：「父皇玩笑了，父皇能來旭兒的周晬禮，是旭兒和兒臣的榮幸。」

喻珉堯對著碧蕪滿意的一頷首，提步入正廳去。

碧蕪跟在後頭，用詢問的眼神看向喻景遲，喻景遲只朝她笑了笑，面上露出幾分無奈。

原還喧囂熱鬧的廳室，在喻珉堯踏進去的一瞬，驟然鴉雀無聲，眾人在愣怔過後，忙不迭低身施禮。

「參見陛下。」

「都平身吧。」

喻珉堯行至太后跟前，躬身道了句「母后」。

太后也有些意外，問：「陛下怎麼來了？」

喻珉堯笑答。「朕今日與遲兒聊完政事，聽聞是八皇孫的周晬宴，閒來無事，便來譽王府熱鬧熱鬧。」

原來是一時心血來潮，碧蕪聞得此言，忍不住看向喻景遲。

喻珉堯根本不記得今日是旭兒的周晬禮，估計是臨時起意，才會賞臉來參加。他對旭兒的不在乎，就如同對喻景遲不在乎一般。

見喻景遲神色如常，面上全然看不出絲毫破綻，碧蕪猜不出他究竟是如何想的，是已經習慣了，還是毫不在意了。

瞥見坐在太后懷中的旭兒，喻珉堯不由得多看了兩眼，見這個孩子睜著一雙圓溜溜的大眼睛，好奇地直勾勾盯著他瞧，毫無懼意，他不免生出幾分興趣。

可縱然是他親自為這個孩子擇選的名字，然思忖了半晌，喻珉堯還是想不起來，就只能道：「這便是八皇孫吧？」

「是啊。」太后見他方才蹙著眉，似是在回想什麼，頓時了然，不動聲色的提醒道：「要說陛下當初選的這個名字好，旭兒這孩子果真如名字所言，活潑明朗，歡蹦亂跳的。」

喻珉堯抿唇笑了笑，聽得此言，倏然想起太子來。當年，太子出生時，他親自替孩子取了個好名字，「銜」字，寓意領銜馳騁，橫歷天下。他對這個長子寄予厚望，卻不想有一日這孩子竟會起弒父奪位之心，對他兵戈相向。

眼見喻珉堯的雙眸黯淡下來，太后猜出定是又想起了傷心事。對於太子一事，太后不是不難過，可她活到這個歲數，見過太多，也能比喻珉堯更淡然面對這些，她在心下低嘆了一聲，轉而道：「遲兒回來了，這旭兒的抓周禮是不是該開始了。」

見太后看向自己，碧蕪登時會意，吩咐下人去準備東西。

幾個小廝在地上墊了塊大毯子，在上頭擺上筆硯、弓劍、錢銀等十幾樣東西，鋪了大半塊毯子。

碧蕪親自將旭兒抱過來，放在絨毯上，示意他挑喜歡的去抓。

旭兒坐在上頭，卻是不動，他回頭看了碧蕪一眼，只伸出手臂，抿著嘴要碧蕪抱。

碧蕪自然沒依他，只搖了搖頭，柔聲道：「旭兒過去抓一樣喜歡的，抓完了，母親再抱你。」

見碧蕪態度堅決，旭兒像是聽懂她的話，眨了眨眼，露出委屈又無奈的神情，轉過身，往那一堆物件爬去。

這抓周的場面原應熱鬧非凡，但礙著陛下和太后都在，眾人到底不敢隨意說話，只眼睛一眨不眨，緊盯著旭兒的動作瞧。

旭兒先是在一本書冊前停了下來，立刻有人低聲恭維道：「書好，書好，博覽群書，學富五車，自是再好不過。」

然旭兒的手卻未伸向那書冊，而是轉了個彎，轉頭看向放在邊沿的長劍，正確來說只是個劍鞘罷了。旭兒將手落在劍鞘上摸了摸，卻聽太后笑起來。「我們旭兒將來莫不是要想學他舅舅，學得一身好武藝，上陣殺敵，保護大昭江山啊。」

喻珉堯聞言也跟著笑了笑。

不過他們都猜錯了，旭兒仍是沒有抓，而是繼續往前爬。

碧蕪盯著旭兒的動作，心下緊張不已。前世，旭兒在抓周時什麼都沒抓，他似乎對什麼都不感興趣，後來乾脆就坐在原地哇哇大哭，喻景遲見此，就讓碧蕪抱著孩子先下去了，此事也不了了之。

可這世不同，若是喻珉堯不在也就罷了，但喻珉堯在，就怕旭兒抓著什麼不該抓的，讓人誤解。

但幸好，和上一世差不多的是，旭兒在各個物件之間轉繞了一圈，顯然興趣乏乏，過了小半炷香的工夫，還是什麼都沒抓。

見旭兒坐在絨毯中央、不知所措的模樣，碧蕪正欲開口解圍，卻見旭兒轉過身，往絨毯邊沿爬去。

他爬得分外俐落，且目標明確，眾人眼看著他往上首而去，最後竟抬手，一把攥住那片紫誥的衣角。

眾人見狀，不禁都深吸了一口氣。

喻珉堯一垂首，便見那個粉雕玉琢的小娃娃，正咧開嘴，笑著看著他。

眾人面面相覷，一時間都有些不知所措，這小孩子抓周抓什麼的都有，可是少見去抓人的，何況他抓的還是皇帝。

少頃，還是太后先忍俊不禁道：「哎呀，我們旭兒這是抓定你皇爺爺了？」

旭兒似乎聽懂了這話，嘴上發出「咿咿呀呀」的聲音，還伸出雙臂朝喻珉堯比了個討抱的姿勢。

然喻珉堯只是笑了笑，伸手摸了摸他的頭，並未抱他。

旭兒見此，竟耍賴般一屁股坐下來，緊接著一把抱住喻珉堯的腿，又昂著腦袋「咿咿呀呀」，不知在說些什麼。

見他這般執著，喻珉堯神色逐漸軟下來，竟真的一把抱起旭兒，還上下晃了兩下，惹得旭兒「咯咯咯」的笑，還親暱的摟住喻珉堯的脖頸。

喻珉堯微愣一下，旋即彎了眉眼，在旭兒背上輕輕拍了兩下。

「都說隔輩親，這話著實不錯，哀家瞧著旭兒同陛下很是投緣。」太后趁勢道。「而且旭兒著實聰慧，曉得只要討好他皇爺爺，就什麼賞賜都能得到。」

喻珉堯聞言立即轉頭看向身側的內侍李意，吩咐道：「你派人回宮一趟，去庫房挑著有趣好玩的送來，對了，還有前陣子南部上貢的那三疋錦緞，也一併送來吧，等天熱了，好給八皇孫裁了做衣。」

「是。」李意應聲，忙退下去辦。

聞得此言，廳中一些人的神色不由得玩味起來。

誰人不知南部的錦緞少而稀，是珍品中的珍品。因著今年大旱，南部上貢的錦緞比往年少了將近一半，總共也就十幾疋，依次分給了太后、皇后和淑貴妃後，剩下的便也只有五、六疋，留作明年給陛下裁衣用。誰承想，喻珉堯竟一下將其中三疋賜給這位八皇孫，可見對其喜愛之深。

碧蕪和喻景遲自也曉得賞賜之重，當場便謝了恩。

抓周後，喻珉堯沒走，與太后一道留下來用了宴，即便是用宴時，喻珉堯也一直抱著旭兒沒放，甚至在問了姜乳娘後，親自給旭兒餵了些筵席上能吃的湯水點心。

男女不同席，碧蕪只能心驚膽戰的遠遠瞧著，生怕旭兒哭鬧，惹得喻珉堯不悅。

不過，事情卻與她想的恰恰相反。

即便旭兒吃得髒兮兮，甚至口水滴滴答答的落在喻珉堯的衣袍上，喻珉堯仍心情極佳，渾不在意，反是時不時被旭兒逗樂。

自太子一事後，喻珉堯兩鬢斑白，似一夜之間蒼老了許多，這些時日來，還是頭一次見他這般高興。

因著喻珉堯在，這頓周晬宴眾人都難免吃得有些拘謹，不過宴後，喻珉堯特意將碧蕪叫到跟前，當著眾人的面誇她操持得不錯，今日的菜色都很合他的胃口，還賞賜了碧蕪一番。

喻珉堯又坐了一小會兒，李意上前，俯身在他耳畔低聲說了什麼，喻珉堯劍眉微蹙，這才無奈的起身離開。

姜乳娘想去接旭兒，旭兒卻抱著喻珉堯的脖頸不肯放，甚至扯著嗓子號啕大哭起來，最後還是碧蕪上前，將他抱了下來。

喻景遲親自將喻珉堯送出了府，喻珉堯站在馬車前，臨走前，往府內看了一眼道：「你這兒子倒是與朕投緣，有空常帶他進宮，讓朕瞧瞧。」

「是。」喻景遲垂首，畢恭畢敬道。

喻珉堯看著眼前的喻景遲，不由得凝神觀察起來，似乎這二十幾年來，他還是頭一回這麼仔細的看自己這位排行第六的兒子。

因著沈貴人當年瘋瘋癲癲，他連帶著不是很喜歡她生下的這個孩子，再加上喻景遲隨著年歲漸長越發寡言少語，性子溫吞，縱然長相在一眾皇子中格外出眾，也不怎麼引起他的注意，只有當手邊有了些棘手的苦差事，喻珉堯才會想起這老六來。

可如今再看，喻珉堯才發現，其實他這個六兒子似乎也不是他想像中的無能，他先前交代的差事，縱然慢些，但也算辦得不錯，總能給他呈上滿意的結果，其實算是塊被蒙了塵的美玉。

這些年，他眼中只看到太子，似乎對其他幾個兒子確實太疏忽了些。

喻珉堯倏然低嘆了一聲，而後伸手在喻景遲肩上拍了拍，未置一言，由李意扶著上了馬車。

喻景遲彎身恭送喻珉堯，直到看不見馬車了，才抬眸看向遠處，眸光越發冰冷，許久，唇角微勾，露出些許嘲諷的笑意。

第三十七章

雖當日參加旭兒周晬宴的賓客並不算多，可翌日不到午時，陛下來參宴之事便已傳得沸沸揚揚。

畢竟，陛下膝下那麼多皇孫，還從未見他去參加過哪個皇孫的周晬禮，至多不過是派人送些賞賜的賀禮過去而已。

可這回，陛下不僅親自去了，聽說還對這位八皇孫喜愛有加，甚至將南部上貢的三疋錦緞都贈予了八皇孫。

此事，若放在尋常人家，或也不值得太過深究，可落在皇家，未免讓一些人起了旁的心思。

太子已死，如今東宮空置，將來定是要再立儲君，雖說承王因著淑貴妃撐腰，繼位的可能性最大，可凡事都有個萬一。陛下對幾個皇子的態度都相差不大，並不曾特別偏愛哪個，可這回卻破天荒去參加了譽王府辦的周晬宴，難免惹人深思。

朝中那些本站在太子一邊的朝臣見此形勢，就如同那牆根邊上的草一般，隨風而動，轉而恭維討好起喻景遲。

不過幾日，就有源源不斷的賀禮送進譽王府，說是給譽王府的大公子補送的周晬賀禮。

碧蕪看著這些物品，不免有些犯愁，但也不好私自處置，便派人去問了喻景遲。

喻景遲沒有正面答，只隨意道這些都是府宅內事，相信她都能處置好。

他這番信任著實讓碧蕪覺得肩上沈得慌，畢竟此事可不是什麼家宅之務那麼簡單，一旦今日收了這些，便等於默認了什麼，將來若被人借題發揮，只怕不好。

次日一早，她便命人將所有東西都清點過後，悉數退回去，只言那日未筵席招待，這禮著實不能收，還讓門房再遇到送禮的，一概以此為由推拒便是。

過了一段時日，許是見她態度堅決，那些一而再再而三吃了閉門羹的人，也掃興而歸，逐漸歇下這心思。

小寒接著大寒，外頭冰天雪地，天寒地凍，連著下了好幾日的雪，放眼望去皆是白茫茫一片，碧蕪怕旭兒受涼，這段時日，都窩在屋內，沒有外出。

旭兒的步子已學得極好了，沒人扶著，也能快步在屋內來回徘徊。如今他得了自由，倒是苦了錢嬤嬤和姜乳娘，緊緊跟在他後頭，一刻都不敢晃神，生怕這位小祖宗又在哪兒磕著碰著，或是用手去抓有的沒的，不管不顧，便往口中塞。

好在今年這雪不似往年那般大，待雪稍稍止住勁，除夕到了。

去年的除夕宴因著民間大災並沒有辦，今年這場無論如何是要好好辦的。

太子叛亂所帶來的陰霾正在逐漸散去，眼見陛下重新提起精神，宮人們也安下心，有條不紊地準備起了今年的宮宴。

除夕當日，碧蕪抱著穿了一身大紅新衣的旭兒，與喻景遲一道入宮赴宴。

甫一被宮人領至朝華殿中，碧蕪才發現，今日的宮宴可謂格外熱鬧。幾位王爺和皇子，凡是膝下有子嗣的，都將小公子和小郡主們都領了來。

孩子們尚還不知大人們彎彎繞繞且卑劣的心思，只是由僕婢婆子跟著，或是圍在太后周圍而坐，或是肆意在殿中追逐打鬧，歡聲笑語，此起彼伏。

碧蕪不由得抬眸看向喻景遲，喻景遲也恰好低首看來，兩人默契的相視一笑，笑裡透著幾分無奈，皆是心照不宣。

喻景遲將碧蕪懷中的旭兒抱過來，這才上前同太后施禮。

「孫兒見過皇祖母。」

「孫媳見過皇祖母。」

「小五和遲兒來了。」太后今日滿面紅光，顯得格外高興，她轉而看向喻景遲懷中，更是眉開眼笑。「哎喲，旭兒也來了，來，讓皇曾祖母抱抱。」

喻景遲將旭兒遞過去，旭兒登時對著太后手舞足蹈起來，太后見此，忍俊不禁。「我們旭兒這是在同皇曾祖母拜年呢，來，皇曾祖母也給你份壓祟錢。」

太后說著，看向李嬤嬤，李嬤嬤忙將一個手掌大的小紅布包遞過來，太后接過，塞進旭兒手裡。「可藏好嘍，這可是驅除邪祟，護佑我們旭兒平安的。」

旭兒像是聽得懂一般，牢牢的捏著紅布包，還作勢要揣進懷裡，他這番可愛的舉動，惹得眾人歡笑不止。

恰在此時，一側，驀然有人道：「呦，這八皇孫也該有一歲多了吧，怎的還不大會說話呢？想我們炤兒才八個月就開口喊爹娘了，八皇孫怕不是……不若召個太醫來看看吧。」

碧蕪聞聲看去，便見離太后不遠處站著一人，藕荷的鑲兔毛邊暗花對襟襖子，翠藍的織金百迭裙，一頭珠翠華貴奪目，妝容妖冶豔麗，正是承王和六公主的生母淑貴妃。

淑貴妃即便三十有餘，容貌仍昳麗動人，為喻珉堯誕下了兩個孩子，又極善逢迎討好，在一眾妃嬪中仍是萬分得寵。

淑貴妃口中的炤兒是承王長子，即六皇孫，也是將來的承王世子。

她方才這話，惹得殿中眾人不由得神色微妙，多看了旭兒幾眼，好似他真是個有問題、不會說話的啞巴一般。

碧蕪教周遭的眼神看得有些難受，確實，不論前世還是今生，旭兒開口的確較尋常孩子晚了許久，但他開口後卻學得比別人更快，很早就能口齒清晰的將話說流利。

她正欲反駁，卻聽喻景遲搶先道：「多謝淑貴妃關心，此事本王與王妃已問過太醫，無甚大礙，想是再過一陣便能開口說話。本王的旭兒雖然開口遲，但學步卻比旁的孩子早上許多，也甚是機靈，不然那日抓周也不會抓著父皇了。」

他這風清雲淡、不急不緩的一句話，讓淑貴妃面色微變，旋即勾唇強笑道：「八皇孫如今在陛下那兒確實得寵，陛下還曾在本宮面前提過好幾回呢。」

「八皇孫生得這般可愛，不僅陛下喜歡，臣女瞧著也喜歡得緊呢。」淑貴妃身後，倏然有人出聲道。

她話音方落，淑貴妃像是才意識過來，拉過一直垂首站在自己身後的妙齡女子道：「忘了同譽王和譽王妃介紹，這是妙兒，是本宮的姪女。來，妙兒，同譽王和譽王妃請安。」

方妙兒上前幾步，乖巧的低身施禮。

她未開口前，碧蕪倒不曾注意過她，但從她一出聲，碧蕪就認出她來。

這位方妙兒，是永昌侯庶女，正是前世的譽王側妃，即後來的妙貴人。

前世方妙兒入譽王府，是在旭兒約莫三歲的時候，淑貴妃在喻珉堯耳畔吹了枕頭風，才使得喻珉堯下旨，將這位方三姑娘賜給譽王為側妃。

對於這個側妃的到來，喻景遲的反應並不大，不過，方妙兒進府的頭一夜，喻景遲還是在她那兒坐了兩個時辰，才回雁林居陪旭兒玩。

就是這兩個時辰，徹底打翻蘇嬋這個正妃的醋罈子。

翌日方妙兒前去請安，被蘇嬋好生刁難了一番。

可方妙兒到底不是夏侍妾，她就算只是個側妃，身後也還有淑貴妃和永昌侯府撐腰，哪那麼容易就被蘇嬋鬥倒的。

而後三年間，這兩人明爭暗鬥，可謂勢均力敵，不相上下，鬧得王府雞犬不寧。直到永安二十七年，方家被抄家，承王被貶為郡王，趕回封地，方妙兒才落了下風。

後喻景遲登基，念方妙兒是潛邸舊人，封她為貴人，誰知方妙兒不甘心一輩子被冷落，為獲得恩寵，放手一搏，試圖勾引喻景遲，卻被蘇嬋以殘忍的手段徹底殺害。

也因得此事，喻景遲以殘殺妃嬪為由差點下了廢后的旨意。

看著眼前螓首蛾眉，明眸皓齒的女子，碧蕪心下驀然生出些不明的滋味。

若是一切依前世那般發展，是不是不久後，這位方三姑娘就會順利成為譽王側妃？

想到此處，碧蕪本是應該高興的，畢竟側妃生下的孩子，將來繼承太子之位的機率還更大一些。可不知為何，她心口卻悶得厲害，就像是被塊大石堵住一般。

見她垂眸神色黯淡，喻景遲劍眉微蹙，問道：「王妃怎麼了？」

「沒，沒什麼。」

碧蕪抬首看向那張俊俏的面容，不自覺心虛的撇開眼，然餘光在掃過殿中一人時，不由得停了一瞬。

不遠處，六公主喻澄寅身側，站著一個婦人，若非仔細瞧，碧蕪險些沒認出來是蘇嬋。向來趾高氣揚、自詡不可一世的蘇嬋，此時卻是身形瘦削，低眉順眼，身上的傲氣似乎全被磨滅了，即便面上施了淡妝，瞧上去神色仍是黯淡無光。

這是在永昌侯府受了多大的折磨。

那廂或許感受到她的目光，疑惑的抬首看來，碧蕪匆忙收回視線，轉而看向太后懷中的旭兒。

小半炷香後，喻珉堯才姍姍來遲，命眾人入座，隨著絲竹聲起，晚宴正式開始。

旭兒坐在碧蕪腿上，由碧蕪挑著桌上能餵的，一口口餵給他吃，有食入口，他倒也算乖巧。

小半個時辰後，喻珉堯命宮人呈上屠蘇酒，與群臣品嘗。給他們這桌呈酒的是一個約莫十三、四歲，還未及笄的小宮婢。

呈酒期間，小宮婢偷摸著抬眸，看了喻景遲好幾眼，碧蕪見此一幕，不由得心下暗笑，忖著怕又是個被喻景遲的容貌所吸引的小宮婢了。

喻景遲自也發現了，他淡淡回看了那宮婢一眼，旋即淺笑著對碧蕪道：「本王忽覺腹中不適，暫且離席一會兒。」

碧蕪點了點頭，目送喻景遲起身離開，偶一側眸，便見那宮婢望著喻景遲離開的方向目不轉睛的看著，面上隱隱流露出幾分失望。

見此情形，碧蕪朱唇微揚，垂首繼續給旭兒餵食。然沒一會兒，旭兒便飽了，食物已然對他沒了吸引力，他便開始不安分的伸手去抓案桌上的東西。

碧蕪雖時不時攔他，但還是一個不小心，教旭兒打翻了她面前的那杯酒，幸好沒有淋濕衣裳，酒液沿著案桌滴滴答答而落，將地毯染深了一片，一旁伺候的宮人見狀忙上前收拾。

恰逢此時，喻珉堯舉起杯盞敬酒，碧蕪只得將旭兒交給銀鈴，抓起喻景遲那杯沒動過的酒盞，起身輕啜了幾口。

又過了一盞茶的工夫，喻景遲還未回來，旭兒卻坐不住了。眼見他不能盡情鬧騰而露出委屈的神情，顯然快要不悅的哭出來，碧蕪忙一把將他抱起來，帶著銀鈴和小漣自朝華殿側門出去。

殿中數百人，少幾個，陛下一時也發現不了，碧蕪給旭兒戴上小氈帽，裹得牢牢的，想著此處離御花園近，隨便逛幾圈，哄好了旭兒便回去。

幾日不下雪，御花園的雪已融得差不多了，且今日天不算太寒，從喧鬧的朝華殿至此，著實清淨許多，嗅著隱隱浮動的梅香，更是沁人心脾，令人神清氣爽。

碧蕪壓下路邊的一枝梅花，正笑著示意旭兒湊近去嗅，就聽小道盡頭，驀然有人道：「咦，這不是六嫂嗎？」

聽得此聲，碧蕪抬眼看去，便見喻澄寅含笑而來，身後還跟著蘇嬋。

當真是冤家路窄。

碧蕪雖不喜蘇嬋，但還是上前，頷首道：「公主殿下也出來透透氣？」

「是啊。」喻澄寅聞言低嘆了一聲。「這晚宴年年一個樣，著實無趣死了，見我坐如針氈，母妃便讓我同阿嬋姊姊一塊兒來御花園走走。」

喻澄寅說著，驀然抬手往南邊指了指，提議道：「母妃同我說，那邊的假山旁有一片梅樹，是罕見的綠梅，前些年費了好大的勁從南邊運來的，今年才開的花，很是新奇，六嫂不若同我們一道去看看吧。」

碧蕪本想拒絕，可奈何喻澄寅實在熱情，還拉著旭兒的手道：「瞧我這小姪子，也一副很想去看的模樣呢，對不對？」

旭兒還很配合的點點頭，「啊嗚」了一下。

見得這般，碧蕪只能無奈的頷首答應下來。

幾人往前走沒一會兒，果見一假山畔有一片梅林，道路兩側點著宮燈，依稀照出其上花朵的顏色，萼綠花白，小枝青綠，正是綠梅沒錯。

正待上前細看，卻見後頭黑洞洞的假山內隱約傳出什麼聲音來。

喻澄寅登時嚇得攥住蘇嬋的衣袂，顫聲道：「阿嬋姊姊，莫不是鬧鬼了吧。」

「哪有什麼鬼啊。」蘇嬋笑著安慰喻澄寅。「恐是有人在此處裝神弄鬼。」

她話音方落，內裡的聲響越發清晰起來，外頭人聽著，從起初的困惑不解很快變成面紅耳赤。

那聲音交錯起伏，分明是男子的低喘與女子的嬌吟。

碧蕪亦是聽得面頰發燙，正納罕究竟是誰那麼大膽子敢在此處野合，就聽假山後，傳來女子嬌媚而破碎的聲音。

「譽王殿下，臣女疼，您輕點，輕點……」

乍一聽見「譽王」二字，碧蕪面上頓時沒了血色，再聽那女子的聲音，不是那位方三姑娘是誰。

她咬了咬唇，心下亂得厲害，難不成這一世，方妙兒是這樣入府成為側妃的？

在場的幾人亦聽見了內裡女子的說話聲，忍不住紛紛側首看向碧蕪，神情微妙。

蘇嬋唇間笑意一閃而過，旋即疑惑而詫異的低聲對喻澄寅道：「臣婦莫不是聽岔了，怎麼裡頭人好像在喊『譽王殿下』……」

喻澄寅縱然再單純，也聽出來假山裡頭是哪般情景，她小心翼翼的看了碧蕪一眼，緊接著黑沈下臉，對著那假山的方向吼道：「是哪個不要臉的，敢勾引我六哥！」

其內聲音戛然而止，緊接是窸窸窣窣驚慌失措的穿衣聲，喻澄寅抓住身側的一個小內侍道：「去，將那女子給本宮抓來，莫讓她逃了。」

小內侍看喻澄寅這般怒氣沖沖的模樣，哪裡敢不從，只得大著膽子跑進假山裡頭去，沒一會兒，就聽女子的尖叫聲響起，眼瞧著就衣衫不整的被小內侍拽出來。

待到了光亮處，眾人才看清她的模樣。

喻澄寅蹙眉看向那人，驚詫道：「這不是三表姊嗎？」

被認出來後，方妙兒也不再躲，只瞥見人群中的碧蕪，快走兩步，「撲通」一下跪倒在碧蕪面前，重重磕了兩個頭。「譽王妃恕罪，臣女並非有意勾引譽王殿下，是譽王殿下將臣女拉進假山後頭，臣女不敢不從啊……」

她邊說著，邊垂下身子，讓那本就鬆垮的領口敞得更大了些，白皙修長的脖頸上，紅痕若寒冬的梅花般星星點點，可見方才境況之激烈。

看到她這副模樣，碧蕪忍不住別開眼，抱著旭兒後退了兩步，朱唇緊抿，並沒有說話。

氣氛一時有些僵。

少頃，還是蘇嬋勸道：「譽王妃還是原諒三妹妹吧，男人都有衝動的時候，譽王殿下指不定是一時糊塗。」

她這話多少帶著幾分看熱鬧的意思，碧蕪沒答話，緊接著便聽身後倏然響起慍怒威儀的聲音。

「這是怎麼了！」

幾人折身看去，便見皇后帶著淑貴妃快步而來。

方才看了一眼跪在地上哭得梨花帶雨的方妙兒，淑貴妃登時擔憂的上前道：「哎呀，妙兒，妳這是怎麼了？」

此話一出，方妙兒頓時哭得更委屈了，喊了一聲「姑母」，撲過去抱住淑貴妃，抽抽噎噎的將原委說了。

除夕宮宴出了這樣的骯髒事，皇后面色著實難看得緊，恰在此時，便見假山那廂有個身影賊頭賊腦的出來，慌慌張張往對向跑。

「是六哥吧。」喻澄寅看著倉皇逃跑的背影，忍不住喊道：「六哥，你跑什麼，敢做不敢當，算什麼男人！」

假山旁本就是片小湖，今夜天色又暗，許是被這話驚著了，那人慌亂之下腳下一空，竟「撲通」一聲掉下湖去。

或是不會水，那人在湖中掙扎起來，嘩嘩的水聲間還隱隱能聽見「救命」二字。

皇后秀眉緊蹙，同身側的內侍打了個眼色，幾人登時會意，疾步跑向湖邊救人去了。

「莫哭了，莫哭了。」這廂，淑貴妃嘆了一口氣，心疼的將方妙兒扶起來，安撫般輕輕拍著她的背，而後看向皇后道：「皇后娘娘，譽王殿下許是今夜高興，多喝了兩杯，才讓事情成了這般。可臣妾這姪女是無辜的啊，如今她丟了清白，哪個人家還敢要她，就只有白綾一懸，死路一條了，臣妾斗膽請皇后娘娘做主，還妙兒公道，賜予她一個該有的名分。」

這位方三姑娘無不無辜，是人是鬼，掌管後宮多年的皇后一眼便能瞧得出來，可方妙兒沒了清白的確是真真切切的事，按理確實得讓譽王負責。

皇后思忖了半晌，卻看向碧蕪道：「譽王妃是如何想的？」

眾人一時都朝碧蕪看去，面上神色各異，有同情、有嘲諷，自也不乏幸災樂禍的。

旭兒似也感受到了來自周遭的不善，驀然放聲哭了出來，碧蕪忙出聲哄他。

冬日寒風瑟瑟，再加上孩子撕心裂肺的哭聲，這母子倆落在眾人眼裡，一時竟顯得有些淒慘。

待旭兒稍稍止住哭，碧蕪將他交給小漣，轉而看向那位方三姑娘，卻是從容自若的一字一句問道：「假山裡黑成這般，方三姑娘確定，那人真是譽王殿下嗎？」

這話一出，著實將方妙兒給問懵了。

她的確親眼瞧見譽王被宮婢領著往這廂來的，她躲在假山中，待人走近了，一下抱住那人的腰，還喊了「譽王殿下」，那人也未否認，甚至還主動親了她。

應當不會錯才對。

淑貴妃聞得此言，當即不悅道：「譽王妃這是何意，我們妙兒還會污蔑譽王殿下不成。譽王殿下犯了糊塗，是既定的事，妳如今否認也來不及了。」

她話音未落，那廂幾個內侍已將落水之人救上岸。淑貴妃急著定死譽王在御花園強逼臣女的事，忙命內侍將人扶過來。

那人渾身衣袍濕透，狼狽不堪，低垂著腦袋，始終一言不發。

待他走近了，眾人不由得倒吸一口氣。

他們原都以為碧蕪方才那話不過是在垂死掙扎，沒想到還真被她給言中了。

這人根本不是譽王。

且不說喻景遲身姿英偉，挺拔如松，絕非這般縮著脖子曲著腰的猥瑣模樣，就是身高，這人也差上一截。

方妙兒和淑貴妃自也看出來了，方妙兒眸中流露出驚恐，面上霎時沒了血色，也不知是凍的還是嚇的，渾身顫抖個不停。

喻澄寅緩步上前，低下身去看那人的臉，縱然那人極力躲避，她還是認了出來。

「五哥！」

此人竟是陛下五子，齊王喻景祀。

齊王埋著頭，一聲也不敢吭，眾人面面相覷之際，便見一人驀然從後頭衝出來。

「好呀，你竟敢背著我偷吃！」那人一把拽住齊王的衣領，往他胸口重重捶了兩下。

來人正是齊王妃鄒氏，鄒家是將門世家，鄒氏自小隨父兄習武，練得一身好武藝，這兩拳下去有多疼可想而知。

齊王痛得連連後退躲閃，忙求饒道：「王妃，真非本王的錯，是那個賤人，是那賤人刻意勾引，把本王拉到假山後，一下抱住本王，她手段太厲害，本王是一時鬼迷心竅。」

方妙兒哭得不能自已，聽得這話，哭聲戛然而止，事情到了這個分上，她自是得保住最後一絲名聲，怎會輕易承認此事。「分明是殿下不管不顧強佔了臣女，殿下怎能將這罪名推到臣女頭上。」

她又開始抽泣起來，用手臂環抱住自己，聲音裡飽含委屈。

「本王，本王……」眼見齊王妃橫眼過來，齊王嚇得一哆嗦，憤憤道：「妳不是勾引是什麼，抱本王的時候還一聲聲喊著殿下呢，你當她們都沒聽見嗎！」

弄錯了人，方妙兒本就羞憤不已，被齊王這麼一激，登時脫口道：「臣女哪知道是你，臣女喊的分明是譽……」

縱然她意識到說溜嘴，半途止了聲音，可也來不及了，眾人雖然不言，但已心知肚明。

這位方三姑娘分明是刻意勾引，不承想卻勾錯了人。齊王本就好色，奈何多年被齊王妃壓著不敢隨意亂來，所以他發現方妙兒認錯時故意不拆穿，想摸黑乘機享受一番，再嫁禍給喻景遲。

不承想卻被人撞了個正著。

園中一時鴉雀無聲，誰也沒有說話，須臾，就聽一聲低笑驟然響起。

「好不熱鬧，這是在做什麼？」

眾人聞聲看去，便見喻景遲負手緩步而來，面若冠玉，俊美無儔，徑直行到碧蕪身側，柔聲道：「王妃怎帶著旭兒到這兒來了，可讓本王好找。」

碧蕪愣愣的看了他半晌，旋即朱唇微抿，笑道：「殿下這是去哪兒了？可曾遇見方三姑娘，怎的方三姑娘一直說，和她待在假山裡頭的是殿下呢。」

「哦？」喻景遲一抬眉，將在場的情形掃了一遍，不需解釋，就能看出發生了什麼，他眸色微沉，看向方妙兒道：「本王並未來過此處，方三姑娘可真是奇怪，怎的這般確認，一定是本王呢？」

聽著喻景遲冷若冰霜的聲音，方妙兒脊背發緊，不寒而慄，額上冷汗簌簌直冒，她心虛的吞了吞唾沫，支支吾吾道：「臣女，臣女……」

她還未說什麼，就聽「啪」的一聲脆響，方妙兒捂著頓時紅腫的半邊側臉，難以置信的看過去。

便聽見淑貴妃厲聲呵斥道：「妙兒，本宮一直覺得妳是個潔身自好、知禮義廉恥的好孩子，不承想妳竟為了嫁給譽王，做出這般不要臉的事，實在太令本宮和妳父親失望了！」

淑貴妃這一舉止，一時令眾人懵了，可喻景遲卻暗暗勾了勾唇，冷眼看她在那裡演。原已止了哭的旭兒許是被這猛喝嚇著，又扯著嗓子開始哭起來。可淑貴妃仍是指著方妙兒斥個不休，齊王妃鄒氏那廂是被氣得不輕，還在對齊王錘拳問候，場面一時混亂。

喻景遲淡然的從小漣手中抱過旭兒，恭敬地對皇后道：「皇后娘娘，外頭太冷，恐旭兒年幼受不住，兒臣和王妃便先回朝華殿了。」

皇后被眼前的情形弄得頭疼欲裂，聞言隨意點了點頭，讓他們回去了。

待喻景遲和碧蕪回到朝華殿，宮宴已近尾聲，喻珉堯不知是高興過了頭，還是又想起了太子之事借酒澆愁，一整壺酒水下了肚，到底是醉了。

很快，喻珉堯便由李意扶著，回寢殿歇息去了，朝臣陸續散去，碧蕪也跟著喻景遲一道出了宮門，上了馬車。

第三十八章

打從御花園回到朝華殿，碧蕪便覺有些頭暈不適，待支撐著出了冗長的宮道，上馬車時卻是身子一軟，險些從踏腳的矮凳上摔下來。

幸得喻景遲及時扶住她，見她兩頰酡紅，不由得關切道：「王妃身子不適？」

碧蕪勉笑答道：「或許方才在御花園站久了，稍稍有些頭暈不適。」

喻景遲聞言劍眉微蹙，旋即一把將碧蕪打橫抱起。

甫一貼近喻景遲，男人身上幽淡的青松香便撲面而來，碧蕪身子微僵，心口竟漫上一股難言的癢意。

她羞窘得厲害，腳一落在馬車上，她便迫不及待的掀簾鑽進去，連喻景遲的眼睛都不敢看。

旭兒已然睡熟了，他躺在軟褥子上，緊抿著唇，睡得正香。

喻景遲跟著上車，在碧蕪身側坐下，見她掀開車簾假意望著窗外，抿唇淺淡一笑。「今日多謝王妃。」

聞得此言，碧蕪放下車簾看去，疑惑地眨了眨眼。「臣妾哪有什麼值得殿下謝的。」

「本王是謝王妃願相信假山內那人不是本王，還在眾人面前維護本王。」

碧蕪稍愣了一下，有些心虛的別開眼。其實，她也不是一開始便相信他的，是後來看到那個倉皇而逃的背影，才篤定那人不是喻景遲。

再怎麼樣，她都不會認不出他的身形，且那人後來還差點溺水，她便更確信了，喻景遲武功高強，哪會是隻旱鴨子。

再後來，她便反應過來，喻景遲怎麼可能愚蠢到在此處與人野合，還教人發現。

她正思忖著，卻猛然意會過來，詫異的直直看向喻景遲。「殿下那時，就在附近？」

喻景遲薄唇微抿，點了點頭。

「那殿下為何不早些出來？」碧蕪扁了扁嘴，自己都未發覺，她語氣多了幾分像極了撒嬌的埋怨。

喻景遲看到她這般，眸中霎時添了些愉悅的笑意。「淑貴妃欲算計本王，本王自得讓她演完這場戲再出來，出來早了，不是不有趣了。」

這話說得倒也是了。

剛出了事，淑貴妃便隨皇后一道來御花園，碧蕪就知此事定與淑貴妃脫不了干係。

那位方三姑娘的想法碧蕪不得而知，可淑貴妃的目的她卻能猜到幾分。

不得不說，淑貴妃這一招確實狠毒，可謂一石二鳥。

首先，且不論是不是自願，譽王毀了女子清白是事實，還是在除夕宮宴上，定然會讓陛下對譽王生出幾分惱怒，讓譽王的地位和處境一落千丈。

其次，淑貴妃也大可以借此事來離間他們的夫妻感情，讓他們二人心生芥蒂。再讓方妙兒進府，徹底攪亂譽王府的安寧。

看樣子，淑貴妃已然將譽王視作承王立儲奪嫡路上的一大威脅。

只一事，碧蕪想不通。

「那齊王殿下呢？」她不解的問道：「齊王殿下也是殿下設計入局的？」

「那倒不是，本王不過是偶然看見了五哥，便將他引到了假山那處。」喻景遲笑了笑。「若沒有五哥，被本王引過去的便是路過巡守的侍衛了。」

他這番風清雲淡的話著實令碧蕪有些心驚，這男人果真是睚眥必報，看來是曉得定會有人來撞破一切，所以乾脆讓這位方三姑娘自作自受，自己葬送自己的清白和名譽。

碧蕪沒再說話，只側過頭，將車簾又掀開了些。不知為何，她總覺得渾身燥熱得厲害，一股莫名的滋味從不可言說處陣陣上竄，讓她連意識都開始有些混沌了。

馬車又向前駛了一陣，猛然一停，碧蕪身子不受控的後倒，正巧跌進喻景遲懷中。

她本該迅速直起身子，可滾燙的手掌觸及男人身上的涼意，卻像是中了邪般，怎麼也動不了。喻景遲垂首看去，便見她呼吸粗沈得厲害，兩頰紅暈越深，一雙若染了花間朝露的眼眸，更是逐漸迷離起來。

他劍眉緊蹙，沈聲問道：「王妃喝酒了？」

碧蕪意識已經不清了，她聽著他這話，很想駁他，宮宴上，陛下敬了那麼多巡的酒，她如何能不喝。

然話還未出口，卻聽喻景遲緊接著道：「妳動了本王的那杯？」

聞得此言，碧蕪瞇了瞇眼，想起在朝華殿時，那個呈酒的小宮婢的反應，再聯想方妙兒一事，倏然反應過來。

喻景遲那杯酒有問題！

想是淑貴妃為了確保萬無一失，命人在酒裡下了藥，卻不料喻景遲沒喝，卻被她給誤喝下了。

是了，細細回憶，身上這股難耐的滋味確實是有些熟悉，當初她不就是中了欲輕薄她的譽王府小廝下的「落春歡」，才會出了梅園那樁意外嗎。

見她雖不答，卻神色慌亂，喻景遲登時了然，他眸光暗了暗，旋即安慰道：「別怕，待回了府，本王尋法子來解妳的藥。」

碧蕪微微頷首，她很想坐起來，可身子軟若春水，哪還有什麼氣力，便只能忍著羞倚靠在喻景遲懷中。

她呼吸急促而凌亂，縱然只是一息也令她分外難熬，她不過對著酒盞輕啜幾口，就成了這般模樣，可想而知，淑貴妃命人下的藥有多重。

她努力忍著，後背都被汗濡濕了，她到底還是沒忍住緩緩抬起藕臂，正欲落在喻景遲的脖頸上，卻被大掌驟然攥住手腕，耳畔響起男人帶著啞意的聲音。「再忍忍。」

可碧蕪實在難受，似教千萬隻蟲蟻啃噬一般難耐，她不得不絞緊了腿，死死咬住下唇，可泣聲和嬌吟還是止不住從唇間洩出來。

她燥熱不已，抬手將衣領扯開了些，露出如玉般白皙，纖細修長的脖頸，嗅著男人熟悉的氣息，她的手再次不受控落在男人結實的胸膛上，由上至下一寸寸撫摸著。

男人的身子亦隨著她的動作越繃越緊，少頃，他終是不得不再次攔了她。

碧蕪抬眸看去，便見喻景遲眸色漆黑如墨，如幽谷般深邃不見底，他喉結微滾，沈默的凝視了她許久，聲音比方才更為喑啞。

「王妃，本王並非君子，不可能坐懷不亂，王妃的手若再動，後頭的事便說不準了。」

碧蕪垂下眼眸，她根本開不了口說出求他的話，可她著實難受得緊，須臾，她似是下了決心，雙手柔若無骨地纏上男人的脖頸。

無聲的做出表示。

下一刻，她便見男人的眼眸越發灼熱，似一頭隱忍蟄伏、盯著獵物的狼，終於在一瞬間爆發，肆無忌憚的向前撲去。

碧蕪的身子被重重抵在車壁上，卻是不疼，因喻景遲將大掌護在她腦後和背上，低身瞬間堵住她的唇。

男人的動作仍是霸道強硬，攬在她腰上的手收緊，似要將她揉進自己的身體裡，可落下的吻，卻輕柔繾綣。

然沒過多久，他卻猛然退開，碧蕪不住的低喘著，緩緩睜開眼，便見喻景遲眸光灼熱，卻靜靜看著她，一言不發。

他雖未出聲，可要說的話都藏在那雙漆黑深邃的眼眸裡，碧蕪知道，他在等，等她一句切切實實的首肯。

碧蕪最後的理智幾欲被奪去，她思慮再三，終於放棄掙扎。

不過，這不算她求他！

前世，他欺負她好多回，這回她遭了難，反過來借他一用又有何妨。

她抬眸看去，朱唇微啟，嬌媚勾人的聲音在男人耳畔響起。

「殿下，幫幫我。」

馬車在譽王府門口停下，銀鈴、銀鉤和小漣在外頭候著，卻久久不見兩個主子下車。

幾人面面相覷，銀鈴上前正欲提醒催促，卻倏然蹙眉，轉頭對銀鉤道：「妳可有聽見什麼奇怪的聲音？」

銀鉤眨眨眼，滿目茫然，輕輕搖頭，卻聽一旁的小漣道：「從皇宮到王府駛了這麼久，主子們許是睡著了，要不我們再等等？」

銀鈴思忖了片刻，點了點頭。

然又等了一炷香工夫，裡頭還是沒有絲毫動靜，幾人到底在寒風中凍得有些站不住，銀鈴只能再次上前，本想在車門上叩一叩，可才伸出手，便見譽王懷抱著一人自馬車上下來。

銀鈴原以為是小公子，然定睛一瞧，才發現是自家王妃。

她們王妃被王爺用大氅裹得緊緊密密的，只露出一張臉來，銀鈴匆匆瞥了一眼，發現碧蕪雙眸緊閉，面頰若芙蓉般豔紅，額間碎髮都被汗濡濕了。

銀鈴疑惑的抬眸看去，方想問王妃是不是病了，就聽喻景遲淡淡道：「王妃睡著了，小公子也睡了，一會兒妳們將小公子帶回雨霖苑去。」

「是，殿下……」

銀鈴恭敬的應聲，須臾，倏然反應過來，她們將小公子帶回雨霖苑去，那王爺又要帶著王妃去哪兒？

她還未來得及問，喻景遲已抱著碧蕪闊步入了府。

原闔眼「熟睡」的碧蕪，在入府後不久，蝶羽般的眼睫微顫，少頃眼皮緩緩掀開來，她眸中的迷濛已退去些許，卻仍是混沌得厲害。

她往周遭瞥了一眼，忍不住問道：「殿下這是要帶臣妾去哪兒？」

喻景遲垂首看了眼懷中玉軟花柔的美人，聲音低啞溫柔。「去一個不會有人打擾我們的地方。」

他方才說完沒多久，碧蕪偶一抬眸，便瞥見了紅底金字，刻著「梅園」二字的牌匾。

往昔回憶又爭先恐後的湧出腦海。

又是這兒！讓她和喻景遲結下孽緣的地方。

碧蕪猶記得那時，她還只是譽王府幹雜活的丫頭，但因為出眾的容貌，沒少被管事嬤嬤和其他婢女刁難，不止如此，還有那些小廝們時不時投來不懷好意的目光。

因得如此，碧蕪總是小心翼翼，她從不搽脂抹粉，甚至刻意將髮髻梳得亂些，穿寬鬆的衣裳，低垂著腦袋，少言寡語，試圖不讓人注意到自己。

可即便如此，她還是沒逃過被人算計。那日夜裡，被一個姓王的小廝在水碗裡下了「落春歡」的她，拚盡全力逃出來，為了不讓那人尋到她，她冒雨跌跌撞撞的跑進梅園。

她是真的以為屋內是沒有人的，卻沒想到當她渾身濕漉漉的跑進漆黑的屋內，摸索著在內裡的床榻上坐下，卻驟然被人從身後扯住，一把壓到床榻上。

她想反抗，可哪還有什麼掙扎的氣力，到最後，便只能由著身子的反應，主動迎合。

直到翌日醒來，她才發現折騰了她一夜的人竟是譽王。見譽王還在熟睡，她心下慌亂不已，唯恐被發現，忙忍著不適拾起地上的衣衫穿好，匆匆從梅園逃出去，卻正好在院門口撞見了張嬤嬤。

碧蕪回憶之際，喻景遲已提步入了園內，與御花園那片綠梅不同，梅園裡種的是沈貴人最愛的朱砂梅。

朱砂梅又名骨裡紅，水紅的梅花點綴在枝頭，嬌豔欲滴，豔而不妖，伴隨著暗香浮動，沁人肺腑。

進了屋，喻景遲將碧蕪放在鋪著軟褥的床榻上，旋即轉身掩上屋門，燃起外間的燭火。燭火幽暗，只能隱隱照出屋內的輪廓，碧蕪倚在床榻上，方才被壓抑的藥性又開始若潮水般湧上來。

她口中燥熱得厲害，抿了抿紅腫的唇，便見一個杯盞被遞到眼前，她忙伸手去接，可餘光瞥見男人指節分明的大掌，不由得想起在馬車上他替自己紓解的情形。

一股熱意陡然竄上，染紅了碧蕪的脖頸，連耳根都滾燙不已，她垂眸將杯中的水一飲而盡，還是壓不住心下的躁動。

呼吸復又急促起來，碧蕪伸手將大氅敞開了些，解了繫帶，大氅順著纖潤的肩頭滑下。

方才馬車上還有旭兒，外頭還有銀鈴幾人，他們到底不敢真做什麼，碧蕪只能咬著唇，攀著喻景遲的背，緊貼在一塊兒，任憑大掌探入衣裙，肆無忌憚。

為了盡快下車，喻景遲只草草整理一番她的衣衫，就用大氅將她裹牢，如今大氅滑落，其下春色便掩不住了。

瞥見她瑩若白雪的脖頸上如梅花般星星點點的紅，和底下起伏的豐腴，喻景遲眸色如墨暗了幾分。

他沈了沈呼吸，轉身正欲將杯盞放回去，卻步子一滯，垂首便見那隻纖細的柔荑輕輕勾住他的衣帶。

喻景遲順著藕臂看去，那雙晶瑩剔透的眼眸，似沁了花間朝露，直勾勾的看著他，朱唇輕輕咬著，紅腫得厲害，其上還沾著些許水色，濕漉漉的。

在這方面，碧蕪太瞭解他了，別看他這般不急不緩，好似無所謂，其實只是能忍罷了，他向來如此，總欲以此方式讓她挨不住，繼而徹底掌握主動。

她本不想如他的願，可她實在忍不了了。

她一言不發，手上的動作重了幾分，將衣帶往自己這廂扯了扯，便見喻景遲薄唇抿起，面上的柔意退去，眸光逐漸灼熱。

下一瞬，只聽一聲悶響，杯盞墜落在厚厚的織花地毯上，打了個滾。

榴紅的床幔飄落，很快伴隨著床榻難以承受的吱呀聲響，微微晃動著。

碧蕪曉得這人定又如前世那般生澀又橫衝直撞，卻不想卻比她想像的還要糟糕。

縱然她如今受藥影響，尚且好受一些，可前世被他親手調教出來的身子哪裡還習慣得了這樣的滋味。

且碧蕪曉得，這人精力極好，不折騰她幾回，是不會甘休的。前世，因主僕有別，受幸時她從不敢主動觸碰他，難耐時只能用手緊緊攥住底下的褥子，甚至曾一度將褥子扯裂。

可如今不同了。

她蹙著眉，實在不願自己受這般苦，索性主動抬腿纏住他窄勁的腰身。

身上的男人愣住了，透過昏暗的燭光，碧蕪明顯看見他劍眉蹙起，不知為何面上顯出幾分惱怒。

緊接著，碧蕪便嘗到了什麼叫自食惡果，就聽一陣裂帛聲，榴花暗紋床帳被驟然扯裂，淒淒慘慘的緩緩飄落在地，和那堆七零八落的衣衫混雜在一塊兒。

然黑暗中，床榻的「吱呀」聲響隨著嬌喘與求饒仍是久久不息。

雨霖苑那廂，銀鈴幾人抱著熟睡的旭兒回去，錢嬤嬤見狀，不由得疑惑道：「王爺、王妃呢？怎的妳們自己抱著小公子回來了？」

銀鈴答道：「王爺只吩咐我們將小公子帶回來，自己不知抱著王妃去哪兒了。」

聞得此言，錢嬤嬤倏然明白過來，旋即露出意味深長的笑，她小心翼翼的接過旭兒道：「好，我知道了，你們也回去歇息吧。」

銀鈴幾人遲疑著，卻仍不動，少頃，就聽銀鉤問道：「今夜，可需人留下來守夜，萬一王妃回來了怎麼辦。」

錢嬤嬤瞥了她們一眼。「一群傻丫頭，還不明白呢。王爺根本就是刻意避著妳們呢，聽我的，都回去吧，小公子這廂有我和姜乳娘在呢，過了五更，再回來替我們便是。」

「是，錢嬤嬤。」

雖不是很懂，但銀鈴、銀鉤和小漣還是聽話的回去了。

待到次日一早，銀鉤最先起來，洗漱完去敲了東廂的門，開門的是睡眼惺忪、滿目疲憊的姜乳娘。

她低嘆了口氣道：「妳總算來了，快些將小公子抱去吧，小公子昨晚鬧了一夜，錢嬤嬤都快累倒了，現下正睡著呢，一會兒妳們記得讓膳房煮些蒸蛋或是米糊，餵小公子吃。」

銀鉤頷首應下，進屋將正坐在西窗小榻上玩的旭兒抱起來。方才出了東廂，就迎面碰上了小漣和銀鈴，她讓小漣幫忙去膳房取早膳，自己則和銀鈴一塊兒抱著旭兒去了正屋。

到了熟悉的地方，旭兒便掙扎著從銀鉤懷裡下來，在屋內屋外跑，探頭探腦似乎在尋什麼。

銀鈴和銀鉤對視一眼，知他是在尋碧蕪，便笑著蹲下來道：「小公子莫找了，王妃不在這兒，不過想是很快便回來了。」

旭兒似懂非懂，「嗚嗚」的應了兩聲，看起來很失望。

「我去燒些水，伺候小公子洗漱。」銀鈴道。

銀鉤點了點頭，目送銀鈴出去，她將旭兒抱到小榻上，旭兒卻坐不住，自己慢吞吞爬下來，顛顛往妝檯的方向跑，銀鉤只得無奈地跟在後頭。

妝檯前的梳背椅高，旭兒爬不上去，只得看向銀鉤，示意的拍了拍椅面。銀鉤被他這副模樣逗笑了，便將他抱起來，扶著他站在椅子上。

旭兒看著鏡中的自己，先是懵了懵，旋即覺得有趣，咧開嘴笑起來，伸手去摸鏡子。

恰在此時，小漣回來了，她將早膳擱在桌上，朝裡頭喊：「銀鉤姊姊，早膳送來了。」

銀鉤聞聲，忙應答。「哎，這便來。」

她正欲抱著旭兒去用膳，然轉頭看去，不由得驚了驚，不過一會兒的工夫，她家小公子竟自己打開妝奩，掏出一枚紅繩繫著的平安扣來。

「哎呀，小公子，這可拿不得，快放下。」銀鉤欲將平安扣拿過來，卻來不及了，旭兒將小手一鬆，平安扣應聲而落，磕在青石板上，瞬間碎成兩半。

銀鉤面色大變，小漣聽見聲音匆忙跑進來。「這是怎麼了？」

看著地上碎裂的白玉，銀鉤慌亂不知所措，幾欲哭出來。「怎麼辦，小漣，我不小心讓小公子將王妃的東西摔碎了。」

小漣忙低身安慰銀鉤，銀鈴提著熱水從外頭回來，見銀鉤哭成這般，也上前詢問安撫。

此時，三人誰也沒有發現，站在梳背椅上的旭兒正盯著鏡子裡的自己，愣怔在那裡，久久回不過神來。

喻淮旭起初不知自己身在何處，他只覺有些頭疼，記憶若一團亂麻交纏混雜在一塊兒。

他彷彿記得自己好像死了，可不知自己究竟是怎麼死的，只好似聽見周遭一片哀慟的哭聲。

他盯著眼前澄黃鏡面中映出的孩童，模樣與自己有七、八分相像。

不，這應該就是他自己。

他轉頭看向身側，便見那三個婢子圍在一塊兒，一直在說著什麼「王妃、王妃」的。

其中兩人喻淮旭不曾見過，不過有一人，喻淮旭依稀有些印象，似乎曾與他母親一塊兒照顧過自己，後來在承王之亂中為救他與他母親死了。

他再次看向鏡子裡短手短腳、約莫只有一歲多的自己，不由得皺了皺眉頭。
他是在作夢嗎？
還是真的重生回了從前？

第三十九章

銀鉤被安慰了一番方才止住哭，她拾起地上碎裂的平安扣，取出袖中的絲帕將它裹好，想著待會兒同王妃好生認錯。王妃寬厚，大不了就是被杖責一頓，罰些月錢。

她抹了眼淚，看向喻淮旭道：「小公子餓了吧，來，奴婢抱您去吃早膳。」

眼見銀鉤伸手過來，喻淮旭下意識往一旁躲，雖如今是孩童模樣，可他實在受不了被一個妙齡女子抱。

他蹲下身，小心翼翼的從梳背椅上爬下來，顛顛的往外間走，本想扶著圓凳爬上去，可到底差了一截。銀鈴見勢想抱他，卻被旭兒躲開。

他想開口，可一張嘴，竟只能發出咿咿呀呀，含含糊糊的聲音，無奈只好同銀鈴比劃，指了指桌上的早膳，又動了動手指，做出往嘴裡送的姿勢。

銀鈴、銀鉤疑惑的看著他的舉動，卻不明所以，還是小漣先看了出來，笑道：「小公子是想自己吃嗎？」

喻淮旭聞言立即點頭。

「我記得，王妃先前命人打了張孩子坐的高椅，前幾日似乎送來了，小公子既想自個兒吃，不若就讓他坐著吃吧。」小漣提議道。

「也好。」銀鈴點了點頭。「那我這就將椅子搬來。」

銀鈴忙出門往庫房的方向去，銀鉤也過去幫忙，沒一會兒，兩人就將椅子搬來了。

這椅子更高，喻淮旭不可能靠自己爬上去，只得讓小漣將自己抱到椅子上。

那高椅前有一個小桌，銀鈴將蒸蛋放在桌上，捏著湯匙遲疑了一瞬。「小公子，還是讓奴婢餵您吧。」

她話音未落，那廂已經咿咿呀呀的來抓湯匙了，銀鈴無奈，只得將湯匙給他。

抓到湯匙的一刻，喻淮旭著實懵了懵，他想到如今的手可能不大受控，但沒想到竟這般不受控。

他試著用肉嘟嘟的小手去舀蒸蛋，但剛開始根本舀不起來，只能眼睜睜看著蒸蛋從湯匙上滑下去。

身側三個婢子圍看著他，還不住的鼓勵道：「哎呀，我們小公子可真厲害，再試試，定是能舀起來的。」

喻淮旭無言以對，又試了一會兒，這回倒是順利將蒸蛋舀起來，送進嘴裡。

銀鈴、銀鉤和小漣見此一幕，皆激動不已。「太好了，我們小公子都會自己吃了呢，王妃知道了一定很高興。」

聽到「王妃」二字，喻淮旭不由得動作一滯，聽這三人的對話，他猜測自己如今應當是在王妃的院子裡。

可他分明記得，他父皇的那位王妃，即後來的皇后蘇氏，根本未曾親手養過他一日，他一直是由乳娘帶大的。

不過，他後來便知曉了，他的乳娘便是他的生母。

然，怎麼如今他竟住在蘇氏的院子裡。且看這屋子並不像是蘇氏當時住的翠荷軒，而像是與他父皇的雁林居一牆之隔的雨霖苑。

而且這些個丫頭竟不怕蘇氏，蘇氏那般手段殘忍，會虐殺奴婢的人，當年她宮裡的人一個兩個皆是活得戰戰兢兢，哪有敢這般大聲言笑的。

喻淮旭邊想著，邊斷斷續續吃完碗中的蒸蛋，因用湯匙的動作還不索利，他吃得可謂一片狼藉。

銀鈴、銀鉤忙收拾案桌，小漣則一把將旭兒抱起來，放到那廂的小榻上。

她們抱人的動作太熟練，惹得喻淮旭還未反應過來，就已被放下了，他只能茫然的坐在小榻上，索性放棄掙扎。

他如今記憶混亂得厲害，不管怎麼回想，都似乎只能停留在十三歲時，同他的伴讀蕭鴻笙，在宮內的演武場一塊兒射箭的事，而後的，便像是籠著一層霧，模糊不清了。

他越是努力回想，頭疼得越厲害，索性便不再去想。

那廂幾個婢子在窸窸窣窣說著什麼，似乎說王爺昨夜抱著王妃不知在府中哪裡過夜，也不知何時回來。

此時，就見康福急匆匆進來，說讓她們收拾王妃的衣裳，趕緊送去梅園云云。

喻淮旭聽著聽著，不禁蹙起了眉。

奇怪，他父皇壓根兒不願理睬那蘇氏，甚至看都不願多看她一眼，怎的如今還一塊兒過夜呢……

見喻淮旭一動不動的坐在那兒發愣，銀鈴和小漣都不禁疑惑的看了半晌，心奇他們家小公子今日怎這般乖巧安靜了。

那廂，譽王府梅園。

碧蕪悠悠醒轉，稍稍挪了挪身子，便覺渾身痠疼得厲害，這感覺倒是久違了。

她側眸看去，身旁空空蕩蕩，喻景遲已然不在了，床榻上的床簾只餘下孤零零的半截，地上的衣裳倒是被好好收起來，擱在臨窗的小榻上。

碧蕪欲坐起身，才發覺自己未著寸縷，她倉皇的將衾被拉上來，偶一抬眸，便見喻景遲不知何時進來，站在床榻邊，抿唇含笑。

想起昨日的情形，碧蕪實在笑不出來，復又躺下，背對著他。

少頃，碧蕪便聽耳畔一聲低笑。「怎的，昨夜，本王讓王妃不滿意了？」

碧蕪沒答話，只暗暗扁了扁嘴，旋即就聽喻景遲又道：「本王往後一定改，直到讓王妃滿意為止。」

聞得此言，碧蕪愣了一瞬，腦中頓時清醒幾分。

往後？沒有往後了。

昨夜本就是意外，怎還能一而再，再而三的。

她抱著衾被坐起來，神色認真的看向喻景遲，正欲說什麼，卻被喻景遲開口打斷。

「今日本該是要進宮同父皇和皇祖母請安的。可方才宮裡來了人，說父皇昨夜酒醉，身子有些不適，皇祖母也稍稍染了風寒，便免了眾人請安。」

碧蕪聽得這話，淡淡「嗯」了一聲，原準備要說的話一時竟有些說不出來了。

待她重新調整心緒，欲再次開口，卻聽門扇被叩響，小漣的聲音旋即傳來。「王爺，奴婢將王妃的衣裳送來了。」

喻景遲聞聲對碧蕪道：「王妃先洗漱更衣，本王也先回雁林居打理一番，再去雨霖苑尋妳。」

碧蕪勉強笑了一下，輕輕點了點頭。

喻景遲起身出去，臨踏出屋門外，深深看了小漣一眼，道了句。「好生伺候王妃。」

小漣頷首，恭敬的道了聲。「是。」

喻景遲離開後，小漣才提步入了屋內，著手為碧蕪更衣，甫一瞥見碧蕪身上遍佈曖昧的痕跡，愣了一下。

碧蕪察覺到她的目光，尷尬的別過眼，將衾被又往上拉了拉。

但很快，小漣便作視若無睹，淡然道：「王妃，奴婢伺候您起身吧。」

碧蕪羞赧的點頭，接過小漣遞過來的衣裙，待穿著齊整，才起身回雨霖苑。

銀鉤早已在屋門前等了，遠遠看見碧蕪回來，忙迎上去，低聲喚了句「王妃」。

碧蕪沒察覺到她的異樣，只點頭問：「旭兒可起了？」

「小公子已經起來了，吃了早膳正在屋內坐著呢。」銀鉤頓了頓，忽而哽咽著道：「王妃，您罰奴婢吧，是奴婢一時沒看緊小公子，才讓小公子打碎了您的東西。」

「這是怎麼了？」碧蕪疑惑的眨了眨眼。「打碎什麼了，讓妳害怕成這般。」

銀鉤自袖中掏出那塊絲帕，小心翼翼地展開，露出裡頭碎成兩半的平安扣。

見得此物，碧蕪秀眉微蹙，緩緩伸手將碎裂的其中一半拿起來。

她記得，這枚平安扣是趙如繡那日在觀止茶樓給她的，還說什麼，安亭長公主當年為了毀了她的皇后命，讓那個道士將她的氣運封存在裡頭。

這種荒謬的事她哪裡會信。

碧蕪無所謂的勾了勾唇，將平安扣放回去，安慰銀鉤道：「一枚玉飾而已，碎了便碎了吧，且是旭兒打碎的，跟妳有何干係，我緣何要罰妳。」

銀鉤聽得這話，眼眶都紅了，啞聲道了句。「多謝王妃。」

碧蕪在她肩上拍了拍。「將此物放回我妝奩裡吧，莫再將此事放在心上了。」

「是。」銀鉤點了點頭，隨碧蕪一道入了屋。

打從屋外聽到碧蕪的聲音，喻淮旭便激動不已，這裡的人他多不熟悉，能見到母親，至少能讓他安心幾分。

他眼見著碧蕪入屋來，待看清來人的模樣，不由得心生茫然。

這是他的乳娘，他的生母沒錯，只是她如今的樣子實在太美，倒教他一時認不出來了。

打他有記憶起，乳娘的面上便有一塊難看的疤印，聽旁的宮人說，那是他兩歲多時，屋內失火，乳娘為了救他，被火燒傷的。

他得知此事後，便一直對乳娘心存愧疚，還曾暗暗發誓，要對乳娘好。

可萬萬沒想到，十一歲那年，父皇卻告訴他，他的乳娘就是他的生母。

乍一聽到這個消息，他既震驚，又高興，心下的愧意也越發濃重，他替乳娘不平，頭一回與父皇起了爭執，將他痛罵了一頓。

直到他知曉父皇不言明此事的緣由，雖不能全然理解，但還是依著父皇的話，比從前更加努力用功，便是想著將來能解決所有後顧之憂，名正言順的給他母親一個名分，讓她不必整日擔驚受怕。

喻淮旭想著，若這真的不是一個夢，那他定要趁著他舅舅還未戰死，安國公府還未敗落前，幫他母親要回安國公府嫡女的身分。

讓她這輩子不必再卑躬屈膝，伏小做低。

喻淮旭滿腔熱枕，已然在心下將一切都規劃好了，卻聽那叫銀鈴的婢女見他母親進來，低身恭恭敬敬的道了聲「王妃」。

王妃？

喻淮旭一臉錯愕，仔細一看，確實有些不對，她母親這身華貴的穿著，顯然與旁人有些不同。

他是心有所想，執念太深，以至於作了這樣一個夢嗎？

碧蕪見旭兒木愣愣的盯著她瞧，不由得笑出了聲，上前將旭兒抱到懷裡。「怎的，才一夜不見，旭兒便不認識母親了？」

銀鈴在一旁道：「王妃不知道，小公子可聰明了，今日還學會用湯匙吃蒸蛋了呢。」

「哎呀，我們旭兒這般聰慧呀。」碧蕪笑道：「都學會自己吃飯了，是不是也該學會喊娘了，是不是，來，喊娘……」

碧蕪逗著他，卻見喻淮旭驀然張開嘴，竟真的從喉間發出一個模糊不清的「涼」字。

聽得此聲，碧蕪驟然愣住了。

銀鈴、銀鉤亦激動起來。「王妃，小公子說話了，小公子方才是不是喊您娘了？」

碧蕪回過神，鼻頭陡然一酸，忙又道：「旭兒，你再喊一聲，再喊一聲。」

喻淮旭看見碧蕪這般激動的模樣，心下亦有些百感交集，他無數次對著碧蕪的背影，無聲的喊過「娘」，卻不曾這般，切切實實的喊過一回。

他再次開口，亦像是為了完成自己的心願，縱然口齒不清，還是一遍遍喊道：「涼……涼……」

碧蕪的眼淚終是決了堤，見她掩面哭出聲來，銀鈴忙遞上絲帕，安慰道：「王妃怎還激動得哭了，小公子會喊您了，那是好事啊。」

碧蕪卻不言，旁人只道她是因稚兒開口而感動，卻不知她不單單因此而哭，這眼淚裡還綴了她兩世的委屈與期願。

見母親哭成這般，喻淮旭亦有些難受，他伸出小手，幫母親抹了掛在頰上的眼淚。

看著旭兒懂事的模樣，碧蕪忙止了哭。「娘沒事，娘沒事，娘就是高興。」

說話間，就聽守在外頭的小漣驀然喚道：「見過王爺。」

碧蕪折身看去，便見喻景遲闊步入了內間，甫一瞥見她面上的淚痕，不由得劍眉微蹙。

「王妃怎的哭了？」

碧蕪擦了擦眼淚，抿唇笑道：「方才旭兒開口喊臣妾娘了，臣妾是喜極而泣。」

喻景遲聞言意味深長的看了旭兒一眼。「是嗎？旭兒都會開口喊娘了。」

他看喻淮旭的時候，喻淮旭自也在看他。

眼前這人，喻淮旭倒是一眼便能認出是他父皇，只不過與他記憶中的父皇相比，年輕亦俊美許多。而不是如他記憶裡那般，因數不盡的政事與煩慮，眉宇間總攏著散不去的陰雲與疲憊。

不過他父皇只隨意看了他一眼，便移開目光，旋即眸色溫柔地看向他母親。

喻淮旭見狀不由得咋舌，他從未見過他父皇對他母親這般柔情似水的模樣，只偶然，他父親會趁母親不注意，偷偷看著他母親的背影，露出令人捉摸不透的神情。

「都先下去吧，本王有些話要對王妃說。」喻景遲道。

銀鈴、銀鉤聞言不由得看向碧蕪，見碧蕪對她們點了點頭，才恭敬的應了聲。

銀鉤伸手想去抱喻淮旭，卻見她家小公子扭著身子，抗拒不已，顯然不想離開。她為難的請示碧蕪的意思，碧蕪無奈道：「小公子留下，妳們都出去吧。」

「是。」銀鈴、銀鉤福身退了出去。

聽見門扇闔上的聲響，碧蕪才看向喻景遲，問：「殿下想同臣妾說什麼？」

喻景遲在小榻的另一頭坐下，順手將撥浪鼓遞給旭兒玩，旋即佯作自然道：「本王與王妃大婚前雖是有過協定，可昨夜的事……」

碧蕪便知道他要說此事，忙打斷他。「昨夜，臣妾多謝殿下相救，可那不過一場意外，殿下不必放在心上，忘了便是。」

喻景遲勾了勾唇，少頃，便聽他一聲低笑。「忘了？王妃覺得，本王昨夜真的只是一時衝動？」

看著他眼中的自嘲與失落，碧蕪心下陡然生出奇妙的想法。

不會吧，若不是男人的衝動，他還真的喜歡自己不成。

難道還真同旁人說的那樣，男人最為善變，這一世，他忘記了夏侍妾，竟轉而開始在意她了嗎？

碧蕪一時有些慌亂，她瞥見坐在身邊的旭兒，驀然提醒道：「旁人不知，但殿下應當知曉，這孩子……」

「是，本王知道。」喻景遲定定的看著她，須臾，眸光逐漸溫柔下來，一字一句道：「本王不在乎他是誰的孩子，本王想要的只有王妃妳。」

正假意玩著撥浪鼓的喻淮旭聞言手一鬆，撥浪鼓啪嗒一下落在軟墊上。

等等，這是什麼亂七八糟的夢！

他父皇又在胡說八道些什麼？

父皇不是一開始就知曉他的生母是誰嗎？

又怎會不知，自己是他親生兒子呢！

第四十章

喻淮旭第一次知曉他父皇與自己的乳娘有私，是在十一歲那年。

在這之前，他偶爾會在乳娘的脖頸上發現星星點點的紅痕，每回他問起，乳娘都會含笑對他道是蟲蟻咬的，他也信了。

甚至還因為心疼，吩咐貼身內侍孟九送些驅蟲的藥水給乳娘。

可即便如此，乳娘的紅痕仍時不時會出現。

直到十一歲那年的中秋宴，他在宮宴散場後，命孟九去御膳房取了些小菜，他獨自提著食盒，想與乳娘一道賞月過節，卻恰巧看見乳娘披了件暗色衣裳，小心翼翼、偷偷摸摸的從東宮側門出去。

他見狀忙跟在乳娘後頭，卻不想竟一路跟到了攬月樓。

喻淮旭疑惑不解，不知乳娘為何來此，見乳娘上了樓，他正欲一道上去，卻見一人倏然從黑暗中竄出來，攔住了他。

他定睛一瞧，才發現是他父皇身邊的大太監康福。

康福為難地看著他道：「太子殿下，可不能再往前去了。」

「為何不能！」喻淮旭厲聲道：「你告訴我，乳娘這是做什麼去？」

「這……」康福一時不知所措，少頃，才不得已道：「陛下也在裡頭呢。」

「父皇？父皇在裡頭？」喻淮旭聞言雙眉蹙起，驚道：「父皇莫不是要懲罰乳娘，可乳娘並未做錯什麼呀？」

想到乳娘要受苦，喻淮旭迫不及待想要闖進去，又被康福給拉住了。

「哎呀，太子殿下，陛下怎會罰柳姑姑呢！」見他壓根兒不明白，康福左右為難，最後還是咬了咬牙道：「這孤男寡女的，深更半夜待在一塊兒，您說是為著什麼。」

聽得這話，喻淮旭不由得怔住了。

他的確年幼，但不代表一無所知，孤男寡女會做什麼，不言而喻。他往燈火輝煌的攬月樓上看了一眼，最後氣鼓鼓的回了東宮。

他一夜未眠，翌日起來，看見一如往昔伺候他的乳娘，再看她脖頸上多出來的紅痕，一股惱意驀然竄上心頭。

他到底沒有忍住，跑到御書房質問父皇為何要欺負乳娘。

欺負了，為何連個名分都不給她。

父皇自成摞的案牘中抬首，深深看了他一眼。「朕給了，只是她求著朕收回成命。」

聽到這解釋，喻淮旭頓時更氣了。「乳娘不要，父皇就真的不給了？那乳娘這般跟著父皇，無名無分，又算什麼？」

父皇靜靜的看著他，許久，神色認真道：「旭兒，你覺得柳姑姑待你好嗎？」

聞得此言，喻淮旭想也不想答道：「好，自是好的，世上哪還有她這般好的乳娘，對兒臣事無鉅細，體貼入微不說，若非有乳娘在，兒臣早已不知喪命幾回了。」

父皇面露欣慰，緊接著道：「旭兒，你覺得，一個乳娘，真的會為了你一次次不顧生死嗎？」

喻淮旭蹙了蹙眉，一時不明白這話。「父皇這是何意？」

父皇並未正面答他，只淡淡道：「若她未被毀容，定然與你生得很像。」

想起那日的情形，喻淮旭至今還記得自己聽到這話時如雷轟頂，久久回不過神的感受。但是怎的，夢中的父皇竟對他母親說了這般奇怪的話，說自己不是他的孩子，且看他母親的反應，竟也毫不奇怪。

實在太離奇了些。

喻淮旭來不及多想，便聽他母親在愣怔過後，語氣決絕。

「可臣妾的心裡已然裝了旁人，再容不下殿下了。」

碧蕪覺得這話大抵能讓喻景遲知難而退，一個心裡沒自己的女子，就算強迫又有何意思呢。

可沒想到，她竟還低估他了。

須臾，便聽喻景遲淡然道：「那又如何？本王不在乎王妃心中裝了何人，就像不在乎這孩子究竟是誰的一樣，王妃若不想讓他成為世子，本王亦能盡力滿足王妃。」

他頓了頓，裝作不經意道：「說來，前一陣子，父皇還同本王說，讓本王盡快立旭兒為世子呢……」

碧蕪聞言一驚，再看他那溫煦的笑意，脊背都攀上了幾分涼意。

她知曉他絕非什麼良善之人，卻不想他為了逼她答應，竟會使這般卑鄙的手段。

她咬唇看向他，眸中閃著幾分難以置信的微怒。「殿下是在威脅臣妾？」

「怎會，王妃多想了。」喻景遲笑意溫潤。「本王不過是告訴王妃，只要往後王妃願意待在本王身邊，本王什麼都能給妳。」

喻淮旭雖聽得雲裡霧裡，可卻已瞧出來，他父皇又在欺負母親。

分明他母親都成了父皇的王妃了，怎的還不知好好珍惜。

他不由得心生怒意，不管不顧，抬腿就狠狠往他父皇身上踢去。

然腿才伸到半空，就被一隻大掌輕而易舉的抓住，他使出吃奶的勁兒踢出去的這一腳恍若落在棉花上，輕飄飄的就被化解了。

喻景遲握著旭兒的腳，還以為他在同他玩鬧，眸中不由得露出些許柔意。「雖他並非本王親生，可與本王也算有緣，本王亦會視若己出，將來縱然不是世子，也定會過著不亞於世子的日子。」

碧蕪緊緊盯著他，卻是抿唇不言。

若知道他會出爾反爾，當初她絕不會答應以合作的方式與他成親，教他死死抓住了自己的把柄，只如今後悔已是來不及了。

喻景遲逗了會兒耷拉著臉的喻淮旭，才起身看向碧蕪道：「本王今夜有事要辦，明晚再來雨霖苑。」

碧蕪沒有答話，只神色淡漠疏離的站起身，福了福道：「恭送殿下。」

喻景遲淺笑著離開，卻在邁出屋門的一瞬間，唇間笑意消失無影。

他原以為昨夜過後，她對他的態度大抵會有所改變，卻不想她仍是如從前那般，急著與他劃清界線。

他本不想以這個法子迫她，可為了得到她，他只能不擇手段。

他已然忍了兩年，該用的法子都用盡了，她仍是不曾變過想法，他實在不知那個男人於她而言為何如此重要，能令她這般念念不忘，他竟連絲毫都比不過。

甚至當初，為了逃開他，她不惜撒了那樣的謊，說她腹中的孩子不是他的。

在應州時，乍一聽到她有孕的事，他心下欣喜難抑，本欲借此道出梅園一事，順理成章的迎她入府，卻不想，她竟驚慌失措，甚至斬釘截鐵的告訴他，孩子的父親已經死了。

看著她慌亂不已的模樣，他哽在喉間的話只得生生嚥了回去。

他總覺得，若他說出實情，只會讓眼前的人更加避他如蛇蠍，逃得更遠。他便只能假裝不知，一步步將她誘騙回京，甚至以此為餌，讓她心甘情願的入了譽王府。

起初，他堅定的以為，所謂「孩子的父親」不過是她編造的一個謊言，但在看她一遍遍提起那人，露出若有所思的神情時，他才開始相信此事或是真的。

可任憑他如何派人去查，都查不到那人的存在，唯一的線索，便是圍獵之時，他將她從失火的屋內救出來，聽她模模糊糊間喊了一聲「陛下」。

因著這聲呼喚，他還真懷疑過皇宮裡那人。可在大婚次日，親眼見過她對那人恭敬的態度和那人渾不在意的模樣後，他徹底打消了想法。

再後來，他突然想到或許那人姓畢，因著這個突如其來的荒唐想法，他還真的命暗衛調查她周遭可有姓畢之人。

結果，自是一無所獲。

直到旭兒出生，看著這個眉眼與他七、八分像的孩子，他才徹底放棄了找尋。

這孩子一看便是他所出，而她亦是他名正言順的妻。即便那個男人活著又如何，她也無法帶著他的孩子，與那人再續前緣。

既入了他的譽王府，就別想逃出他的掌心。

就算真的得不到她的心，占著人亦是好的！

喻景遲緩步至垂花門前，卻頓住步子，他緩緩回首往院內看了一眼，眸光漆黑冷沈若深不見底的幽谷。

喻淮旭坐在小榻上百無聊賴的躺著，昨夜，他本以為睡上一覺，這夢應當就會結束，不承想，再睜開眼，瞧見的還是那位姜乳娘。

難道，這真的不是夢，世上真的有重生這般玄乎的事嗎？

他低嘆了一口氣，雖隱隱記得他好像是死了，可他無論如何都憶不起，自己究竟是怎麼喪命的。

真是奇怪，就好似有什麼阻擋著他，故意不讓他想起來一般。

屋內，心生疑惑的不單單只有他，還有姜乳娘。

見碧蕪坐在繡墩上，指尖翻飛，熟練地做著繡活，她囁嚅半晌道：「王妃，昨夜您疲累先睡下了，民婦不好擾您。小公子也不知怎麼了，昨日晚間開始，便不願吃民婦的奶，甚至民婦還未掀起衣裳，他就開始大哭大嚷，民婦也不知如何是好了。」

碧蕪手上的動作一滯，旋即轉頭看了眼乖乖躺在小榻上的旭兒，她因著前晚被折騰得不輕，昨夜早早睡下，到近午時才醒，也未怎麼過問旭兒的事，想了下道：「小公子是不吃奶，還是別的都不大吃？」

「光是不吃奶。」一旁的錢嬤嬤搶先答道。「別的都吃得好好的，給小公子蒸蛋和米粥，他都吃得乾乾淨淨，還是自個兒吃的呢。」

碧蕪聞言登時放心下來，笑道：「那便沒事了，旭兒也大了，或許不愛吃奶了，若怕他吃不夠，平素再餵他些牛乳便是。」

「誒。」姜乳娘點了點頭。

恰在此時，就聽裡間傳來奶聲奶氣、含糊不清的聲音。
「涼，涼……」
碧蕪忙放下手中繡了一半的帕子，疾步入內，見旭兒坐在小榻上，朝她拍了拍小肚子。
「涼……餓……餓……」
喻淮旭也不知孩童的食慾竟這般好，離上一頓也才過去不到兩個時辰，他便覺得腹中空空，饑餓難耐，只得向母親求助。
碧蕪很快就懂了他的意思，一時不禁高興道：「我們旭兒除了會喊娘，還會說餓了呀，真聰明。」
錢嬤嬤等人亦是欣慰，聞言，忙差屋內的婢子去膳房取粥食來。
恰在此時，就聽一聲「見過殿下」，喻景遲快步入了屋。
見他進來，碧蕪面上的笑意僵了一瞬，但還是朝喻景遲恭敬的頷首。
說今兒個來，還真來了，他倒是言而有信。
「這在說什麼呢，本王還未進門就聽屋內熱鬧。」喻景遲笑著問。
錢嬤嬤答道：「奴婢們都高興小公子學話快呢。這才不過一日，不僅會叫王妃了，竟還會喊餓了。」
「哦。」喻景遲俯下身，拉了拉旭兒的小手，笑著誇讚。「我們旭兒果真聰慧。」
見喻景遲眉宇間隱隱有幾分失落，錢嬤嬤忙道：「想是再過幾日，小公子該是會叫爹爹了。」

錢嬤嬤話音方落，喻景遲抬眸看去，果見碧蕪心虛的別過眼，好似沒聽見這話一般。

喻景遲唇角微勾，風清雲淡道：「本王倒不在意這些，也需一步步來，不能強求。」

碧蕪知道，縱然她再不願意，旭兒早晚有一日得開口喊這聲「爹爹」，沈默片刻，只得應和道：「殿下說得不錯，不必心急，旭兒遲早會喊殿下的。」

她說罷，雙眸暗暗轉了轉，旋即起身道：「天兒也不早，那臣妾先下去梳洗沐浴了。」

她這般坦然主動，喻景遲不禁劍眉蹙起，眉間露出幾分狐疑，但他很快神色恢復如常。

「好，那本王就先陪旭兒一會兒。」

碧蕪離開後，一大一小便在一塊兒大眼瞪小眼。

喻淮旭看著眼前這個熟悉卻又令他陌生的「父皇」，一時道不清心頭的感受。

前世，父皇一直是他尊崇的存在，親手教他練字習武，催他讀書長進，且父皇登基後，治水患，懲貪官，一直被百姓奉為明君。有這樣的父親，他始終引以為傲。

可誰知，這一世，這人居然就翻臉不認他了！

喻淮旭越想越難過，越想越氣，他鼓起腮幫子，氣到最後竟放了一個響亮又綿長的……屁！

聽得這聲，喻淮旭頓時愣住了，抬眸看去，便見他父皇和錢嬤嬤齊齊朝他看來。

喻淮旭雙頰發熱，登時紅了個透，而後就聽錢嬤嬤道：「小公子許是要換尿布了，老奴這就到東廂取去。」

錢嬤嬤說罷，匆匆出去了，裡屋一時便只剩下他們二人。

喻淮旭還沈浸在方才的窘迫中，再一抬首，便見他父皇定定的看著他，也不知在想些什麼。

少頃，喻景遲俯下身，朝喻淮旭緩緩靠近。

喻淮旭心下頓生出幾分緊張，他才來這兒第二日，許多事都茫然不知，且這人說是他父皇，但壓根兒不認他。

怕不是會做出傷害他的事來吧。

他擔憂不已，正欲躲避，就聽那低沈的聲音帶著幾分誘哄，驟然在他耳畔響起。

「來，叫爹……」

第四十一章

喻淮旭就曉得，他這詭計多端的父皇哪會不知自己就是他的親生兒子，雖不明白具體緣由，但看來大抵是為了騙他母親。

可他母親究竟為何要撒這個謊呢，喻淮旭實在猜不出來。他只恨如今的自己還只是個一歲多的孩童，尚不能開口講太多的話，亦無法詢問求證。

不過，身為孩童自有身為孩童的好處。

他盯著父皇的臉，看著他眸中的期許，一時計上心頭。

前世他父皇欺瞞母親，他還勉強能理解，可如今再瞞，到底是過分了。

喻淮旭思忖半晌，驀然笑嘻嘻的咧開嘴，露出兩顆小虎牙，他伸出小手，「咿呀咿呀」了兩聲，朝喻景遲比了個抱的姿勢。

見他這般熱情，喻景遲有些意外，雖未如願聽見那聲「爹」，但他的眉宇間還是露出幾分欣悅。

他一把將旭兒抱坐在自己的腿上，又低身附在他耳畔，說了句「叫爹」。

喻淮旭怎可能會叫，眼前這個父皇過分得連他都不認了，還欺負他母親，他可不願開口喚爹。

他索性當作未聽見，只扭過身，一把抓起擺在榻桌上的蜜橘，遞給喻景遲。

「旭兒是想讓父王幫你剝？」喻景遲微微挑眉道。

見旭兒點了點頭，喻景遲含笑剝了橘皮，將一小半蜜橘遞到旭兒手中。

喻淮旭用小手將蜜橘分成幾瓣，從裡頭挑了一瓣就往喻景遲面前送。

看著眼前的蜜橘，喻景遲唇間的笑意頓時濃了幾分。

果然，骨肉情深這話到底存著幾分道理，即便這孩子還未能開口喚他一聲「爹」，但骨子裡較旁人到底與他更親近些。

喻景遲正欲伸手去接，卻見那小拳頭驟然握緊，隨著細微的聲音，蜜橘汁水四濺，喻景遲淺色的衣袍上頓時沾染了好些橘色污點。

喻淮旭眼看著喻景遲唇間的笑意漸散，心下卻還覺不痛快，直接抬起那濕漉漉的小手，「啪嗒」往上一搭。

喻景遲的肩上霎時多了個清晰的掌印，還沾了瓣被捏扁的蜜橘。

喻景遲臉色徹底黑了！

喻淮旭正準備拍拍小手慶祝一番，卻見他父皇的面色瞬間陰沈下來，眸中隱隱透出幾分銳利。

瞧見這個懾人的眼神，喻淮旭不由得想起前世頑皮，蹺課偷跑出宮，被父皇毫不留情的命人杖責三十的事，頓時緊張得吞了吞口水。

他生怕這世的屁股又遭了殃，餘光瞥見進來的錢嬤嬤，忙將小嘴一張，放聲哭了出來。

錢嬤嬤聞聲步子急了幾分，進了內間，瞧見王爺陰沈的面色和髒污的衣裳，再看小公子號啕大哭的模樣，頓時了然。

她放下手中的東西，一把將旭兒抱起來安撫著，還不忘對喻景遲道：「小公子還小，調皮也是尋常，王爺莫放在心上。」

碧蕪方才沐浴完，就聽到屋內的動靜，匆匆穿好寢衣便趕了過來。

一進屋，便瞧見了這一幕。

她看向錢嬤嬤道：「將小公子帶下去吧。」

錢嬤嬤福了福身，忙抱著旭兒快步退下了，生怕王爺一怒之下會責罰他家小公子似的。

碧蕪掃了眼喻景遲被弄得髒兮兮的衣袍，著實有些訝異，前世旭兒雖也調皮，可從來沒這樣做過，更別說是對喻景遲了。

如今這是怎麼了，莫不是喻景遲因旭兒並非親生，對他有幾分不好，才讓旭兒一氣之下做了這樣的事。

碧蕪朱唇微抿，也不知究竟為何，只想著往後還是別讓旭兒同喻景遲待在一塊兒的好。

她在心下低嘆了一聲，上前道：「殿下衣裳髒了，還是快些去側屋沐浴更衣吧。」

喻景遲深深看了她一眼，薄唇微張，一副欲言又止的模樣，少頃，只道：「孩子頑皮，若不趁早好好教養，只怕日後壞了性子。」

碧蕪聞言一頷首。「是，臣妾謹記，定會好生教養旭兒，不給殿下添麻煩。」

看著她這副疏離又恭敬的模樣，喻景遲心中不是滋味，因如今旭兒「不是」他的孩子，他甚至不能以父親的身分多加置喙。

而她顯然也不願他多管。

喻景遲起身離開，踏出裡間的一刻，唇間露出些許自嘲的笑。

碧蕪看著他的背影消失，又轉頭瞥了眼床榻的方向，出聲喚來銀鈴，在她耳畔吩咐了兩句。

小半個時辰後，喻景遲再回正屋，便見屋內只餘碧蕪一人。

燭火幽暗，勉強能映出屋內的情形，她倚枕斜臥著，單薄的寢衣勾勒出她穠纖合度的身姿，她正幽幽將榻桌上剝開的蜜橘往嘴裡送，輕紗滑落，露出一小截皓若凝脂的藕臂來。

喻景遲眸色沈了幾分，他提步上前，在她身側坐下，柔聲問：「甜嗎？」

碧蕪不答，只嫣然一笑，貝齒咬下蜜橘，飽滿的汁水在口中濺開，她抿了抿唇，豔紅的朱唇登時染上一片水色。

末了，她才用纖柔的指尖掰開一瓣蜜橘，遞到喻景遲面前，聲音若山泉般清澈動聽。

「殿下可要嘗嘗？」

她並未刻意做出嫵媚的舉止，卻處處香豔勾人心魄，喻景遲唇角微勾，俯身去咬她捏在指尖的蜜橘。

然在他的唇觸到蜜橘前的一瞬，卻倏然轉了彎。

碧蕪眼見他靠近，遒勁有力的手臂強硬地攬住她盈盈一握的腰身，稍一使勁，兩人便幾乎貼在一塊兒。

男人身上熟悉的青松香撲面而來，掌心滾燙的熱意透過單薄的寢衣，流竄到她的四肢百骸，令她的呼吸都凌亂了些。

看著喻景遲幽沈的眸色，碧蕪定了定神，朱唇微抿，一雙柔若無骨的藕臂纏住了男人的脖頸，她強作鎮定道：「殿下，這兒太涼了，去榻上好不好……」

喻景遲靜靜看了她半晌，淡然的啟唇道了句「好」，旋即一把將小榻上的美人打橫抱了起來。

從這兒去床榻，也不過十餘步，然就這一會兒工夫，懷中人都不是很安分，有意無意用手指在他胸前畫著圈，甚至一點點往小腹的方向而去。

一股子麻意竄上背脊，喻景遲呼吸更沈了幾分，他將人小心翼翼放在床榻上，然在看到上頭的兩床衾被後，劍眉蹙起，不由得疑惑的向碧蕪看去。

碧蕪眨了眨眼，卻作一副無辜模樣。「臣妾今日身子略有些不適，殿下既說喜歡臣妾，想來定也不會強迫臣妾吧？」

喻景遲沈默少頃，狀似無所謂的笑了笑，可聲音裡的啞意卻是掩蓋不住。「自然，王妃的身子要緊。」

聞得此言，碧蕪感激地向喻景遲投去一眼。「多謝殿下，那臣妾便先歇下了。」她說著，還真自顧自鑽進了裡側的衾被裡，倒頭睡下了。碧蕪背對著喻景遲而躺，將衾被裹牢了些，唇角上揚，忍不住露出一個得逞的笑。

喻景遲站在床榻邊，看著那個裹成一團的衾被，亦是無奈的勾了勾唇角。

原就覺得她今日不對勁，還想著她究竟要如何，看來這便是她的伎倆了。

故意勾起了他的火，卻又對他置之不理，讓他獨自在這裡煎熬，怕不是在報復他昨日的威脅。

果然，再溫順的貓也會有伸出爪子反擊的一日。

碧蕪雖佯裝睡著，卻仍時時注意著身後的動靜，少頃，便聽窸窸窣窣的聲響，當是喻景遲掀開衾被上了床榻。

她不禁長舒了一口氣，她還是頭一回如此耍他，自然也摻著幾分懼意，但現下見他反應不大，這才放下心來。

她闔上眼，然不待睡意上來，一股涼意從衾被的縫隙間鑽進來，她忍不住一個哆嗦，緊接著便覺滾燙的大掌緩緩落在她的後腰。

「王妃可睡了？」

醇厚低啞的聲音自身後傳來，碧蕪並不理會，閉著眼，權當自己睡著了。

然落在後腰上的大掌卻不甘休，在她腰上用不輕不重的力道按揉著，他掌心滾燙，如火燎原很快燃了她全身。

碧蕪死死咬住唇，她沒想到，才不過隔了一夜，這人竟長進了這麼多。她的身子本就敏感，哪裡禁得住他這般撩撥，忍了好一會兒，到底還是從唇間洩出一聲嬌吟。

這聲音雖然不大，可在寂靜的屋內顯得格外清晰。

那不規矩的大掌頓時止了動作，碧蕪也裝不下去了，她窘迫不已，索性直接轉過身去，卻正好撞進他懷裡。

喻景遲順勢攬住她的腰，旋即淺笑著道：「王妃醒了？」

他笑得好似全然不知情，碧蕪卻忍不住腹誹，以他的武藝，只怕一開始便曉得她是在假寐。

本以為他今夜真會放過自己，原是她太天真了些。

她竟給忘了，他向來記仇，她耍了他，他表面不動聲色，卻還不是默默以同樣的方式加倍奉還。

看著他面上的笑意，碧蕪越想越氣，又不甘心就這麼被他欺負，索性咬了咬牙，做出一副為難的樣子，看著他道——

「臣妾知道殿下難受，其實……倒也不是臣妾不願意，只是殿下……著實是差了些，讓臣妾難受了。」她頓了頓，還不要命的加了一句。「也不知夏侍妾從前是如何忍受殿下的。」

碧蕪知道，男人的自尊心強，尤其是在那一方面，更容不得絲毫質疑，她這般嫌棄他，她就不信他還願意繼續。

喻景遲聞言，劍眉的確蹙得更深了些，可看著面前演技拙劣的美人，他一眼便瞧出了她的心思。

她顯然是想激怒他，可她不知，她這般舉止不但不會得償所願，反而會適得其反。

前夜她的主動曾令他生出難抑的怒意，對於這般情事，她竟未露出絲毫生澀，好似早已經歷過無數次一般。

可那人會是誰？

難道是她口中所謂「孩子的父親」？

但梅園那晚後，他分明在被褥上發現了落紅，她又是如何與那個人……還是說，那根本不是落紅。

只要想到曾有其他男人碰過她，心下的怒火便似潮水一般奔湧而來，他受不了的並非她的拒絕，而是她一回回拿他與那人相提並論。

那人真就這麼好嗎！

喻景遲努力抑制怒火，勾唇笑道：「本王既讓王妃不滿意，多練練不就好了。」

這話著實讓碧蕪懵了，她還不知如何回應，只覺天旋地轉的一瞬，兩人的位置徹底翻轉過來。

身下，男人氣定神閒的看著她。「不如，王妃教教本王。」

碧蕪剛想拒絕，誰料男人竟輕輕掐了一下她的腰，她忙捂住自己的嘴，險些喊出聲音，可心底的癢意卻因此再一次蔓延開來。

她居高臨下的盯著男人微敞的寢衣間露出的緊實胸膛，驀然覺得他的提議倒也不錯，前世，她何來的機會以這般姿勢反擊回去。

何況，如今不只他難耐，她亦是教他撩撥得渾身發燙，那便只好再借用他一回。

她忍著羞，清咳一聲道：「若臣妾教得不好，還望殿下莫要嫌棄。」

喻景遲嗅著她身上清雅宜人的香氣，喉結微滾，啞聲道：「定不嫌棄。」

翌日天未亮，喻景遲便起身去上朝，康福正在垂花門外候著，遠遠見喻景遲出來，忙殷勤的迎上去，卻不由得愣了一瞬，只覺他家殿下今日格外神清氣爽。

他往雨霖苑內看了一眼，登時明白過來，湊近喻景遲，笑咪咪道：「不知昨日奴才給殿下尋的那些個書，好不好使？聽賣書的人說，那些可都是難得一見的珍品呢。」

喻景遲垂眸看向笑意盈盈的康福，並未答他，只淡淡道：「自去庫房挑兩件喜歡的，便當是本王賞你的。」

「是，多謝殿下賞賜。」康福頓時喜笑顏開。

倒也不枉他跑遍了大半個京城尋了那些書，他原還以為他家殿下本應是對那事極為冷淡之人，不承想原也懂得這些個夫妻情趣。

真好，看來要不了多久，府裡又會添小公子或小郡主了。

那廂，直近巳時，碧蕪才幽幽醒轉，她挪了挪身子，只覺得腰痠得厲害，像是要折了一般，想是昨夜強撐的結果。

她在心下暗罵了喻景遲幾句，才努力支起身子，朝外喚了一聲。

很快，小漣和銀鉤便推門進來伺候，乍一看見屋內的狼藉景象，兩人面面相覷，都不由得咋舌。

原擺得好好的繡墩此時翻轉在地，檀木圓桌上的桌布被扯偏了大半，上頭的茶壺茶盞東倒西歪，可憐的擠在桌子邊緣，幾欲墜落，地上還凌亂堆著被扯壞了的衣衫和窩成一團的衾被。

瞧見小漣和銀鉤驚詫茫然的模樣，碧蕪才回過神來，細細打量起屋內的情形，昨夜的種種亦悉數浮現在眼前。

昨夜，她原本是想好好掌控局勢的，可無奈沒一會兒便沒了氣力，反教他抓住機會翻身壓在下頭。也不知怎的這人突然開了竅，折騰了兩回還不夠，竟將她抱下了床榻，再繼續換地方折騰。

想起那一幕幕，她頓時羞得垂下腦袋，哪裡還敢看她們的眼睛。

銀鉤打起床簾，要伺候碧蕪起身，然看見她肩頸上從未見過的紅痕，倏然一愣。再看這滿屋的狼藉，猛地恍然大悟，她擰了擰眉，露出些許擔憂，少頃，囁嚅道：「王妃，是不是殿下他……他打您了？」

碧蕪聞言深深看了銀鉤一眼，哭笑不得。

她屋裡這幾個丫頭都未經人事，哪裡懂得這些，可她一時也實在難以開口解釋。難道要告訴銀鉤，他們昨夜真的打架了，還打得萬分激烈，從床榻上，打到床榻下，最後又回了床榻。

她雖被弄了滿身痕跡，喻景遲也好不到哪兒去，怕是教她用指甲在背上劃破了好幾道。不過，她的確也從中嘗到了些滋味，算不得是輸了。

碧蕪渾身痠疼，只能任由銀鉤和小漣伺候著起身，待洗漱梳妝罷，就聽婢子來稟，說孟太醫來了。

孟太醫雖不像先前她有孕時來得那般勤，但也不時會來譽王府，給她和旭兒請平安脈。

聽得此言，碧蕪忙讓人將孟太醫請進來。

孟昭明被婢子引著入了花廳，頭一眼見到碧蕪便覺出了異樣，他按例為碧蕪探脈，而後面色如常道：「王妃如今身子一切都好，只不過，王爺和王妃雖都還年輕，但平日也得注意克制才是，不然恐是傷身。」

碧蕪聞言面上一窘，再看銀鈴和小漣，亦是一副尷尬的模樣。

她思忖半晌，抬手揮退了兩人，旋即認真的看向孟太醫道——

「敢問孟太醫，可否為我開一些避子的湯藥？」

第四十二章

孟昭明聞得此言，不由得驚了驚，他在宮中待了這麼多年，只見過費盡心思要懷上子嗣的妃嬪，卻未見過主動喝避子湯的。

瞧著譽王妃脖頸間隱隱的紅痕，譽王與譽王妃的感情應當不錯，緣何這夫妻二人輪番同他討要避子的藥方。

見孟昭明蹙眉似有所惑，碧蕪解釋道：「雖說旭兒已經一歲了，但婦人生產猶如走鬼門關，當初在閻羅殿前走過一遭的事仍令我心有餘悸，實在還沒準備好再要一個孩子，便想著還是等旭兒再大一些，再考慮此事。」

她這話的確沒騙孟昭明，不過緣由她只告知一半。

難產之事的確令碧蕪心生懼意，只要回憶起此事，似乎還能感受到那股恍若要將她生生撕開的劇痛，然她不想再生，不單單是因為如此。

旭兒還小，若她再有孕，對旭兒的關心必然會被勻去幾分，而且正如她自己說的，自古婦人生產猶如走鬼門關，能順利生下旭兒已算她命大，可下一次她還能這般幸運嗎？

如若她死了，旭兒該怎麼辦，她拚命努力生下他便是為了改變他前世的命運，而她就這般撒手而去，誰能知曉旭兒會不會再重蹈前世的覆轍。

孟昭明自是不知碧蕪在想什麼，不過覺得她這理由倒也算合情合理。

只是……

雖知曉了緣由，孟昭明卻仍顯出幾分為難。

碧蕪見狀，又道：「孟太醫只管開方子便是，此事我定會親自稟明殿下。」

孟昭明聞言，沈默半晌，才恭敬道：「是，臣遵命。」

孟太醫臨走前當真留下了方子，待他走後，碧蕪喚來小漣，讓她速速拿著方子去藥鋪抓藥。

小半個時辰後，小漣端著黑漆漆的湯藥呈到她面前，碧蕪一刻也不敢耽擱，端起藥碗。然才嘗了一口，碧蕪倏然愣住了。

這湯藥的滋味她太過熟悉，因她前世喝了太多這樣的湯藥，那是每每被召後，必會呈到她面前的、康福口中的「補藥」。

果然，前世，他給她喝的就是避子湯。

他壓根兒不想讓她懷上他的孩子，或許覺得她不配吧。

碧蕪朱唇微抿，露出些許苦笑，旋即眼也不眨，仰頭將苦澀的藥汁一飲而盡。

旭兒今日醒得很早，吃了碗雞絲粥和半個雞蛋，教孟太醫把了脈後，就由錢嬤嬤抱著在花園裡逛了一圈。

回了雨霖苑，錢嬤嬤同碧蕪道了此事，誇小公子越發懂事了，晨起自己試著穿衣，早膳自個兒用勺子舀著吃的，連散步都不願人抱著。

碧蕪很欣慰，這世的旭兒比上一世學得更快，才不過幾日的工夫，就又學會了好些簡單的話，離將話說流利當是不遠了。

她與旭兒玩了好一會兒，待到午後，著實覺得有些累，便讓姜乳娘將旭兒抱走。她原想睡上小半個時辰，不承想再醒來已是兩個時辰後。

午晌歇了太久，待到晚間，便沒了什麼睡意，碧蕪倒也沒睡的打算，只坐在小榻上看著閒書。

直到過了一更，才聽外頭響起小漣恭敬的聲音，碧蕪放下書冊，抬眸看去，見喻景遲闊步踏進來。

看到碧蕪還坐在小榻上，並未歇下，喻景遲稍顯詫異，柔聲問：「王妃還未睡？」

「臣妾在等殿下。」碧蕪如實答道。

眼見喻景遲在她身側坐下，她低聲道：「今日孟太醫來府中請平安脈了。」

喻景遲聞言蹙了蹙眉，面上露出幾分擔憂。「可是王妃或旭兒身體有異？」

「那倒不是。」碧蕪囁嚅半晌。「臣妾今日……同孟太醫討了避子湯。」

她話音方落，便見他雙眸微眯，心下不由得生出幾分緊張。她今日同孟太醫說的並非假話，她從一開始便打算向喻景遲坦誠此事。

她知道，孟太醫是喻景遲的人，不可能真的為她保守秘密，與其將來東窗事發，不若一開始便讓他知曉此事。

看著她小心翼翼試探的模樣，喻景遲強壓下心底漫上來的怒意，淡淡的聽她繼續解釋道：「臣妾生旭兒的時候，吃了不小的苦頭，差點就沒了命，那痛苦的滋味如今還歷歷在目，臣妾實在是害怕，不敢再有孕了。」

他看得出她這話不算撒謊，可卻沒全然對他說實話。

他想，她討要避子湯的理由，其中之一，便是不想再有他的孩子吧。

喻景遲內心波瀾起伏，可面上卻是一副無所謂的模樣。「王妃既然害怕，不生便是。」

他頓了頓，大掌緩緩落在她的臉上，粗糙的指腹在她柔軟的朱唇上輕輕摩挲著。「畢竟本王也捨不得王妃這麼快有孕。」

看著喻景遲幽沈的眸光，碧蕪自是曉得他這話的意思，她雙眸垂了垂，旋即抬手，落在男人腰間的玉帶上。

可還不待她解開，卻倏然被按住手，下一瞬，身子一輕，竟被打橫抱了起來。

喻景遲將她放在床榻上，俯身一下堵住她的朱唇。他的動作很用力，好似洩憤一般，要攫取她口中所有的空氣。

碧蕪被他吻得難以呼吸，只能無措地揪住他的衣襟，許久，才見喻景遲緩緩退開。

他眸光灼熱，盯著她看了半晌，並未繼續，只道：「本王今夜還有些事要處置，需回雁林居去，王妃早些睡吧。」

他正欲起身離開，碧蕪卻一下拉住他的衣袂，急急喚了聲「殿下」。

喻景遲止住動作。「怎麼了？」

碧蕪薄唇微抿。「臣妾已有好些日子不曾回安國公府，想來祖母也很惦念臣妾和旭兒，過兩日，臣妾想帶著旭兒回安國公府一趟。」

「那便去吧。」喻景遲想也不想道：「本王會命康福備份厚禮，屆時王妃一併帶去。」

「多謝王爺。」碧蕪恭敬道。

喻景遲瞥了眼她寢衣間洩漏的春光，白皙誘人，似還散發著一股幽香，他喉結微滾，但還是起身離開了，踏出雨霖苑的步子多少顯得有些倉促。

食髓知味，他對她的貪慾遠比他自己想的還要可怕，再待下去，他不知自己究竟能不能忍得住。

得了喻景遲的應允，三日後一早，待小廝將東西都搬上車，碧蕪才將旭兒抱上去，一道往安國公府的方向而去。

碧蕪看著旭兒由姜乳娘抱著趴在車窗前，一副興奮又滿懷期待的模樣，有些忍俊不禁。

看著沿途的風景，一想到要去母親的娘家，喻淮旭如何能不喜，自他懂事起，蕭家已敗落，那位安國公已然戰死。雖之後從他父皇口中知曉了母親與蕭家的關係，但他到底不可能認，可這一次去，他可是名正言順去自己的外祖家。

馬車駛了小半個時辰，抵達安國公府門口，碧蕪下了車，便見蕭老夫人已由周氏扶著在門口等了。

「祖母。」碧蕪忙從姜乳娘手中抱過旭兒，快步朝蕭老夫人走去。「外頭冷，祖母待在屋裡便好，怎在這裡等。」

「這不是為了早些見到妳和旭兒嗎。」蕭老夫人笑盈盈地看向碧蕪懷中的旭兒，還未伸出手，卻見旭兒將整個身子傾過來，主動往她懷裡去。

蕭老夫人看著這般情形，頓時笑得合不攏嘴，順勢一把將旭兒抱了過去。

「哎呀，這孩子倒是聰明，是還記得母親您呢。」周氏在一旁道。

「是啊，當真聰慧，和小五小時候啊一模一樣。」或許年歲大了，抱著這個一歲多的孩子，蕭老夫人覺得有些泚甸甸的，不由得感慨道：「這日子過得可真快，小五回來認親的事恍若還在眼前，一眨眼竟兩年過去了。」

聞得此言，喻淮旭不由得愣了一瞬，從平日裡錢嬤嬤她們的交談中，他知曉這一世他母親是安國公府的嫡女，卻並不知原來他母親是自己來認親的。

當真奇怪，也不知他母親是如何得知自己的身世，找上安國公府的。

喻淮旭自然想不出個所以然來，便收了思緒，任由蕭老夫人抱著。

沒一會兒，見蕭老夫人似有些抱不動旭兒了，碧蕪忙尋了個由頭，將旭兒重新接過來，幾人歡笑著一道入府去。

待去了蕭老夫人的棲梧苑，周氏差婢子去西院稟報一聲，說今日家中有客來，讓蕭鴻笙不必去學堂了，來棲梧苑見過貴客。

一炷香後，便見那婢子帶著蕭鴻笙來了。

碧蕪極少見到蕭鴻笙，因蕭鴻笙身子不好，周氏心疼他，平素除卻去學堂，總讓他待在西院別外出，不過今日見著，碧蕪倒覺得他面色看上去好了許多。

「笙兒，過來，快來見過你二姊姊。」周氏忙朝蕭鴻笙招了招手。

蕭鴻笙快步過來，對碧蕪一施禮。「見過二姊姊。」

「自家人哪需這些禮數。」碧蕪一把將蕭鴻笙拉起來，待他站直了身子，才發現蕭鴻笙已然快到她胸口了。「笙兒也快有六歲了吧。」

「是啊。」蕭老夫人感慨。「笙兒和旭兒一樣，當初都生得艱難，皆是不足月而生，如今都平安健康長這麼大了。」

碧蕪聞言笑道：「孩子都大得快，再不久，他們便都能孝順祖母您了。」

蕭老夫人一聽這話，頓時樂了。「那也得我老婆子活久一些才好。」

幾人說話間，卻聽周氏「哎喲」了一聲，便見旭兒掙扎著從碧蕪懷中下來，快步向蕭鴻笙跑去，竟一下撲進蕭鴻笙懷裡。

看著親熱的對著自己笑的孩童，蕭鴻笙一時不知所措。

碧蕪忙上前，蹲下身對旭兒道：「快，叫舅舅。」

聽得這個稱呼，喻淮旭著實愣了一下，前世他與蕭鴻笙一塊兒長大，他在自己身邊當了六年的侍讀，光記得蕭鴻笙與自己年歲相差不多，卻是忘了，按輩分來論，眼前這人還真是自己的舅舅。

他強忍住那股怪異的感覺，還是乖乖順著碧蕪的話，張開嘴，可發出來的聲音卻不大像「舅舅」，旁人聽著，就像他只是「啾啾」了兩下。

雖說口齒不清，但蕭鴻笙也知曉他是在喚自己，小臉頓時脹紅了，哪裡敢應這個小外甥的話。

周氏見狀，蹙了蹙眉，快步上前道：「笙兒，你怎麼回事，小公子喚你，你也不回應，怎這般沒規矩。」

蕭鴻笙抿了抿唇，聽得這話，將腦袋垂下去了。

他這副模樣，著實讓喻淮旭覺得有些陌生，他已許久不曾見過蕭鴻笙這番拘謹怯懦的樣子了，遙記前世，他這位小舅舅剛進宮時，好似也是這般。

看上去病懨懨的，低眉垂首，沈默寡言，不論他說什麼，都是一副恭敬順從的模樣，從不敢多說半句。

喻淮旭覺得無趣極了，他想要的是玩伴，而非一個聽話的奴才，蕭鴻笙才來過三、四日，他便忍不住跑到父皇面前，說想換個伴讀。

父皇卻拒絕了他，告訴他蕭鴻笙戰死的堂兄，和他的祖父、曾祖父都是武藝高強，驍勇善戰之輩，蕭鴻笙亦是如此，也是將來能當大將軍的人才，不信明日可帶著他去演武場試試身手。

聽得這話，喻淮旭難免生了好奇，還真照他父皇的話去做了。

再後來，他便發現自己被父皇給騙了。

雖說蕭鴻笙的那幾箭的確箭箭中靶，可喻淮旭細細追問之下，才發現蕭鴻笙根本未曾使過弓箭。

負責保護他們安全的御林軍統領聞言亦是大吃一驚，連聲誇讚蕭鴻笙有箭術天賦，不愧為將門之後。

也是自那時候起，蕭鴻笙便似變了個人一般，眸中有了光亮，或也是因為當時還是乳娘的母親無微不至的關懷，他才漸漸褪去拘謹，與喻淮旭親近起來。

兩人獨處時，蕭鴻笙曾偷偷告訴過他，他很想成為兄長祖父那樣馳騁沙場，為國盡忠的大將軍，可他是家中獨子，是蕭家唯一的血脈，母親只希望他好好活著，並不願他去涉險。

蕭鴻笙雖心懷壯志，卻左右為難，直到他十五歲那年，蕭老夫人去世，蕭鴻笙被他父皇偷偷召進御書房，再出來時，他眸色堅定，告訴喻淮旭，他要去西北邊關從軍了。

喻淮旭一開始並不知蕭鴻笙突然改變主意的理由，只依依不捨，親自送蕭鴻笙離開。

直到他知曉了母親身世的真相，緊接著聽聞蕭鴻笙在西北立戰功之事，才明白過來，他父皇是想借蕭鴻笙來重新扶持蕭家。

畢竟若是從科舉，走尋常仕途，蕭鴻笙也不知多少年後才能在朝堂上站穩腳跟。所謂富貴險中求，唯有上戰場，立戰功，才能早日令蕭家恢復往日榮光。

不過蕭鴻笙後來究竟如何了，喻淮旭始終想不起來，與蕭鴻笙在一起的記憶，就只停留在他十三歲時，蕭鴻笙回京的那一次，兩人一道在皇宮演武場比箭術的情景。

見蕭鴻笙聽得周氏這話，耷拉著腦袋，喻淮旭上前拉了拉他的衣角，指了指外頭道：「玩，玩……」

碧蕪聞言，笑道：「今兒天氣不錯，讓兩個孩子一塊兒出去玩吧，小孩子麼，生性貪玩，總悶在屋裡到底不好。」

周氏見旭兒這般喜歡蕭鴻笙，自是高興，心底亦存了些攀附的意思，哪裡會不同意。反而催促道：「笙兒，快帶小公子出去玩，你可得小心些，要時時護著小公子安全，知道嗎？」

蕭鴻笙點了點頭。

碧蕪也低身摸了摸旭兒的腦袋，囑咐道：「旭兒，要好生聽舅舅的話，莫要調皮。」

旭兒乖巧的「嗯」了一下，便迫不及待的拉著蕭鴻笙往外走。

碧蕪示意姜乳娘和銀鈴跟在後頭，看著他們走遠，才坐下來同蕭老夫人和周氏一道話家常。

開。

蕭鴻笙帶著喻淮旭往安國公府的花園而去，一路上，他都緊緊牽著喻淮旭的手，不敢鬆

兩人才走到一半，蕭鴻笙卻倏然停下來，展顏一笑，高興的提聲喊了句「大哥哥」。

他口中的大哥哥還會有誰，自然是喻淮旭素未謀面的大舅舅蕭鴻澤。

眼前一人在他們跟前站定，喻淮旭抬首望去，便見那人身姿挺拔如松，面若冠玉，清雋儒雅，他俯身溫柔地看著自己道：「旭兒來了。」

看著這個眉眼與自己的母親有四、五分像的男人，或許因為太激動，方才還口齒不清的喻淮旭，竟對著蕭鴻澤清清楚楚的喚了一聲「舅舅」。

聽得這聲音，蕭鴻澤倏然愣了一下，緊接著便有一人提步上前，在蕭鴻澤身側站定。

因個子矮，喻淮旭方才並未發現，原來蕭鴻澤身後還有一人。

此時，這人面色沈冷，雙眸緊緊盯著他，隱隱透出些許不悅。

喻淮旭亦是回看那人，他眨了眨眼，不明所以。

他父皇這又是教誰惹不高興了？

第四十三章

還不待喻淮旭想出個所以然來，便聽身側的蕭鴻笙顫顫巍巍道：「參見譽王殿下。」

蕭鴻笙沒怎麼見過他這位身為王爺的二姊夫，今日瞧見他黑沈的面色，和通身散發出的威儀，不由得心生懼意。

喻景遲許是看出蕭鴻笙的害怕，很快斂了怒意，點了點頭，轉而淺淡一笑，問：「這是要上哪兒去？」

蕭鴻笙訥訥答道：「二姊姊和母親讓我帶著小公子去外頭逛逛，我們正要去花園呢。」

兩人說話間，喻淮旭已悄悄撒開蕭鴻笙的手，顛顛的往蕭鴻澤跑去。

然還未走幾步，就被身後的大掌驟然拽住衣領，怎也動不了。

他不滿的「嗚嗚」了幾聲，卻被強硬的一把抱了起來。喻景遲含笑看向蕭鴻澤道：「兩個孩子在一塊兒玩到底不放心，不若我們跟著一道去花園吧。」

蕭鴻澤自是不會反對，他頷首道了聲「是」，讓小廝趙茂去同蕭老夫人稟一聲，再命人拿貫耳壺和箭矢來，好與孩子們一道玩投壺。

被喻景遲抱在懷中的喻淮旭卻很不安分，他扭過身子，趴在喻景遲肩上，看向走在後頭的蕭鴻澤。

前世，他曾聽他父皇提及過許多次他這驍勇善戰，以一敵百的大舅舅，可惜他懂事時，蕭鴻澤已戰死，他並沒有機會一睹他這位大舅舅的真容。

如今抓著機會，定是要好好瞧個仔細。

見自己這位小外甥睜著那雙圓溜溜的眼睛，直勾勾地盯著自己，蕭鴻澤著實有些哭笑不得，但還是薄唇微抿，朝旭兒笑了笑。

看著這和煦的笑，喻淮旭登時對這位自己前世便尊敬不已的大舅舅好感倍增，止不住又張開嘴，奶聲奶氣的喚了聲「舅舅」。

他才喚完，就覺抱著他的人步子一滯，旋即將他往上顛了顛。

喻淮旭疑惑的側首看去，便見喻景遲眸色沈沈的看著他。

父子兩人大眼瞪小眼，對視了好一會兒，喻景遲才緩緩將視線移開。

喻淮旭一開始未反應過來，過了好一會兒，才後知後覺。

別看他父皇表面淡然，可透過那雙幽沈的眸子，他彷彿能看見他父皇咬牙切齒的看著他道：「臭小子，誰都會喊，就是不會喊爹。」

喻淮旭扁了扁嘴，不作理會，權當沒看明白他的意思。

那廂，棲梧苑。

趙茂將蕭鴻澤的話傳達給蕭老夫人，蕭老夫人微微頷首，道了句「知道了」，而後看向碧蕪道：「譽王殿下要來的事怎不提前與祖母說一聲，祖母毫無準備，怕不是失了禮數，冒犯了殿下。」

碧蕪也沒想到喻景遲會來，他近日有些忙，而且也確實未對她說過自己會來的事。

「殿下先前並未打算過來，許是一時興起，也未同孫女講。」碧蕪安慰道：「殿下素來寬厚，想是不會在乎這些，祖母不必擔憂。」

蕭老夫人點了點頭，倒也是了，幾位王爺皇子中，就數喻景遲性子最好，應當不會計較太多。雖是如此，但蕭老夫人還是吩咐劉嬤嬤讓膳房再多準備幾道好菜。

幾人坐了一小會兒，便見劉嬤嬤回來，身前還多了一人，那人還未進屋，就興高采烈的喚道：「祖母，母親！」

蕭老夫人聽到聲音，頓時笑道：「呦，這是盈兒回來了。」

「是盈兒回來了，真是的，這丫頭回來也不知提前說一聲。」周氏雖嘴上嘟嘟囔囔，但還是難掩喜色，早已站起來迎。

蕭毓盈邁進正屋，拉住周氏的手，餘光瞥見一側的碧蕪，驚訝道：「小五也在？」

「是啊。」蕭老夫人道：「妳們姊妹倆就跟說好了似的，齊齊回了娘家，哪還有比這更巧的事啊。」

蕭毓盈聞言與碧蕪對視一眼，不由得笑起來。「定是我和二妹妹心有靈犀，才能一塊兒回來看望祖母呢。」

屋內登時歡聲笑語一片，吃了半盞茶，蕭老夫人瞥了眼蕭毓盈平坦的小腹，狀似無意般問道：「盈兒，妳與柏晏近來可都好？」
聽得此言，蕭毓盈唇間的笑意微僵，但很快便恢復如常，答道：「自然是好的，夫君事事順著孫女，孫女的日子過得著實暢快呢。」
「那便好。」蕭老夫人欣慰地點點頭。「妳與柏晏成婚也快一年了，妳二妹妹的孩子都一歲多了，妳與柏晏也該好生抓緊，趁早生個孩子才是。」
蕭毓盈咬了咬唇，臉都紅了。「孫女自也是很想要孩子的，可祖母，這事只能順其自然，急不得。」
見她這般羞赧模樣，蕭老夫人忍不住勾起唇角，寵溺道：「好，祖母不催妳，不催妳便是。」
又坐著說了一會兒話，碧蕪到底放心不下旭兒，起身同蕭老夫人告了一聲，周氏也藉故拉著蕭毓盈一塊兒離開了。
周氏帶著蕭毓盈去了西院，遣了一眾僕婢，說起體己話來。
方才旁人沒發現，周氏卻一眼就覺出了蕭毓盈的異樣，她擔憂的蹙緊了眉頭，拉起蕭毓盈的手道：「妳同娘道實話，是不是那個唐柏晏對妳不好？」
「沒有，娘。」蕭毓盈知曉周氏不喜唐柏晏，無奈道：「夫君他真的待我極好！我想吃什麼想要什麼，他統統會滿足我，也能容忍我的脾性，從未對我凶過一句。」
周氏卻並不大信。「妳莫誆我，妳是我肚子裡出來的，妳有沒有撒謊我還能不曉得。同母親說，是不是他待妳不好？妳莫怕，儘管說出來，自有母親幫妳，妳祖母和妳大哥哥定也不會坐視不管的。」

「娘……」蕭毓盈嘆了口氣。「真沒有，就是……」

見她眼神飄忽，一副欲言又止的模樣，周氏忙緊張的追問道：「就是什麼？」

蕭毓盈似是覺得此事難以啟齒，遲疑許久，才道：「就是……就是夫君他性子冷淡，似乎都不大願意與我同房。」

周氏還以為是什麼大事呢，聞得此言不由得鬆了口氣。「那唐柏晏看起來就是個木訥的人，對那事冷淡些，倒也不奇怪，怎的，你們平時七、八日才有一回？」

蕭毓盈緩緩搖了搖頭，這畢竟是夫妻的房中事，見周氏這般坦然的問她，蕭毓盈多少有些羞窘，她沈默半晌，才伸出兩根手指，同周氏比了比。

「二十日？」周氏不由得秀眉蹙起，對新婚夫婦而言，二十日才一回，確實是少了些。

誰料蕭毓盈仍是搖頭，少頃，才從喉嚨裡擠出聲音。「是……兩月一回。」

「兩月！」周氏驚呼出聲。

她驀然明白她這女兒為何會為此事擔憂了。新婚夫婦一旦嘗了滋味，哪一個不是整日如膠似漆，不願分開的，且她這女兒雖不能說是國色天香，但也是花容月貌，在京城中算是數得上號的美人，怎的偏偏那個唐柏晏就沒甚興趣呢。

周氏面露憂愁，旋即想到什麼，靠近蕭毓盈，壓低聲音小心翼翼的問道：「莫不是那唐柏晏……有什麼問題吧？」

蕭毓盈一開始沒反應過來，後頭便恍然大悟，不由得臊紅了臉，她垂下腦袋支支吾吾。

「應是沒有吧。」

兩人自成婚後雖沒有幾回，但每回時間都挺久的，他在那方面當是沒什麼問題才對。

「那就是你們都太生澀，放不開，才體會不到滋味。」周氏俯身在蕭毓盈耳邊道：「聽娘的，要不試試這法子……」

蕭毓盈仔細聽了半晌，這下連耳根都紅了個透。「這怕是不好吧……」

「有什麼好不好的，再這般下去，妳怕是難懷上孩子了。」周氏定定道。

蕭毓盈絞著帕子，垂眸若有所思。

如今看來，似乎也只能這般了。

此時，喻景遲和蕭鴻澤正帶著兩個孩子在花園中玩投壺。

蕭鴻笙一開始拘謹得厲害，根本放不開手腳，生怕自己投不好，教周遭看著的人笑話。

見他捏著箭矢，一副不知所措的模樣，蕭鴻澤忙上前道：「笙兒，這不過遊戲罷了，也沒人同你比，儘管玩便是，大可不必拘束。」

聞得此言，蕭鴻笙才大著膽子瞄準壺口，將箭矢拋了出去。

沒有尖銳箭頭的矢擦著壺口而過，就只差了一點。

蕭鴻笙看著掉落在地的箭矢，只覺可惜，但同時也信心大增。他接連投了八箭，竟中了一半，兩支入了正中間的壺口，還有兩支入了貫耳。

頭一次投壺便能投成這般，著實令人意想不到，喻景遲見狀不由得提步過來，摸了摸蕭鴻笙的頭，毫不吝嗇的誇讚道：「笙兒這投壺的本事著實不錯，不愧是將門之後，將來定不會遜色於你大哥哥。」

蕭鴻笙教他這話誇得有些不好意思，垂下腦袋，低低道了句。「謝譽王殿下誇獎。」

看他們都在投，喻淮旭到底也有些心癢癢，他費力從瓶中抽出一根只比自己矮了一截的箭矢，邁著小短腿跑到離貫耳壺不遠的地方。

想起自己前世出眾的箭術，喻淮旭信心滿滿的舉起箭，對準壺口的方向用力一擲，眼看著箭矢嗖的被丟到空中，然後在半空停下，直直墜落下來。

箭矢掉落的位置離貫耳壺還有好一段距離呢。

喻淮旭愣了一下，又顛顛往前跑了幾步，撿起箭矢再次往前一扔，這回箭矢的確射中了貫耳壺。只不過它是直直砸在壺身上，發出咚的一聲輕響，連壺口都沒碰到。

他目瞪口呆的接受了自己如今身高力氣不足，壓根兒投不中的事實。

正鬱悶間，忽而有人往自己小手上塞了一根箭矢，旋即一把將他抱起來，往貫口瓶的方向而去。

待到了瓶邊，耳畔倏然響起低沈熟悉的聲音。「旭兒也扔一個？」

喻淮旭轉頭看去，便見喻景遲眸色溫柔的看著他，他倏然心下一動。

雖說前世，他父皇也會親自教他騎馬射箭，但在他有記憶以來，父皇對他始終嚴苛，不論是學業還是武藝上，從不對他放鬆半分。

如今看到這般笑意溫潤的父皇，喻淮旭著實有些訝異，他扭過頭，居高臨下的盯著貫耳壺，手一鬆，箭矢便精準無誤的掉進壺口裡。

「我們旭兒真厲害！」喻景遲笑著誇讚道，語氣輕柔就像是在哄他。

喻淮旭看向喻景遲，亦咧嘴笑起來。

碧蕪抵達花園時，恰巧看見了這幕，遠遠見喻景遲抱著旭兒，父子兩人相視而笑，她驀然生出奇怪的感受，似有一股暖流自心底淌過，不自覺止住了步子，對著那廂唇角輕揚。

喻淮旭看著眼前的喻景遲，覺得勉為其難喚他一聲似乎也能接受，他張了張嘴，正欲喊一聲「爹」，就見喻景遲倏然看向一側，眸底笑意頓時更濃了些。

「王妃怎麼來了？」

見喻景遲注意到自己，碧蕪緩步上前。「聽聞殿下來了，還與旭兒一道來園中玩，便來看看。」

碧蕪說著，垂首看向那貫耳壺。「這是在玩投壺？」

見碧蕪雙眸發亮，喻景遲問道：「王妃可要一道來玩玩？」

聞得此言，碧蕪忙搖了搖頭。「臣妾不會這個……」

前世，雖看過許多回投壺，但都只是看著主子們玩，她自己哪有什麼機會去碰這些。

看到她眸光黯淡了一瞬，喻景遲默了默，旋即定定道：「不會也無妨，本王教妳。」說罷，他將旭兒交給姜乳娘，轉而自瓶中隨意抽出一支箭矢，尋了個位置，從背後抱住不知所措的碧蕪。

男人的身子倏然貼近，那股幽淡的青松香霎時縈繞在鼻尖，碧蕪下意識繃直了脊背，下一刻，柔荑被熱燙的大掌握住。

「投壺簡單，規矩也不複雜，王妃可看見那壺口和旁邊的兩個貫耳，若箭矢投中壺口，便是兩個籌碼，而若投中貫耳，則是一個籌碼……」

他低首柔聲解釋，溫熱的氣息噴在碧蕪耳邊，霎時將她耳尖染得通紅，她心跳得厲害，甚至有些心猿意馬。

講解了一通後，喻景遲才道：「王妃可瞄準了？瞄準了便按本王方才所說的試試。」

碧蕪輕輕點了點頭，待喻景遲鬆開手，對著壺口的方向稍一使勁，便見那箭矢朝貫耳壺的方向飛去，竟一下直直插進右側那個貫耳中。

「中了……」碧蕪愣了一瞬，不由得喜笑顏開，折身一下抓住喻景遲的手，興高采烈的道：「殿下，我中了！」

看著她燦爛的笑顏和星眸中閃著的光，喻景遲薄唇微抿，低低應了一聲，旋即垂眸看向自己的右手，碧蕪順著他的視線看去，這才反應過來，她羞紅著臉正欲將手收回來，卻覺大掌猛然握緊，牢牢將她的手裹在裡頭。

緊接著，便聽喻景遲問道：「再來一箭，如何？」

看著他漆黑的雙眸中倒映出的自己的影子，碧蕪鬼使神差的一頷首。「好。」

站在一旁的喻淮旭，眼巴巴地看著這幕，此時他父皇和母親的眼中皆只有彼此，好半天了，竟一眼都沒有勻給他。

他忍不住扁了扁嘴，啃了一口姜乳娘遞給他的糕點，一瞬間，覺得自己有幾分多餘。

第四十四章

在安國公府用了午膳，又坐了一個多時辰，碧蕪才抱著旭兒同喻景遲一道回了王府。

而後幾日，喻景遲很少會在雨霖苑留宿，碧蕪本想同旭兒一道睡，旭兒如今卻是不大願意，更喜歡回東廂去，自個兒睡床。碧蕪也不強求，想著旭兒大了，性子難免會變，就順著他的意。

然往往碧蕪睡到夜半醒來，常發現喻景遲躺在身側，將她牢牢鎖在懷裡，也不知何時回來的。她不敢擾他，只安安靜靜的不動，佯作不知，也不掙扎。她向來體寒，即便是冬日燃著炭盆的屋裡也仍覺雙腳冰涼，如今有一個男人抱著她，炙熱的體溫源源不斷的傳遞到她身上，倒是能教她睡得更踏實些。

元宵前夕，陛下詔，百官賜假五日，以共度佳節。元宵當夜，宮中舉辦了隆重的宮宴。因是團圓的日子，這場宮宴並未宴請百官，只眾妃嬪、皇子公主及其他皇嗣們齊聚在一塊兒。

喻景遲今日有些忙碌，近酉時才回了府，待喻景遲梳洗更衣完，匆匆入了宮，宮宴的賓客已悉數抵達。

朝華殿外架了鼇山燈棚，璀璨的燈火中，小皇子和公主及一眾皇孫們正提著形狀各異的燈盞，由內侍們跟著在廣場上追逐打鬧。

喻淮旭被碧蕪抱在懷裡入了殿，到了喻珉堯跟前。

看著身著繡金龍袍，坐在高位上的男人，喻淮旭不由得細細打量起此人來。因前世喻珉堯是在他五歲時駕崩的，故而他對自己這位皇祖父印象並不深，只覺他對他與他父皇始終態度冷淡，喻淮旭甚至懷疑他這位外祖父壓根兒不記得自己的名字。

正思忖間，碧蕪將他放下來，同喻景遲一道低身朝喻珉堯施禮。

高位之上沉穩威儀的天子道了聲「起來吧」，旋即在瞥見喻淮旭的一瞬，薄唇微抿，竟露出幾分笑意。

「才不過半月未見，旭兒看起來長大了許多。」

「誰說不是呢。」一側的太后接話道：「這個年歲的娃娃，可謂一天一個樣啊。」

看著喻珉堯慈和的笑容，喻淮旭眨了眨眼，難以置信，緊接著便聽他母親俯身對他道：

「旭兒，同你皇祖父施個禮，鞠個躬也好。」

「不必了。」喻珉堯聞言道：「旭兒還小，哪裡懂這些個禮數，就免了吧。」

他話音方落，卻見底下那個粉雕玉琢的小娃娃竟真的跪下來，有模有樣的磕了個頭。

喻珉堯愣了一瞬，頓時朗笑起來。「我們旭兒當真是聰慧，這般小便學會行禮了。」

他朝喻淮旭招了招手。「過來，旭兒，到皇祖父這兒來。」

喻淮旭自地上爬起來，回首看了碧蕪一眼，見碧蕪輕輕點點頭，這才提步邁著小短腿，從那鋪著紅毯的臺階往上爬。

中途，喻珉堯身邊的大太監李意見他爬得艱難，作勢要來扶他，卻被喻淮旭揮開了手，轉而手腳並用，自階上一步步爬上去。

太后見狀笑道：「這孩子，性子倒是強，還非得自己來，將來啊定也是個成器的。」

待爬到龍椅前，喻淮旭正欲站直身子，便有一雙大掌一把將他抱起來，放在膝上。耳畔旋即響起低沈的聲音。「呦，我們旭兒可重了不少。」

望著眼前笑意溫煦的男人，喻淮旭盯著他看了好一會兒，只覺這位皇祖父簡直與他記憶中的人大相逕庭，好似不是一個人了。

究竟發生了什麼？

一側的淑貴妃看著喻珉堯如此喜愛喻淮旭，唇間的笑意有些僵，少頃，她看向碧蕪和喻景遲道：「八皇孫確實懂事，譽王和譽王妃平日裡教八皇孫怕是不易吧。」

碧蕪聞言不由得秀眉微蹙，她這話裡有話，無非就是意指，旭兒這般，都是他們為了討好喻珉堯特意教的，是別有用心。

她正欲說什麼，卻覺掩在袖中的手被默默攥住，緊接著便聽喻景遲氣定神閒道：「這麼小的孩子，性子自由，哪有那麼聽話，讓他去玩他倒是樂意，教他磕頭可實在不容易，淑貴妃太高看本王和王妃了。」

淑貴妃勉笑了一下，頓了頓，似是想到什麼，低嘆了一口氣。「倒也是了，孩子若這般好教，八皇孫也不至於到現在還開不了口。」

喻珉堯聞言劍眉微蹙，抬首看向碧蕪和喻景遲，質問道：「旭兒到現在還不會說話？」這孩子已經一歲多了，還不會說話到底不大正常，見碧蕪和喻景遲似乎不關心此事，喻珉堯側首看向李意，正欲讓他去請太醫，卻聽碧蕪答道：「回父皇，淑貴妃娘娘或許不知，旭兒已然會說話了，且會說好些話呢。」

淑貴妃顯然不大信，這才不過十幾日，頂多會講幾句，怎可能會好些呢。

「哦？」淑貴妃露出一副驚詫的模樣。「我們炤兒當初會說話後一個多月，便會喊陛下爺爺了，也不知八皇孫都會說什麼呀？」

碧蕪張了張嘴，正欲回答，卻聽那廂突然傳來奶聲奶氣的聲音。

「爺……爺……」

喻珉堯垂首看去，便見懷中的小娃娃用肉嘟嘟的小手揪著他的衣襟，正昂著腦袋，用那雙又大又亮的眼睛看著他，從喉嚨裡勉強發出略有些含糊的聲音。

「旭兒可是在喊朕？」

喻珉堯面露驚喜，緊接著就見那小娃娃似聽懂了他的話一般，重重點了點頭。

「不愧是朕的孫子，這麼小便學會喊爺爺了。」喻珉堯頓時龍顏大悅，轉頭吩咐李意去取些好吃的點心來，親手餵給旭兒吃。

淑貴妃看著這爺孫倆其樂融融的模樣，抿著唇不說話，一張臉徹底黑了。

喻珉堯抱了旭兒好一會兒，直到李意在一旁提醒說宮宴快開始了，他才不得不讓喻景遲將孩子抱走。

晚宴開席，眾人陸續落坐，碧蕪抬眸望過去，便見斜對面齊王與齊王妃同桌而坐，齊王賠著笑，不斷給齊王妃挾菜，然齊王妃始終冷著一張臉，一眼都不曾給齊王。

除夕夜後，齊王與方妙兒的醜事不脛而走，方妙兒勾引喻景遲不成反丟了清白，一時成為笑柄，亦遭眾人唾棄。

但事情已然發生了，永昌侯府雖覺得丟人，但也無法，只能在喻珉堯處求得旨意，讓齊王納方妙兒為側妃。雖人還未進府，但聽聞齊王府裡已經快鬧翻天了，齊王妃與齊王嘔氣，甚至提出要和離。只怕方妙兒入府後，事情會越發不可收拾。

而這一切，都拜淑貴妃所賜。

碧蕪方欲收回視線，卻感受到一股灼熱的目光落在自己身上，她疑惑的看去，便見承王坐在對廂，正直勾勾盯著她瞧。

碧蕪教這目光看得渾身不適，忙垂下腦袋，裝作視而不見。

少頃，便有宮人呈上酒水，碧蕪看著那盞中澄澈的酒液，想起除夕夜那晚的事，一時竟有些不敢動了。

遲疑間，耳畔響起一聲低笑，轉頭看去，就見喻景遲含笑看著她道：「不必害怕，事不過三，她再蠢，同樣的招數也不會使上三回。」

這個她，應當指的是淑貴妃吧。

不過「事不過三」……

碧蕪只知曉上一回淑貴妃命人在酒中下藥的事，其他的便不知了。

難道從前，淑貴妃也對喻景遲幹過同樣的事？

她雖心有疑慮，但並未問出口，只對著喻景遲，輕輕點了點頭。

看著碧蕪迷惑不解的模樣，喻景遲知曉她在想什麼，他舉起杯盞輕啜了一口，憶起頭一次被淑貴妃算計的事，雙眸瞇了瞇。

雖他對淑貴妃此人深惡痛絕，甚至恨不得將她挫骨揚灰，但不得不承認，若是沒有淑貴妃，或許他與身側女子之間，便沒了如今這樣的緣分。

他是不是該慶幸，當初他一時不察喝下那盞摻了藥的酒，才會陰錯陽差與她有了一場意外。

宮宴中途，眾人酒意正酣，淑貴妃驀然提出讓六皇孫喻淮炤為喻珉堯頌一首祝酒辭。

本就算是家宴，能添幾分熱鬧，喻珉堯自然不會不答應，見他點頭，承王妃忙將五歲的喻淮炤往前推了推。

喻淮炤本不想去，可轉頭看見淑貴妃凌厲的眼神，只得顫巍巍的走到大殿中間，努力提著聲音，語氣毫無起伏的將提前背好的祝酒辭一溜的吐出來。

看著他唯唯諾諾的模樣，喻珉堯蹙了蹙眉，雖不大滿意，還是誇了幾句，給了些賞賜。

喻淮炤一上去，就像開了個口子，讓眾位有了子嗣的王爺皇子紛紛將自家孩子推出來，展示丹青的有，舞刀弄劍的有，甚至還有小郡主出來跳舞的。

碧蕪雖靜靜看著殿中央沒說話，但心下像明鏡似的。

應是旭兒的事情讓這些人得了啟發，便想用所謂骨肉親情來恭維討好喻珉堯，以此謀得所求。

看著一眾皇孫和皇孫女們輪番表演，碧蕪看向安安靜靜坐著的旭兒，若有所思，少頃，對喻景遲道：「在殿中待了這麼久，旭兒想是也覺得悶了，一會兒恐是要哭，臣妾想帶旭兒去外頭走走。」

喻景遲點了點頭。「好，一會兒若父皇問起，本王便說是旭兒吵鬧著要去的。」

見他果然明白她的意思，碧蕪抿唇笑了笑，抱起旭兒，同小漣和銀鈴一道悄悄出了朝華殿。

喻淮旭也乖巧地任由母親抱著，不哭不鬧，他當然明白父皇和母親的用意。

離太子薨逝不過半年，如今因著立儲之事，朝中形勢緊張，那些人看似是讓皇孫、皇孫女上前表演，實則不過是意欲奪嫡的一種手段罷了。

父母親不願他上去表演，一則表明了態度，二則也是為了避禍，所謂樹大招風，他那位皇祖父若再三表現出對他的喜愛，對他父皇而言絕非好事，反而會招致無數禍患。

喻景遲多年來韜光養晦，隱藏自己，這般不惹人注目，仍不免被淑貴妃懷疑，甚至當初還明著暗著往譽王府中塞了那麼多名為侍妾、實為眼線的女子，若非譽王讓夏侍妾進府，光明正大的攆了這些人，只怕他的野心早已暴露在人前。

碧蕪抱著旭兒一路往御花園而去，走了一陣，瞥見上回齊王與方妙兒野合的假山。不由得想起上回的事，碧蕪尷尬的低咳了一聲，折身回返，卻險些與一人撞上。

她忙後退一步，定睛一瞧，才發現是承王。承王應喝了不少，連走路步子都有些搖晃。

碧蕪雖甚厭此人，但還是福了福身，恭敬的喚道：「承王殿下。」

承王瞇了瞇眼，一雙黑沈的眸子上下打量了碧蕪半晌。「蕭二姑娘，哦不，六嫂？」

看著他這副醉醺醺的模樣，碧蕪又暗暗往後退了一步道：「殿下喝醉了，還是莫要一人在此花園裡閒逛，早些回去吧，我也該回殿中了。」

碧蕪說罷，正欲繞開他，卻見一隻大掌忽然向她伸開，得虧碧蕪躲得快，才沒讓他抓著分毫。

小漣和銀鈴見狀面色一變，正要上前，卻被碧蕪以眼神阻止了，唯恐此事鬧大。

承王已然堵了碧蕪的去路，他一步步朝碧蕪逼近，低笑一聲道：「六嫂生完孩子後，可是越發嬌媚動人了，教人一眼都捨不得移開呢。」

聽著這語氣輕浮的話，碧蕪不禁秀眉微蹙，聲音沈了沈。「殿下請自重，莫要忘了我可是譽王妃！」

「譽王妃？」承王卻嘲諷的笑了一聲。「就那個廢物，以六嫂這般容貌，嫁給他，妳不覺得可惜嗎？」

「承王殿下！」碧蕪低喝道：「還請殿下適可而止！」

承王卻像是全然沒聽到這話一般，低身微微靠近碧蕪。「六嫂現在重新選還來得及，他什麼都給不了妳，能給六嫂一切的唯有本王。」

濃重的酒氣撲面而來，碧蕪嫌惡的側了側腦袋，沒想到喝醉了的承王竟這般喪心病狂，在御花園公然調戲嫂嫂，她壓了壓心中怒氣，直直看向他。「殿下就不怕教人看見嗎？」

「本王怕什麼！」承王有恃無恐。「誰會相信本王會去調戲一個抱著孩子的女人呢。」

碧蕪一時氣結，眼看著承王緩緩朝她臉上伸過來的手，哪裡願意就這般忍氣吞聲。抬起腳正欲往他那處重重踢上一下，誰知下一刻卻聽一聲慘叫，垂首看去，便見旭兒死死咬住承王的手臂不放，竟都咬出血來了。

承王吃痛，用力甩開手臂，看著上頭的血印，不由得劍眉蹙緊，怒目圓睜。他咬牙切齒的罵了句「小畜生」，抬手便朝旭兒揮去，碧蕪忙往後退了一步，承王揮了個空，止不住動作，向前猛地一個踉蹌，可見力道之重。

碧蕪頓生出幾分後怕，承王這掌分明是朝旭兒的頭上打去的，孩子腦袋脆弱，若她躲得不及時，真讓旭兒挨了這一下，後果不堪設想。

恰在此時，就聽身後傳來嘈雜的聲響，緊接著，旭兒驀然扯著嗓子啼哭起來。哭聲很快吸引了那廂的人，喻珉堯本欲帶著眾人去賞煙火，途經御花園，卻聽得一陣孩子的哭聲，不由得疑惑地轉了方向，繞過一棵月桂樹，便見承王與譽王妃面對面站著，譽王妃懷中的孩子此時正啼哭不止，他雙眉蹙起，沈聲道：「這是怎麼回事？」

喻景遲疾步自喻珉堯身後出來，一把從碧蕪手中抱過旭兒，眸色中亦帶著幾分幽沈。

淑貴妃看著承王這副醉意朦朧的模樣，隱隱有些不好的預感，她咬了咬唇，旋即擔憂地看向承王的手臂道：「呀，楓兒，您的手是怎麼了，怎還流血了？」

見喻珉堯緊盯著自己，承王忙拱手道：「兒臣見八皇孫可愛，想要抱抱八皇孫，誰料八皇孫許是不識得兒臣，以為兒臣想要傷害他，竟張嘴咬了兒臣一口。」

碧蕪眼看著承王捂著自己的傷處，一副疼痛難忍的模樣，不由得嘲諷的笑了笑。

一歲多的孩子，牙都未長齊，咬下去頂多就是破了些皮，能疼到哪裡去，他這副神情，不像是被孩子咬，倒像是被刀捅了一般。

喻珉堯凝視了承王半晌，看不出有沒有相信這話，只轉而看向碧蕪。「譽王妃，真是如此嗎？」

碧蕪朱唇微抿，一時不知該如何作答，難道她真的要親口說出自己被承王調戲的事嗎？

正當她左右為難之時，一旁的小漣驀然跪下來，朝喻珉堯重重磕了個頭，哭著道：「陛下，並非如此，承王殿下欲輕薄我家王妃，小公子看不過，這才咬了承王殿下。」

承王聞言面色一變，指著小漣破口罵道：「賤婢，胡說八道什麼，本王並不曾招惹妳，為何要將此罪名安在本王身上！」

的？」

喻景遲眸色越沈了些，藏在夜色中，漆黑不見底，他側首問：「王妃，小漣說的可是真

他定定地看著她，雖是不言，卻神色堅毅，讓碧蕪得了幾分勇氣和支撐。她微微頷首，

一雙杏眸中很快沁了淚。

「是真的，是承王殿下意圖欺辱臣妾在先，旭兒才會這般的，臣妾還問承王殿下就不怕

被人發現嗎，他說……他說誰會相信他調戲一個抱著孩子的女子……」

她聲音裡帶著幾分顫顫的委屈，讓眾人不禁同情且憤懣起來，太后更是氣得胸口上下起

伏，厲聲道：「楓兒，你怎敢做出這樣的糊塗事來！」

「父皇，皇祖母，楓兒真的沒有，你們絕不能偏信六嫂的一面之詞啊。」承王仗著沒有

旁人看見，仍是咬死了不肯承認。

淑貴妃也道：「是啊，陛下，太后，楓兒是怎樣的孩子你們還不知道嗎？他向來循規蹈

矩，怎會做出如此荒謬之事！」

她頓了頓，瞥了碧蕪一眼，低聲道：「此事，或許恰恰相反也不一定……」

碧蕪秀眉微蹙，雖知淑貴妃向來卑鄙，卻不想她為了護著承王，竟反過來咬她一口。

「貴妃娘娘這是何意！我還能反過來勾引承王殿下不成，且不說我沒有這般做的理由，更何

況承王殿下又有什麼值得我勾引的，論皮相，到底是我家殿下更得我心意一些。」

眾人將話聽在耳中，神色不免有些微妙，譽王妃這話雖是不大好聽，且得罪人，但也確

實是實話。

若是因為愛慕，確實像譽王妃說的那般，承王容貌雖然不差，但遠不及譽王俊美。若說是想攀附，如今這八皇孫甚得陛下寵愛，譽王妃哪裡需借承王來得這份榮光。

那廂，承王聽得此話，面上紅一陣白一陣的，眸光憤憤，卻難作反駁。

喻景遲薄唇微抿，正欲說什麼，忽覺衣襟被扯了扯，他垂首看去，旭兒正昂著腦袋看著他，兩頰上還掛著眼淚。

旭兒抽了抽鼻子，用手指著承王，啞聲喚道：「爹……壞……壞……」

聞得此聲，喻景遲稍稍愣了一瞬，沈默半晌，將懷中的孩子抱緊幾分，問道：「旭兒，你告訴爹爹，方才你都瞧見什麼了？」

喻淮旭看向喻景遲，抬手抹了一把鼻涕眼淚，覺得這世兩人雖然緣分不深，但也算是有默契，都不想他娘不明不白就這樣遭人欺負。

喻淮旭哭紅著一張小臉，再次抬起手指向承王，抽抽噎噎道：「爹……壞……抱娘……壞……」

他雖口齒不大清晰，但眾人卻都聽清楚了，不禁看向承王，或明或暗露出鄙夷的神色。

承王頓時慌了手腳，狠狠瞪著喻淮旭。「胡說什麼，六哥，是不是你故意教他的？是不是！」

喻景遲還未辯解，喻景彥的聲音驟然響起。「七哥此言差矣，六哥一直抱著旭兒站在這兒，這麼多人瞧著呢，哪有機會教旭兒說這些。」
喻淮旭不禁向這位他前世最尊敬的十一叔投去感激的一眼，又淚眼汪汪的看向喻珉堯。
「爺……爺……壞……壞……」
喻珉堯負手而立，面沈如水，他緊盯著承王，少頃，高喝道：「孽障，趁著酒醉，調戲皇嫂，還拒不承認此事，實是可恥，丟盡皇家臉面……」
「父皇，兒臣……」
承王還欲狡辯，卻被喻珉堯打斷。「怎的，你還想說是旭兒撒謊不成，這麼小的孩子怎可能會撒謊，定是你在欺瞞朕！」
喻珉堯怒氣正盛之時，喻景遲放下旭兒，拱手道：「父皇，兒臣與七弟固有手足之情，可如今王妃受此侮辱，兒臣實不能坐視不理，還請父皇還兒臣的王妃一個公道。」
淑貴妃見狀，亦急匆匆上前。「陛下，楓兒想是酒醉一時糊塗，實非有意，還請殿下網開一面，原諒楓兒一回。」
喻珉堯垂眸睨了淑貴妃一眼，抬腳毫不留情的將她踢開。「妳還有臉同朕求情，都是妳養出來的好兒子！」
他怒目看向承王。「這段日子，你也不必來上朝了，就待在府裡好生反省反省吧。」說罷，他轉頭吩咐李意。「將承王送出宮去！」
「是，陛下。」

李意恭敬的應聲，眼看著喻珉堯拂袖而去，才緩緩行至承王身前，客客氣氣道：「承王殿下請吧。」

承王看著喻景遲和碧蕪抱著孩子遠去的背影，眸中怒火叢生，他横了李意一眼，自喉間發出一聲冷哼，才直挺著背脊，往宮門的方向而去。

第四十五章

待煙火表演完，已近亥時，喻淮旭如今到底是個幼兒，挨不住睏意，自朝華殿出宮的途中就在喻景遲懷中睡了過去。

穿過冗長的宮道，上了馬車，喻景遲將旭兒放在一側的軟墊上，想起方才小傢伙終於喊自己「爹爹」，眸光霎時柔軟了幾分。

他給旭兒蓋好小被，側首便見碧蕪倚著車壁闔眼昏昏欲睡。

喻景遲靠著碧蕪而坐，看著她雙眸緊閉呼吸逐漸均勻起來，薄唇微抿，卻是未動，任馬車顛簸了一陣。

果見碧蕪難受的蹙了蹙眉，轉而伸直腦袋欲向後靠去。見此情形，喻景遲稍稍挨過去一些。或許肩頭觸到了實物，碧蕪順勢將腦袋枕在喻景遲身上。

喻景遲小心翼翼地將手邊大氅披在碧蕪身上，看著她恬靜睡顏，勾唇露出滿意的笑，但下一刻，似是想起什麼，唇間笑意漸散，取而代之的是面上濃沈的陰鷙。

車輪骨碌碌駛在道上，突地觸到一個不小的石塊，猛地一個顛簸，碧蕪被震醒，緩緩睜開眼，入目的是半張輪廓優越的面容。

她睡意朦朧的看了許久，那人驀然轉過頭，笑看著她道：「這張合王妃心意的臉瞧著如何？」

碧蕪一開始沒明白過來，但很快便想起方才在御花園時自己為了反駁淑貴妃情急之下的話，頓時窘迫的垂下眼，哪裡敢回答。

少頃，她忽覺耳尖一熱，喻景遲俯下身在她耳畔問道：「方才，他動妳哪兒了？」

雖未直言，但碧蕪曉得喻景遲說的他是誰，她輕輕搖了搖頭。「他沒碰著臣妾……」

「那他原想碰妳哪兒？」喻景遲轉而問道。

他想知道這個做什麼，分明承王都已受罰了。雖是不解，但碧蕪還是囁嚅著答道：「一開始，他想抓臣妾的手，教臣妾躲開了……」

她話音未落，纖細的柔荑已被男人的大掌牽起，牢牢握在手心。

「後來呢？」

喻景遲的聲音低沈醇厚，像是在誘哄她，碧蕪咬了咬唇，彷彿受了蠱惑，乖乖答道：「後來，他便想摸臣妾的臉，不過反被旭兒狠狠咬了一口。」

想起那副情景，碧蕪忍不住低笑了一聲，緊接著便覺頰上一熱，男人粗糲的掌心已落在她右臉上，一寸寸若珍寶般細細摩挲著。

他眸光越發灼熱，似燎原的火，看得碧蕪呼吸都滯了滯。大掌緩緩挪動，少頃，指腹壓在她的唇上，赫然止住了動作。

看著男人微滾的喉結，碧蕪亦覺口乾舌燥，止不住舔了舔唇，下一刻整個身子都撞進男人堅實的胸膛裡，朱唇亦被牢牢堵住。
令人臉紅心跳的聲音在車廂內持續了好一會兒才消停，馬車亦在此時緩緩停了下來。
兩人對視，呼吸俱有些凌亂，須臾，喻景遲才啞聲問道：「王妃可恢復好了？」
碧蕪眨了眨眼，一時沒明白過來。「什麼？」
看她這副茫然的模樣，喻景遲唇間笑意更深。「王妃想不想再同本王去沒人打擾我們的地方？」
若說方才還不懂，這會兒碧蕪已全然明白過來，紅暈霎時從脖頸蔓延到耳根。
她羞得不敢抬頭，喻景遲已先一步下了馬車，順帶將熟睡的旭兒一併抱了下去。
簾子再掀開時，喻景遲伸出手，含笑看著她道：「王妃下來吧。」
碧蕪點了點頭，將手搭在喻景遲掌心，被他扶著下了車，旋即便聽喻景遲吩咐道：「妳們先將小公子帶回雨霖苑吧。」
銀鈴、銀鉤和小漣福了福身，這一回可不會再多問了。她們也不傻，經歷過上一次，多多少少知曉是怎麼一回事。
眼見喻景遲牽著她們王妃入府去，也極有眼色的站在原地，沒有很快跟著進去。
往府裡走了一陣，待四下漸漸瞧不見人了，碧蕪忽見走在前頭的喻景遲頓住步子，隨即轉身一把將她打橫抱了起來。
碧蕪下意識低呼，忙攬住喻景遲脖頸，卻見他低笑著疾步往梅園而去。

此時的梅園黑漆漆的，周遭也沒什麼光亮，只頭頂一輪圓月，灑下清輝，勉強映出院中輪廓來。

喻景遲卻絲毫不為黑暗所困，從容的入了屋內，將碧蕪一把放在床榻上。這一回，他不似先前那般不急不躁，與她玩撩撥的遊戲，反是一把扯開碧蕪厚厚的外袍，緊接著便聽「撕啦」一聲響，涼意倏然灌了進來，將碧蕪凍得一哆嗦。

雖看不見，但碧蕪猜想，她那件貼身小衣，大抵是再也穿不了了。

她緊緊抱著男人的身子取暖，這份黑暗非但沒能禁錮住眼前這個男人，反讓他徹底褪了偽裝，似出檻的野獸，張開了爪牙，急切地將她吞吃入腹。

碧蕪也不知被折騰了多久，只夜半迷迷糊糊醒來，感受到喻景遲正在用溫熱的棉帕替她擦身。

她受不住睏意，草草瞥了一眼，就再次闔眼睡了過去。

再醒來時，身上已然換上了乾淨舒適的寢衣，床榻上唯她一人，碧蕪透過銀紅的繡花床帳看去，便見喻景遲坐在小榻上，怔怔的看著窗外風景，眸光空洞。

「殿下。」碧蕪低喚了一聲，只覺聲音有些許嘶啞，想是昨夜用嗓過度所致。

喻景遲側首看來，眼底頓時添了幾分光彩，他起身下了小榻往這廂而來。

「妳醒了。」喻景遲撩開床帳，坐在榻邊，抬手溫柔的捋了捋她額間碎髮。「身子可還好？」

他不提倒還好，他一提碧蕪便覺渾身痠疼得厲害，似教車碾過一般，她暗暗扁了扁嘴，問：「殿下在看什麼？」

「可想一道看看？」喻景遲問道。

見她頷首，喻景遲用衾被裹住她，將她一把抱起來，放在小榻上。

窗外的風迎面吹來，鑽進衾被的縫隙裡，略有些寒，碧蕪來不及縮起身子，男人已自身後牢牢抱住她，替她壓緊衾被，亦將身上的熱意傳遞給她。

碧蕪將視線投向窗外，不由得雙眸一亮，自這窗口看去，一小片梅花林映入眼簾，滿樹梅花競相開放，若朱砂般紅豔奪目，還有清幽的暗香浮動，沁人心脾。

「臣妾都不知，原來自這廂望去，可以瞧見這麼美的景色。」碧蕪忍不住感慨道。

喻景遲聞言，唇角微抿，若有所思。

她自是不知，在她開始打理梅園的一年多裡，他常是透過窗縫，靜靜的凝視著她。

她自也不知，他對她的關注，最初，只是見色起意。

當初出宮建府時，他特意命人在譽王府中建了一座梅園，一來是為了懷念他愛梅卻在宮中枉死的母親，二來是為了給自己一個清靜的躲藏之處。

頭一次見到她時，他忙了好幾日不曾闔眼，正疲憊的躺在屋內的小榻上休憩，乍一聽聞外頭動靜，登時驚醒，睜開眼推窗而望。

抬眼看去，那一片花開正盛的梅林間，立著一個女子，大抵十四、五歲，看模樣打扮當是府中奴婢。

他警覺的心頓時放下一些，這才想起自己前些日子吩咐齊驛，差人來打理梅園的事。

只是不承想竟是派來個這般瘦弱嬌小的女子，她拿著花剪，背對著他，抬手壓下一簇花枝修剪著。他靜靜的看了一會兒，本想闔上窗扇，繼續睡去，卻聽那廂忽而傳來一聲低呼。

突如其來的風掀走那婢子的頭巾，捲至空中飄飄搖搖，最後帶到了遠處。

那婢子忙快步去追，眼見她離正屋越來越近，他將窗扇闔上一些，讓自己藏在後頭，沒一會兒，再探頭去看，便見那婢子止了步子，彎腰自地上拾起頭巾，拍拍塵土，朱唇微揚。

又有風拂過，吹亂了女子額間的髮，露出她隱藏其下的容貌，一瞬間，他不由得愣怔在那裡。

螓首蛾眉，一雙瀲灩的杏眸中若沁了一汪清泉般濕漉漉的，她手上舉著剪落的花枝，垂首間，豔紅的梅花貼在她的鬢邊，她朱唇微抿，嫣然而笑，當真是人比花嬌。

他自認平生見過的美人不少，饒是菡萏院那位的皮囊，也是他辛苦所尋的絕色。可不知為何，這一回他卻教這個婢子吸引了去，好一會兒都沒能移開目光。

直到過了半個時辰，那小婢子才修剪完花枝，提著東西離開了梅園。

那之後，她隔三差五會來一回，他偶然也會遇見她。

後來，梅花開敗了，她便時不時來園中灑掃，她動作麻利，沒一會兒便能灑掃完，可她幹完活卻不走，總會在樹下鋪上一塊乾淨的舊布，春日就倚靠在樹下小憩，到了酷夏就坐在園中的亭內納涼愣神。

即便偶爾在園中撞見這個小婢子，他也從不曾露過面，只坐在小榻上喝茶小憩，看書下棋，其間時不時透過窗縫瞥她一眼。

兩人隔著百步的距離，她卻從不知曉他的存在，就像他不知她的名姓，也未向齊驛打聽分毫，只覺得這個小婢子有些膽大。

當初為了一人安心在此，他刻意編造了梅園鬧鬼的傳聞，便是不願人靠近。府中人聽聞「梅園」二字，無一不膽戰心驚，不承想卻會有一個小婢子這般愜意的待在這裡，反而不想離開。

日子便這樣照常過著，直到某日，他驀然發現她許久都未在梅園出現過了，他本不願在意此事，可不知為何去梅園時瞧見空蕩蕩的梅林，時不時會想起那個小婢子來，總覺得少了些什麼。

過了小半個月，他到底忍不住同齊驛問起，才知原是她母親病故，她告了假，為母親處理後事去了，想是很快便會回來。

也是那時起，他才得知她的名字叫柳碧蕪。

三日後，果如齊驛所言，那小婢子回來了，不過，這一回，她那雙杏眸中沒了往日的光彩，亦沒了笑意，拿著掃帚心不在焉的灑掃落葉時，她驀然抽泣起來，眼淚若珍珠般一顆顆往下墜。

天陰沈沈的，烏雲擠在一塊兒，似要沈沈壓下來，令人心下頓生出幾分滯悶，他抬眸望著天色，方覺傾盆大雨不遠，下一瞬，就聽噼哩啪啦的聲響，豆大的雨滴砸在屋簷上，窗前頓時落下一片雨簾，竟連院中人的身影都看不清了。

他快走幾步，下意識想去拿屋內的傘，卻看見她疾步往這廂跑來。

他忙閉了窗扇，藏了自己，少頃就聽牆外傳來一陣低低的抽泣，抽泣聲越響，最後變成了號啕大哭，哭聲融在雨聲裡，漸漸被雨聲蓋了過去。

兩人僅一牆之隔，亦是他離她最近的一次。

可他不能露面，只怕嚇跑了她。

他自是清楚自己的心境生了變化，為了光明正大見她，他會時不時出現在她路過的小道上，但瞧見的往往是她垂著腦袋唯諾恭敬的模樣，看都不敢多看他一眼。

以他的身分，若想得到她，不過是一句話的事，但他到底還是忍下了。

他的身側危機四伏，他不確定自己是否能保護好她。且他再清楚不過，一個身分低微，單純如紙的奴婢若待在他的身邊，在步步為營的宮裡恐會過得很艱難，因他想要的並非這區區親王之位，而是整個天下。

不若放了她，讓她將來出府嫁個尋常百姓，過平淡的日子，或也比他強些。

自下了這般決定後，他便極少再去梅園。想著一個女子罷了，時日一久，總會忘的，直到那日宮宴，他一時不防，飲下了那杯酒，強忍著回到府中，本想就此熬過去，卻不料遇上她跌跌撞撞闖進屋內。

強烈的藥性放大了他心內的慾念，自也令他徹底失卻理智，他本已想過放她走，是她這隻柔弱甜美的兔子非要闖進獸籠，送到那飢腸轆轆的野獸面前，又怎能怪他將她吃乾抹淨？

他不信命，但只有那一次，覺得他們之間或許命中注定。

既成了他的人，即便不擇手段，無論如何他都不會再放手！

喻景遲垂首看向眼也不眨望著窗外美景的碧蕪，思及往事，薄唇抿了抿。

這回他們之間沒有隔著一道牆，他想要的人就在他的懷中。

雖兩人之間仍隔著看不見摸不著的東西，他亦觸不到她的心，但能讓她留在自己身邊，便夠了。

兩人靜默的坐著，少頃，就聽隔扇門被叩了叩，外頭響起康福的聲音。「殿下，奴才將衣裳給您送來了。」

「進來吧。」喻景遲道。

聽到主子的應答聲，康福才躡手躡腳的推開門，垂著腦袋踏進去，一眼都不曾亂瞟，他站在內外間隔斷的珠簾前，恭敬的問：「殿下可需奴才伺候您更衣？」

「不必了，將衣裳擱在外頭，你且出去吧。」

「是。」康福聽命將放著衣裳的托盤擱在圓桌上，緩步退了下去。

聽到隔扇門合攏的聲響，喻景遲才起身出了內間，窸窸窣窣的脫衣聲音很快傳來，碧蕪坐在小榻上，咬了咬唇，旋即光腳下了榻，穿上鞋，往外間而去。

此時的喻景遲寢衣大敞，露出精悍有力的身軀，碧蕪有些羞赧的錯開眼，可餘光瞥見喻景遲胸口一道紅痕，還是忍不住多瞧了兩眼。

她思忖半晌，緩步上前，一邊將木托盤中的衣裳遞給喻景遲，一邊隨口道：「殿下胸口那道紅痕，可是傷疤，如何傷的？」

喻景遲接過衣袍，垂首瞥了眼胸口的位置，笑答。「並非傷疤，不過是生來就有的胎印罷了。」

「胎印？」碧蕪聞言一驚，聲音陡然提了幾分。

不對，前世她分明清楚的看過，喻景遲胸口並未有這道紅痕，她原以為或是這一世受傷所致，不承想竟是天生帶來的胎印。

見她一副難以置信的模樣，喻景遲忍俊不禁。

「王妃看著，是不是很像傷疤？」他自我調侃道。「連當初給本王接生的穩婆都說，這胎印就像是前世有誰在本王心口劃了一刀似的，也不知是誰這麼恨本王。」

驀然聽他說起前世，碧蕪遞玉帶的動作一滯，她尷尬的笑了笑，沒答話，只轉而將視線落在他的背上。

這紅痕的疑惑是解開了，但這後背，也不知藏了什麼秘密，死活不讓她瞧。

碧蕪先前意亂情迷時，曾用一雙藕臂攀著他的背脊，只覺得上頭有些凹凸不平，或是什麼難看到不願讓人看的疤吧。

她也不再糾結此事，待小漣那廂送來衣裳，穿戴齊整，便疾步回雨霖苑看旭兒去了。

節假過後，喻景遲也越發忙碌起來，常是很晚才回府，天沒亮便起了身，夜間雖是宿在雨霖苑，但碧蕪常見不著他。

如此過了幾個月，這日，碧蕪偶得了些上好的山蔘，便差人送到安國公府去，想給蕭老夫人補補身子，卻不料聽回來稟報的小廝說，蕭老夫人似有些不適，這陣子正臥病在床呢。

碧蕪聽得此言，不免露出幾分憂色，一夜輾轉難眠，翌日讓銀鈴自庫房備了些禮品，抱著旭兒，坐馬車匆匆往安國公府去了。

由下人領著到了蕭老夫人的棲梧苑，便見蕭老夫人躺在榻上，面色的確有些不佳，不過在看見碧蕪和旭兒的一刻，頓時喜笑顏開。

「呀，回來怎也不知提前告知一聲，祖母這兒也沒做什麼準備……」

碧蕪坐在床榻邊上，牽起蕭老夫人的手。「哪需什麼準備不準備的，祖母您身子不適，孫女本就該來看您的，祖母這是哪裡病了？」

「嗐。」蕭老夫人無所謂道：「不是什麼大病，就是有些頭疼腦熱罷了。」

「頭疼腦熱也不是小事。」碧蕪想了想。「要不，孫女讓孟太醫上門給您瞧瞧？」

「不必了……」蕭老夫人道：「哪要麻煩人家太醫特意來一趟，妳不用擔心，我真就是小病，今日瞧見妳和旭兒啊，便好多了。」
聞得此言，旭兒立刻拉住蕭老夫人的手，奶聲奶氣的喊：「曾……曾……祖……」
雖他還不能說流利，但蕭老夫人也清楚這是在喊她，忙高興的「誒」了一聲，將旭兒抱到懷裡，看來氣色果真好了許多。
碧蕪不明所以的看向劉嬤嬤，劉嬤嬤嘆息道：「二姑娘不知，老夫人身體確實沒什麼大事，就是心思太重，夜不能寐，這才生生給拖病了。」
聽得此言，碧蕪看向正在逗旭兒的蕭老夫人，遲疑半晌道：「祖母有什麼煩心事，不若同孫女說說，老憋著總是不好。」
「也沒什麼大事。」蕭老夫人無奈的一笑。「就是我老婆子年歲大了，胡思亂想，替你們幾個小輩愁罷了。」
幾個小輩？
她沒出什麼事，自是無須蕭老夫人替她擔憂，蕭鴻笙身子也比先前好了許多，那剩下的便只有蕭毓盈和蕭鴻澤了。
不待碧蕪詢問，蕭老夫人便坦言道：「妳大姊姊前段日子回來了……」
「回來了？」碧蕪秀眉蹙起，這句回來了定不是簡單的歸寧，不然蕭老夫人也用不著愁了，她猜測道：「可是大姊姊同大姊夫生了什麼嫌隙？」
「是啊……」蕭老夫人示意劉嬤嬤將旭兒抱到一邊玩，將引枕往上拉了拉，才接著道：

「聽妳二叔母說似是吵架了，吵什麼他們不說，我也不好追問，畢竟是夫妻私事。不過妳大姊姊回來三、四日了，妳大姊夫也來過幾趟，可妳大姊姊就是不肯隨他回去，還說要和離什麼的……」

這夫妻之間磕磕碰碰也是尋常，何況蕭毓盈和那唐編修的性子全然不同，有爭吵矛盾也在情理之中。

「小夫妻誰還沒個爭執，祖母莫要擔心了。」碧蕪安慰道：「說不定大姊姊就是拉不下臉，實則心下早就想回去了呢。」

這話倒是讓蕭老夫人生出幾分認同，她終於露出幾分淡淡的笑意。「那可真說不定了，那孩子呀天生性子就強。」

蕭老夫人稍稍解了心結，可不知想到什麼，神色又黯淡下去，她低嘆一口氣道：「妳大姊姊的事其實還好些，祖母最擔憂的還是妳大哥。」

提及蕭鴻澤，碧蕪笑道：「怎的，祖母又開始操心大哥的婚事了？」

蕭老夫人聞言卻搖搖頭，眉間的憂色一時更濃了，她沈默許久，才道：「聽聞最近西南邊境有些不太平，凱撒軍隊蠢蠢欲動，如今朝中能用的將領不多，妳大哥又深受陛下器重，恐怕很快又得上戰場了。」

第四十六章

聽到蕭老夫人這話，碧蕪眼皮微微一跳，心下頓生出幾分不安來。

若按前世發展，蕭鴻澤應是戰死於永安二十五年，便是明年。可太子叛亂之事尚且提前了那麼久，或許她兄長的事也會跟著提前。

她不知前世蕭鴻澤之死是否真的與太子有關，如今太子薨逝，蕭鴻澤能不能因此逃過一劫，碧蕪亦不得而知。

她雖有些憂心忡忡，但畢竟不能顯露出來，教蕭老夫人更擔心，只能安慰道：「祖母且放寬心，哥哥他福大命大，武藝高強，在邊塞待了那麼多年都沒事，這回就算真被陛下派去邊塞抗敵，定也能平平安安回來。」

蕭老夫人卻不大笑得出來，只勾了勾唇道：「願是如此吧。」

又聊了小半個時辰，見蕭老夫人睡意惺忪，似有些睏了，碧蕪便借說去看看蕭毓盈，起身準備離開。

她本想抱著旭兒一道去，卻聽蕭老夫人道：「孩子吵鬧，還是莫帶去了，一會兒啊教劉嬷嬷和姜乳娘抱著去外頭玩玩。妳和妳大姊姊年歲相近，指不定她願意同妳說說她的事，到時妳記得多勸勸她。」

「誒，孫女知道了。」碧蕪應了一聲，拉著旭兒的手囑咐了兩句，才帶著銀鈴和小漣往西院的方向去了。

抵達蕭毓盈的院子時，碧蕪沒讓院中的奴婢通稟，只輕手輕腳的入內，正瞧見蕭毓盈坐在臨窗的小榻上看著外頭愣神。

「大姊姊。」碧蕪含笑低低喚道。

蕭毓盈聞聲看過來，不由得驚喜的「呀」了一聲。「妳怎麼來了？」

「聽聞祖母病了，我便來瞧瞧，順帶來看看大姊姊。」

蕭毓盈忙讓環兒奉茶，拉著碧蕪在小榻上坐下。「我一人無趣得緊，剛好妳來了，陪我說說話。」

她說著，看向碧蕪身後，問：「旭兒沒跟著妳一道來嗎？」

「哪可能啊，自是一道來了。」碧蕪答道：「不過小孩子玩心重，我讓乳娘抱著到花園去了。」

蕭毓盈聞言，也不知想到什麼，眸光黯淡了幾分。「旭兒也該有一歲餘三個月了吧，這小孩子大得可真快。」

碧蕪見她這般，遲疑半晌道：「聽祖母說，大姊姊要在家中住上一陣子？」

看著她小心翼翼試探的模樣，蕭毓盈自也不傻，不由得苦笑了一下。「看來，祖母已將我的事盡數告訴妳了。」

碧蕪咬了咬唇，問：「大姊姊和姊夫究竟是怎麼了？可是大姊夫對妳不好？」

前世，蕭毓盈和唐編修的事情碧蕪曉得的倒是不多，但看他們做了十餘年的夫妻，期間唐編修始終未納妾，甚至在蕭鴻笙封侯，他也一併擢升後還特意為蕭毓盈求得誥命，對她這位妻子應當還算不錯。

那究竟是為何原因，讓這兩人鬧成這樣。

蕭毓盈垂著腦袋，手中的絲帕絞成一團，始終說不出口。

先前，她按母親周氏講的法子，特意換上薄如蟬翼的寢衣，抹上香膏，候著夫君回來。可唐柏晏公事繁忙，常到深夜才回府，她總是熬不住先沈沈睡了過去。

後來唐柏晏得了空閒，她卻來了月事，只能作罷。好不容易熬到月事走了，她也逮住了唐柏晏，便又忍著羞換上了那件令她面紅耳赤的寢衣，主動去抱他。

頭兩回唐柏晏倒是從了她，讓蕭毓盈欣喜不已，以為有了成效。

然又過了五、六日，她故技重施，卻見唐柏晏蹙眉，一副不耐的模樣，甚至嘆息著道了一句。「這事就這麼有意思嗎？」

他一副煩躁的模樣，看著她的眼神沒有一絲情意與慾念，蕭毓盈的心狠狠沈了下去。她在家中也是被父母兄長和祖母捧在手心呵護的，何曾如此卑微的求過一個男人的愛憐，甚至還要去看他的冷臉。

她抹了眼角的淚，掀開衾被，背對著他躺在裡頭，一言不發，翌日一早便命環兒收拾東西回了安國公府。

蕭毓盈抬首見碧蕪眸光真摯地看著她，知曉她這位二妹妹並非什麼多嘴多舌之人，也是真心實意的關心她，思忖半晌，問道：「小五，妳和譽王殿下……多久……才有一回？」

碧蕪一開始沒明白這話的意思，但看蕭毓盈兩頰緋紅，一副羞赧的模樣，才反應過來，掩唇低咳了一聲，頓生出幾分不自在。

雖兩人是姊妹，且都已嫁作人婦，但這些夫妻房事是私密，多多少少有些難以啟齒。難不成，她大姊姊和大姊夫之所以起爭執，正是因房事不合？

碧蕪沈吟半晌，盡可能往長了說。「殿下平時政務繁忙，很晚才回來，何況我還要分神照顧旭兒……我倆也就一月有那麼一回吧，確實是不大多。」

眼見蕭毓盈聞言垂下眼眸，神色暗淡下去，碧蕪忙又道：「不過這事也不需那麼勤。夫妻過日子，只消待在一塊兒舒坦，其他的也沒那麼要緊。」

蕭毓盈沒有說話，只敷衍的點了點頭，轉過來細想覺得碧蕪這話倒也有幾分道理。她夫君雖對那事格外冷淡，但對她並不算差，何況新婚夜也曾信誓旦旦同她保證，此生唯她一個，絕不會納妾，她還有什麼好在意的。

蕭毓盈到底還是將這話聽進去了，但也很快轉了話題，不再談論這些，姊妹兩人嘻嘻笑笑的說了一會兒，蕭毓盈便隨碧蕪一道去棲梧苑陪蕭老夫人用了午膳，到了申時，親自送碧蕪出府去。

碧蕪抱著旭兒，正欲上馬車，便見兩匹高大的駿馬緩緩而來，她定睛一瞧，其上坐著的不是喻景遲和那唐編修是誰。

喻景遲勒緊韁繩，俐落的翻身下馬，薄唇微抿，看著碧蕪柔聲喚了句「王妃」。

「殿下怎的來了？」碧蕪瞥了眼他身側的唐柏晏。「還與大姊夫一塊兒……」

「本王今日公事處理得快，聽聞王妃帶著旭兒回了安國公府，便想著來接王妃回去。」喻景遲神色自若的答道：「路上偶遇了唐編修，知他也要來此，就一道過來了。」

偶遇？

碧蕪雖心知肚明，還是抿唇笑道：「原來如此，倒真是巧。」

她話音方落，便見唐柏晏快步過來，同她施禮。

碧蕪微微頷首，問：「大姊夫是來接大姊姊回去的？」

「是。」唐柏晏答道。「都是微臣不好，惹了夫人生氣，特來向夫人賠罪，請夫人隨我回去的。」

那廂蕭毓盈聞言，卻自鼻尖發出一聲冷哼。「誰要同你回去，我不需你賠罪，你趕緊走吧。」

嘴上雖說著這樣的話，但打第一眼看見唐柏晏，蕭毓盈心下便溢出幾分歡喜。可恰如碧蕪所說，她向來好強，先前鬧成這般，此時輕易就答應隨唐柏晏回去，豈非失了面子。

見她這般，唐柏晏心下低嘆了一聲，他當初娶蕭毓盈，除了喻景遲的意思，便是覺得左右要娶，蕭毓盈也算是個不錯的選擇。他雖給不了她許多，但衣食住行方面卻還是能儘量滿足她的，也承諾絕不納妾，可誰知蕭毓盈想要的並不止這些。

可那些，偏偏是他給不了的東西。

蕭毓盈同他鬧脾氣回娘家後，他也曾來過幾次，低聲下氣求和，可蕭毓盈不僅不肯原諒他，還鬧著說要和離。

他脾性向來好，可那日聽到那話，卻頓生了怒意，轉頭便走。心忖著他也是盡了力，蕭毓盈要和離便和離，左右如今也影響不到喻景遲的大業。

可回了府，瞧見黑漆漆空蕩蕩的屋子，他便覺冷清得緊，無人在身邊噓寒問暖，也無人嬌滴滴的喚他夫君了，唐柏晏輾轉反側了一夜，最後還是覺得，這個府裡終究還是需要一個女主人的。

唐柏晏默了默，討好的笑道：「夫人，妳前些日子做的春衫，已然送來了，妳若再不回去，那些衣裳怕是要積灰了。」

蕭毓盈瞥他一眼。「那你便派人給我送來，或者我教人去取。」

「那怎麼能行。」唐柏晏挑眉道：「夫人若是取來了，不就更不肯隨我回去了，就是衝著這個，我也絕不能讓夫人將衣衫拿走啊。」

聽得這話，蕭毓盈唇邊忍不住漾起幾分笑意，旋即似是想起什麼道：「哦，對了，我突然想起來，我親手在院中種的那棵垂絲海棠似是快要開花了。」

說罷，她有意無意看了唐柏晏幾眼，唐柏晏反應極快，登時明白過來。「是，我瞧著應該就在這兩日了，花開定然很美，畢竟是夫人親手種下的，還是得親眼瞧瞧才行。」

蕭毓盈說的那棵垂絲海棠，他其實從未注意過半分，不過見她自己搭了臺階，他自是要伸手扶她下來。

始終站在一側的環兒見她家姑娘和姑爺似乎重歸於好，機靈道：「那夫人，奴婢這就去收拾您的行李，花期短，若是誤了便不好了。」

蕭毓盈抿了抿唇，輕輕點了點頭，「嗯」一聲，便算是應了。

見她這位大姊姊的事終是告一段落，碧蕪亦欣喜的一笑，這才抱著旭兒上了馬車，回返譽王府。

是夜，碧蕪早早讓錢嬤嬤將旭兒抱去東廂，待在側屋沐浴更衣完，遣了所有僕婢，款款入了內屋。

她今日特意教銀鈴給她尋了件夏日的寢衣，薄軟輕透。見喻景遲正坐在小榻上，手持一卷書冊隨意翻看著，她垂了垂眼眸，緩步上前，嬌嬌柔柔的喚了聲「殿下」。

喻景遲低低應了一聲，只將視線牢牢盯在書頁上，卻是眼也未抬。

碧蕪不由得秀眉微蹙，少頃，咬了咬唇，大著膽子，一下跨坐在男人腿上，一雙藕臂纏住男人的脖頸，緊接著又是一聲令人發酥的低喚。

喻景遲呼吸顯而易見的緊了緊，他放下書冊，上下打量了碧蕪一眼，一雙幽深的眼眸越發灼熱，隨後低低道了句。「王妃今日倒是很有興致。」

他說著，大掌落在碧蕪後腰上，尋著她敏感處輕輕一捏，便聽那緊咬的朱唇間逸出一聲嬌吟，眼前的美人頓若一汪春水軟在他的懷裡。

她今日一身棠紅寢衣薄透，襯得其下凝脂般的玉肌越發白皙清透，還有隱隱春光乍現，若天山上的皚皚白雪，又若枝頭梨花，搖搖顫顫。

喻景遲眸色越沈了幾分，他哪猜不到她此時的心思。除了上回教他撩撥得受不住，其餘時候她根本不會主動，若是主動了，大抵是藏著什麼打算。

與其看她拐彎抹角與他周旋，他索性直截了當道：「王妃若有什麼話，便直說吧。」

碧蕪聞言面上轟的一熱，曉得是自己的小伎倆教他看穿了，她垂下眼眸，用青蔥玉指有意無意的在喻景遲胸口畫著圈道：「臣妾剛嫁進王府不久，頭一回歸寧時，曾看見殿下與哥哥在亭中交談，那時哥哥的面色很難看，臣妾還偶然聽見兄長提起了太子……」

喻景遲劍眉微蹙，不想她居然會提及此事。「這麼久的事了，王妃怎還一直記得？」

「倒也不是一直記得，只今日聽祖母說哥哥或要去打仗了，不知怎的，突然想起。」碧蕪自不能與他說前世之事，只轉而道：「如今再想，總覺得是不是哥哥那時便得知了太子和安亭長公主的事呢？」

她盯著喻景遲，試探著他的反應，卻見他抿唇笑了笑，而後搖了搖頭。「並非如此，妳哥哥交給本王一樣東西，那東西與太子無關，反而和承王有關。」

聽得此言，碧蕪不由得怔了怔，與太子無關卻與承王有關，難不成是……
見碧蕪一雙秀眉蹙得緊，喻景遲抬手在她眉間揉了揉。「那是什麼，本王尚且不能說，本王只能告訴王妃，那是足夠讓承王徹底失去奪位資格的東西。而且，妳哥哥將此物交給本王，是為了王妃妳。」
「為了我？」碧蕪面露不解，這又與她有什麼關係？
喻景遲緩緩道：「雖西南邊塞太平了一陣，但安國公也知曉，這太平並不會太久，他很快便會再次上陣殺敵，戰場生死難料，因而在這之前，他便開始一一為家裡人做了打算。」
他頓了頓，才又道：「妳哥哥將此物交給本王時，告訴本王，朝中奪位之爭激烈，如今更勝一籌的還是太子，若他早早戰死，便讓本王將此物交給太子，藉以扳倒承王。將來太子繼位，念著此事，想來也不會對本王怎樣，王妃自也是安全的。」
聞得此言，碧蕪喉間一哽，她萬萬沒有想到，蕭鴻澤從那麼早開始就為了保護她這個妹妹的安危做了許多，他為蕭家所有人打算，唯獨他自己，卻是存了上陣赴死的心。
碧蕪胸口悶得厲害，她曾努力想改變趙如繡的結局，雖終究避免不了趙如繡自縊，幸而最後保得趙如繡未死。那她哥哥呢，她又能為他做些什麼？
碧蕪緩緩抬起頭，看向喻景遲，朱唇微張，正欲說什麼，卻聽門扇被重重叩響，外頭傳來錢嬤嬤焦急的聲音。
「王爺，王妃，小公子不知怎的突然發了高熱，還說起胡話來，似是不大好。」

第四十七章

聽得此言，碧蕪面色一變，慌忙自喻景遲身上起來，匆匆扯過一旁架上的外衫披上，疾步往東廂而去。

因著步子太急，還在門檻上絆了一跤，幸得喻景遲扶了她一把，才沒有摔倒在地。

屋內的姜乳娘已然亂了手腳，她重新換上一塊涼帕子蓋在旭兒額上，轉頭便見碧蕪心急如焚的進來，忙起身道：「王妃……」

碧蕪越過她，坐在床榻邊，見旭兒緊抿著唇，面色蒼白，忙伸手去探，發現旭兒雙頰滾燙，兩側的鬢髮都被汗濕了。他小眉頭蹙得緊緊的，面露痛苦，嘴上哼哼唧唧的也不知在說些什麼，像是被魘著了。

「旭兒，旭兒……」碧蕪低低喚了兩聲，卻見躺在床榻上的孩童沒有一絲醒轉的動靜，似乎昏了過去。

姜乳娘哽著聲音道：「王妃，民婦也不知是怎麼一回事，小公子睡下前分明一切都好好的，可睡到半晌時，突然就生了些動靜，好像睡得不大安穩，民婦過去瞧，才發現小公子已燒成這樣了。」

看旭兒病得厲害，錢嬤嬤心底同樣不好受，她抹了抹眼淚，「撲通」跪下來告罪。「王爺，王妃，都是老奴的錯，白日裡在安國公府花園玩時，老奴一時大意，沒能給小公子穿好衣裳，才讓小公子受了凍，以至於燒得這般厲害。」

如今事情成了這樣，再追究是誰之過也無意義，碧蕪一把將錢嬤嬤拉起來道：「旭兒身子本就弱，此事不怪嬤嬤，如今還是給旭兒治病要緊，大夫可去請了？」

「去請了。」錢嬤嬤道：「才發現小公子發熱，老奴就讓銀鈴去請孟太醫了。」

碧蕪話音方落，喻景遲便看向身後的康福。「讓人騎快馬去接，務必盡快將孟太醫接過來。」

「是，殿下。」康福應聲，疾步出了院子。

為了讓旭兒快些將熱退下來，碧蕪讓錢嬤嬤和姜乳娘幫著，用溫熱的水給旭兒擦身子。看著白日裡還歡蹦亂跳的旭兒此時卻懨懨的躺在床榻上，怎都不醒，碧蕪心疼得厲害，雙眸一熱，到底忍不住掩唇，眼淚滴滴答答的掉下來。

喻淮旭也不知自己身在何處，只覺頭昏腦脹，渾身上下都痠疼難受得緊。

他記得自己入睡前便覺得有些不適，喉間乾澀隱隱作痛，但並不厲害，便也未在意地沈沈睡了過去。

再有意識，就見自己置身於一個辨不清楚是哪裡的殿宇，朱紅窗扇外漆黑一片，周遭聽不到任何聲響，或是深夜，偌大的宮殿中央擱著一副金絲楠木製成的棺槨，整個殿中都籠罩著一股濃重的香煙氣，夜風穿堂而過，掀起滿殿白綾飄飛，也吹得兩側架上一排排的長明燈晃晃悠悠，明明滅滅，在白牆上投下若鬼魅般的影子。

喻淮旭伸手拂開白綾，緩步上前，才發現棺槨旁還設著一個香案，香案前立著一人，那人身形憔悴，眼窩深陷，眸中沒有一絲光彩，整個人就似失了魂一般。雖那人已瘦骨嶙峋，不成樣子，可喻淮旭還是一眼便認出了他。

那是他的父皇。

他快走幾步，高聲呼喚，可他父皇卻彷彿沒聽見一般，只將新點燃的香插在香灰厚厚的紫金香爐中，然後靠著棺槨坐下，長長的吐出一口氣。

他不知那棺槨中是誰，只又連連喚了幾聲，行至他父皇身側。

那人依舊沒有應他，喻淮旭伸出手想去觸碰他父皇，卻見自己的手竟直直穿過他父皇的肩，旋即穿過了後頭的棺槨。

他震驚慌亂之際，只覺天旋地轉的一陣，白日的光晃得他睜不開眼，再看時，眼前依舊是那個形容枯槁的父皇，可這一次，他的父皇抬眼直視著他，淌著血的唇間微微上揚，他垂首看去，便見他父皇的胸口正插著一柄長劍，握著劍柄上的正是他的手。

喻淮旭見狀不住的顫抖，他慌亂的放開劍柄，眼見洶湧的血徹底染紅了他父皇的衣衫。

他素來高大偉岸的父皇，此時身形搖搖欲墜，若秋風中的落葉，再沒平素的威儀神武，可他的面上卻帶著滿足的笑意，就這般緩緩倒了下去。

喻淮旭伸手想要拉，可他的手卻再次穿過他父皇的身體，只能眼睜睜看著他父皇倒在地上。從傷口處流出的鮮血浸透了衣衫，淌到冰冷的石板上，一晃眼，驀然有血自四面八方湧來，匯聚成一條血河，流到喻淮旭腳下。

他拚命想逃，可血紅的河水卻掀起一陣浪潮朝他兜頭而來。

喻淮旭猛然一聲尖叫，倏地睜開眼，入目是熟悉的水藍繡花床帳。

碧蕪聽得一陣喊聲，抬眼看去，見旭兒不知何時醒了過來。她忙一把將旭兒抱起來，胸口酸澀與欣喜交融，一雙哭腫了的眼睛又忍不住閃現淚光。

「旭兒，醒了便好，醒了便好。」

喻淮旭靠在母親的肩頭，想到夢中的一幕，仍有些心有餘悸，或是想宣洩那個可怕的夢帶給他的恐懼，他忍不住張開嘴，放聲啼哭起來。

「不哭了，不哭了。」碧蕪輕輕搖晃著懷中的孩子，抬手探了探他的額頭，見高熱終於退下去了，這才鬆了口氣。

聽見動靜的錢嬤嬤等人聞聲跑進來，見此一幕亦不由得紛紛露出欣喜的笑。

小公子自昨夜昏迷到現在已過去了五、六個時辰了，孟太醫說當是風寒所致，但孩子太小，燒得又厲害，若能及時退熱應當不會有事，可就怕燒得久了再也醒不過來。

孟太醫開的藥他們給強餵下去了些，剩下的便只能聽天由命。

他們輪番伺候了一夜，隔一會兒便給擦身、換額上的涼帕子，可直等到天亮都不見小公子有醒轉的跡象，看著小公子越發蒼白的面色，眾人原都生了些不好的念頭。此時見小公子醒過來，都不由得高興得暗暗抹起了眼淚。

喻淮旭漸漸止了啼哭，卻一直抱著母親的脖頸不肯放，如今的他驀然覺得，當一個孩子肆意在父母懷中撒嬌似乎也不錯。

少頃，他就聽一聲「見過王爺」，懶懶抬眼看去，便見他父皇疾步踏進來，在瞥見甦醒的他後，面上的擔憂退去，眉宇舒展了幾分。

夢中的場景再次閃現，看著眼前氣宇軒昂、豐神俊朗的父皇，喻淮旭忍不住伸出手。

「爹，抱……」

喻景遲稍愣了一下，自上一回元宵宮宴後，任憑他怎麼哄，這小子都再未喊過他一聲，沒想到這次昏迷醒來，卻是主動喊他，甚至要他抱。

他闊步上前，一把將旭兒抱起來，便見旭兒一下摟住他的脖頸，小手在他肩上拍了拍，又啞著嗓子喚了聲「爹」。

這聲爹裡帶著些許哭過後的鼻音，入在喻景遲耳中，生了幾分說不清道不明的滋味，他用大掌輕輕拍了拍旭兒的後背，低低「嗯」了一聲。「爹在。」

喻淮旭抽了抽鼻子，將腦袋靠在他父皇的肩上，驀然安心了許多。

沒錯，夢只是夢罷了，如今他父皇好好的在他面前，那些可怕的事都當不得真。

看著眼前二人父子情深的模樣，碧蕪心下有些複雜，須臾，便見喻景遲轉過身道：「旭兒既已醒了，王妃便去歇息一會兒吧，守了一夜，想必也累了。」

「臣妾不累。」碧蕪頂著眼底一片青黑，面色疲憊的強撐道：「殿下昨晚亦一夜未眠，還是殿下去歇息一會兒吧。」

她伸手想去抱旭兒，卻見喻景遲一個側身，輕而易舉躲過了她，他還未來得及說什麼，他懷中的旭兒已先道：「娘，睡，睡，睡……」

喻景遲道：「旭兒都這麼說了，王妃便去歇息吧，歇息好了才能繼續照顧旭兒不是。」

碧蕪聞言，覺得也有幾分道理，原本旭兒不醒，她整個人都緊繃著，哪裡有什麼睡覺的心思，可如今見旭兒醒來，似是好了許多，睏意便若潮水一般席捲而來，著實熬不住了。

她福了福身道：「那臣妾便先下去歇息了。」

喻景遲微微頷首，目送碧蕪離開，方想將懷中的旭兒重新放回床榻上，便覺衣襟被扯了扯，旭兒昂著腦袋道：「爹，餓，餓……」

見懷中的孩子眨著一雙圓溜溜大眼睛看著他，喻景遲雖覺得他今日熱情得有些過分，但也沒想太多，點頭笑道：「好，爹這就吩咐人去取。」

旭兒生病的消息很快便傳到了宮裡，喻珉堯聽聞此事擔憂不已，孩子長到這般年紀，正是最怕生病夭折的時候，宮中不知道有多少年幼夭折而沒有序齒的皇子和公主。

他吩咐李意帶著太醫院院正再給旭兒好生瞧一瞧，診過脈後確認沒大礙，李意才留下那些賞賜，同院正一道回宮去了。沒多久，太后、蕭老夫人也接連派人來問。

旭兒這身子一直養了十來日才徹底養好，這十幾日，碧蕪白天一直睡在東廂照顧旭兒，夜裡偶爾也在東廂留宿。

不過，讓碧蕪奇怪的是，先前突然變得沒那麼親人的旭兒自生了這場病後，又變得極其黏人，尤其是對喻景遲，不知怎的，總纏著喻景遲不放，嘴上一聲聲喊著爹，常是不肯讓他走，直到病痊癒了才稍微好了一些。

因為旭兒受風寒生的這場病，碧蕪幾乎沒再敢帶著他出去，就算出去，也要確定渾身上下都裹牢了。

如此又過了兩個月，很快，天便熱了起來，轉眼便要入夏。

是日，碧蕪坐在東廂的小榻上為旭兒縫夏衣，看著身側自顧自玩耍的旭兒，莞爾一笑。

銀鈴端著托盤自外頭進來，恭敬道：「王妃歇息一會兒吧，錢嬤嬤命人煮了點心，王妃不若與小公子一道吃些。」

碧蕪放下手中的衣衫，抬首問：「好呀，是什麼點心？」

「是銀耳湯。」銀鈴答道。「這銀耳湯啊，滋陰止嗽，潤肺化痰，這個時候喝最好了。」

她含笑將銀耳湯端到碧蕪手邊，卻未察覺碧蕪唇上的笑意消失，她直勾勾的盯著碗中澄黃的湯水，眸光顫動，反顯出幾分恐懼來。

見自家主子久久不動，銀鈴疑惑不解，低低喚了聲「王妃」。

碧蕪回過神，強扯出一絲笑，伸出微顫的手去接，下一刻，就聽「砰」的一聲脆響，沒被接穩的湯碗自碧蕪手上滑落，磕在青石板上，瞬間四分五裂。

喻淮旭本沒有注意此事，聽到這聲音，才抬首看去，看到那濺了一地的湯食和碎瓷片，他忽覺腦袋疼了一下，一個畫面清晰的從腦海中跳出來。

他看見自己倒在地上，手邊有一碗銀耳湯被打翻在地，而他母親正抱著他，聲嘶力竭的喊著他的名字，哭得泣不成聲。

喻淮旭不由得雙眸瞪大，許久才反應過來。

難不成，前世他便是這般死的？

銀鈴看著一地的狼籍，忙彎腰去撿，邊撿邊道：「是奴婢疏忽，沒有拿穩碗，還請王妃責罰。」

「莫撿了。」碧蕪將她拉起來道：「妳分明看見是我沒接穩才摔了碗的，怎還自己擔了責任，一會兒讓人進來掃一掃便是，小心傷了手。」

銀鈴抿了抿唇，問：「可需奴婢再命膳房重新端一碗過來？」

「不必了。」碧蕪道：「左右我和旭兒都不怎麼愛吃甜的，莫要浪費了。」

「是。」銀鈴應聲，將碎瓷片放進托盤裡，又召人來清掃散落的銀耳紅棗，擦洗地面。待都收拾完了，碧蕪抬手讓屋內的僕婢都退了下去。

屋內復歸清淨後，碧蕪才坐在小榻上長長吐出一口氣。或是前段日子旭兒突如其來的一場病讓她變得越發敏感，才至於今日僅僅只是看到一碗銀耳湯就嚇成這般。

說來，前世那碗銀耳湯本是她因嗓子不適，在小廚房熬了自己喝的，誰知巧的是一向不大喜甜的旭兒卻突然跟她說，想喝銀耳湯。

碧蕪便舀了自己熬好的湯端去給了他，誰能想到那湯裡竟被人下了毒。

碧蕪呆了一會兒才回神，垂首便見旭兒坐在那廂，表情木愣，一動不動。她不由得擔憂道：「怎麼了，旭兒，可是方才被嚇著了？」

喻淮旭眨了眨眼，笑了一下，看向自己的母親，安慰道：「沒有……不怕……」

雖這般說著，但其實此時他腦中一片混亂，除了那個場景，其餘的事他仍是不大想得起來，正當他苦惱之際，就見母親將他抱進懷裡，在他耳畔低聲喃喃。

「旭兒，這一世，娘親定然會盡力保護好你，不會讓你再重蹈前世的覆轍。」

母親溫柔婉轉的聲音猶在耳畔，喻淮旭震驚在那廂，許久都反應不過來。

他萬萬沒想到，他的母親居然和他一樣，這一世也重生了！

怪不得，這世的一切會變得這般不同，她母親主動去安國公府認親，恢復了安國公府嫡姑娘的身分，還以正妻之名嫁給他父皇為妃。

想起母親看到那碗銀耳湯時的異常，和她方才說的話，喻淮旭幾乎能確定，他前世當是喝下那碗銀耳湯後中毒死的。

喻淮旭倏地明白過來，緣何他母親向他父親撒謊，說他並非他父親的孩子，還千方百計不願他父親立他為世子。

原來他母親做的所有的事，都是為了保護他。

她一個弱女子，不過是這塵世洪流中的一滴水，很多事她都無法阻止，只能隨著水流的方向被迫往前。為了讓他不似上一世一般死去，她能做的就是從一開始就改變他的身分。這方式雖是笨拙，且最後能不能扭轉他的命運尚未可知，但他母親還是在一片茫然雲霧中摸索著去做，唯一希望的就是他能夠活下去。

喻淮旭心下感動，卻又難過得緊，確認自己重生後的頭一件事，便是希望讓這一世的母親重新得到她該得到的一切，不再卑躬屈膝，伏低做小。可不待他做這些，他母親已快他一步，用瘦弱的身軀拚盡全力來保護他。

他抬手在母親臉上撫了撫，奶聲奶氣的喊了一聲「娘」。

「嗯？」碧蕪垂首應道。

喻淮旭沒說什麼，只又喚了一聲「娘」，一雙漆黑的眼眸一眨不眨的盯著碧蕪瞧。

四目相對下，碧蕪稍愣了一下，只覺這雙眼睛裡蘊著許多要對她說的話。少頃，她抿唇一笑，只當自己生了錯覺，畢竟這麼小的孩子哪裡會藏什麼深沈的心思。

她用手指在旭兒鼻尖點了點，問：「旭兒是不是餓了，一會兒啊，娘讓膳房做你最喜歡的香蕈雞肉粥好不好？」

喻淮旭重重點了點頭，「嗯」了一聲。

他的確有許多話想對他母親說，可他擔心，他突然道出自己重生的事會嚇著母親。不若待往後有了合適的機會再說也不遲。

他用肉嘟嘟的小手揪住碧蕪的衣襟，把腦袋擱在他母親肩上，暗暗在心中下了決定。

這一世他定會好生長大，重新變成能為他母親遮風擋雨的大人，然後便換他來好好保護母親。

西南邊塞，凱撒軍隊原只是蠢蠢欲動，似乎在試探觀望，見大昭久久沒有動靜，便於八月猛地發起進攻。

大昭自不是全無準備，連著三次成功將凱撒軍擊退，打得落花流水。

凱撒軍消停了一陣，及至十月，卻再度發起進攻，然這回，不知為何，大昭軍反被打得連連敗退。

眼見敵軍攻至靖城，城門幾欲被攻破。靖城守將沈訾命人快馬加鞭送急報至京城，懇請陛下立派增援至靖城。

送信人跑倒了三匹馬，連趕了三天三夜才將信送至喻珉堯手中，事關重大，喻珉堯忙夜召重臣進宮商議此事。

西南邊塞戰事吃緊，群臣紛紛向喻珉堯舉薦可領兵出征之人，其中不乏舉薦蕭鴻澤的。

舉薦一事，一些朝臣自是出於本意，但也有心存私欲，想借此役加官晉爵、飛黃騰達之輩。

四年前蕭鴻澤率兵攻打凱撒，令凱撒元氣大傷，應不可能這麼快就緩得過來，且現下凱撒軍還未徹底攻下靖城，大昭軍實力也不容小覷，此戰若要得勝當會輕鬆許多。

那些想一戰成名之人定然不會放過這個千載難逢的機會。

然碧蕪卻絲毫也不願蕭鴻澤去蹚這個渾水，這陣子她一直覺得心下有點不安，眼皮更是跳得厲害。年後聽蕭老夫人說起，她本以為西南戰事很快便會爆發，沒想到直過了大半年，幾欲與前世的時間重疊。

若她記得沒錯，前世蕭鴻澤戰死，便是在明年開春後不久。

不論今生此事會不會有所改變，碧蕪都不敢讓哥哥冒這個險。她無法左右陛下的決定，但有個人可以，她能依靠的也只有他。

第四十八章

是夜，才過了戌時，碧蕪便讓錢嬤嬤將旭兒帶回東廂。

快兩歲的旭兒已會流利的說許多話，聽見碧蕪讓他回去，他拉住碧蕪的手，昂著小腦袋問：「娘身子不舒服嗎？為什麼要旭兒走？」

「娘沒不舒服。」碧蕪半蹲下身，揉了揉旭兒圓嘟嘟的小臉。「娘只是有些乏了，想早些歇下，旭兒也快快回去睡覺，明日再來尋娘可好？」

「好。」旭兒乖巧的點了點頭。

「真乖，去吧。」碧蕪眼見旭兒由錢嬤嬤牽著出了門後，才看向銀鈴、銀鉤吩咐道：「命人去準備熱水，我要沐浴。」

銀鈴、銀鉤福身應答，出去準備了。

碧蕪旋即看向站在一側的小漣。「可差人去問過了，殿下今夜可會回來？」

「問過了，殿下說，他今夜公事不多，當是會早些回來。」小漣頓了頓，像是想起了什麼，問道：「王妃，那湯……」

若非小漣提醒，碧蕪差點要忘了，想起午後特意命膳房燉的湯，她尷尬的咬了咬唇。

「如今天冷，湯涼得快，一會兒待殿下回來了，妳再讓膳房將湯送來吧。」

「是，王妃。」小漣說著，垂首間唇角上揚，止不住偷偷笑起來。

不過一盞茶的工夫，銀鈴、銀鉤那廂便備好了水，請她過去。平素沐浴碧蕪總不喜在水中添些東西，今日卻是破天荒的同意讓銀鉤在裡頭倒了些上好的花露，待沐浴完，還在身上細細抹了閒置數月的香膏。

喻景遲過來時，已然是半個時辰後，碧蕪正躺在小榻上昏昏欲睡，迷迷糊糊醒來，只覺有人在用乾淨的帕子替她擦拭濕髮。

她忙支起身子，睡眼惺忪道：「殿下回來了。」

「嗯。」喻景遲低低應了一聲，動作輕柔地將她那綢緞般烏黑順滑的青絲一寸寸擦乾。「頭髮尚且濕著，怎能就這麼睡了，往後可是要犯頭疾的。」

碧蕪定定看了他半晌，沒答話，只瞥向小榻邊的矮凳，上頭正擱著一個托盤，她遲疑半晌道：「臣妾今日特意命人燉了湯，殿下可要嘗嘗？」

說罷，她抬手端起那托盤放在炕桌上，掀開盅蓋，舀了一小碗，遞給喻景遲。

喻景遲抬手接過，看著上頭泛著一層油亮的湯水，隨口問道：「王妃這是熬的什麼湯，這般香。」

碧蕪咬了咬唇，聲若蚊蚋，好一會兒才答道：「枸杞豬腰湯。」

縱然她聲音不大，落在喻景遲耳中卻清楚得很，喻景遲正欲將湯往口中送，聽得此言，動作陡然一滯，旋即氣定神閒的將一整碗湯飲盡，還不忘誇讚了一句。「這湯熬得不錯。」

見他放下湯碗，仍是一副無動於衷的模樣，碧蕪不由得有些急，若非曉得他今日不會動她，她也決計不會想出這個法子。

這大半年來，喻景遲幾乎大部分時候都會宿在雨霖苑，不過，只偶爾會碰她，且這日子挑得尤其固定。

生完旭兒後，她原本混亂的癸水倒是準了許多，幾乎都是每月月初來，而喻景遲挑的也是她癸水來的前後幾日，反正兩次癸水中間的那段日子，他是決計不會動她的，甚至每回到了那時候，他便不再來雨霖苑。

碧蕪也不知喻景遲這是什麼獨特的癖好，亦不好開口問，若說是怕她有孕，他又有什麼好怕的，畢竟過後她還會喝避子湯不是。

今日她有事同他商量，可偏偏今日是他絕不會碰她的日子，既然如此，她便也只能使這些個法子了。

見用這湯似乎暗示不動他，碧蕪秀眉微蹙，須臾，點了口脂的朱唇揚起一抹媚人的笑，柔若無骨的藕臂纏在男人脖頸上。「殿下，您瞧臣妾新買的口脂可好看？那掌櫃的說，這口脂是用鮮花製成的，還能吃呢。」

喻景遲見她半咬著唇，瀲灩的眸子期許地看著他，一副努力魅惑他的模樣，表面不動聲色，心卻沈了幾分。

她許是不知，即便她什麼都不做，光是躺在小榻上對他投來一個眼神，揚起一絲笑，便足以令他生出衝動。

見她這般，他也不知是該喜還是該悲，喜的是她至少還覺得他可以供她利用；悲的是，她寧願用拐彎抹角的法子，也不願直接向他開口。

她到底是不信他，不信他真的會毫無條件的幫她。

「好看，王妃抹什麼都好看。」

聽他神色淡然的說著敷衍的話，碧蕪垂首，頓生出幾分挫敗，她原以為自己對他多少還是有幾分吸引的，不承想這回竟勾不起他一絲一毫的興趣。

正當她失落之時，就覺那帶著薄繭的掌心緩緩覆在她面上，細細撫摸著，抬眸便見喻景遲薄唇微抿，眸色柔若春水。

他一字一句道：「本王說過，王妃若想要什麼，本王都會給妳，妳自不必費這般心思，一定要用什麼同本王交換。」

聽著他這話，碧蕪愣怔了一瞬，心下泛起些說不清道不明的感受來，似柔軟的羽毛不住的撓著，帶起絲絲縷縷的癢意，又若春日暖光，和煦溫寧。

她朱唇微啟，一時竟不知說什麼好。

不待她思忖好怎麼開口，喻景遲便先一步道：「安國公是王妃的兄長，王妃關心，本王自也關心。王妃不必擔憂，本王會安排好一切。」

見他根本全然看穿她的心思，碧蕪不免生出些許羞愧，亦覺得自己的把戲可笑，許久，只道了句「多謝殿下」。

喻景遲微微俯身，欲撩起她低眉間掉落的一綹濕髮，卻有一股清幽的香氣鑽入鼻尖，似花香又比花香更馥郁，這股香味兒自眼前女子凝脂白雪般的玉肌上散發出來，令他呼吸略沈了沈，他清了清嗓子，可發出的聲音仍是有些低啞。

「本王想起還有些事要處置，先去趟雁林居，一會兒便回來。」

碧蕪眨了眨眼，眼見喻景遲說罷，起身離開的背影略有些倉皇。

她納罕不已，這話她自是聽過的，每回喻景遲說會回來，但大抵都不會再回來了。她在小榻上呆坐了一會兒，便起身上了床榻，鑽進衾被裡。

臨睡前，不知怎的，喻景遲方才說的話一遍遍盤旋在她耳邊，令她止不住朱唇上揚，但很快她便壓下心底泛起的悸動，暗暗罵了自己一句。

睡到半晌，碧蕪只覺脖頸有些癢，睜開眼便見喻景遲不知何時上了床榻，她單薄的寢衣此時一片凌亂，男人細密的吻由下而上，落在她的身上，炙熱而溫柔，碧蕪緩了許久，才察覺到這不是夢，她努力讓自己清醒了些，懶洋洋的問了一句。「殿下怎麼回來了？」

喻景遲眸光灼熱似火，卻是不答，只俯身堵住她的唇，許久才有些意猶未盡的放開她，啞聲道：「本王不回來，豈不辜負了王妃的那一盅好湯。」

他用指腹撚著碧蕪紅腫的朱唇，喉結微滾，低低笑了一聲。「那掌櫃還算是個實誠的，這口脂的滋味確實不錯。」

言罷，他又笑著低身去嘗。

碧蕪也不知這一夜他究竟嘗了幾回口脂的滋味，不止口脂，還有她身上抹的香膏，自也是嘗了個遍。

被整整折騰了一宿後，碧蕪只相信了一件事，他絲毫沒辜負那碗枸杞豬腰湯。

還有，所謂自作孽不可活，她再也不找死給他送湯了！

喻景遲的確言而有信，未讓碧蕪失望，三日後，喻珉堯下旨命鄒肅行領兵五萬前往西南增援。

鄒肅行是齊王妃鄒氏的長兄，年少時也曾隨父親叔父一道上過幾回戰場，算是年輕有為之輩。

聽得這個消息，碧蕪一顆心終放了下來。

然她沒想到，兩日後，準備帶兵出征的鄒肅行突然出了意外。在演武場練兵時，他不慎自馬上摔下來，一下摔折了左腿。

得知這個消息時，碧蕪正趁著日頭好，與錢嬤嬤一道在院中曬先前採下來的桂花，想著往後可以用來蒸米糕吃。

聽匆匆進來的小漣說罷，碧蕪面色發白，一個踉蹌，險些跌坐下來，教銀鈴一把扶住。

冷靜少頃，她看向小漣，問道：「殿下呢？」

小漣雙唇微張，還不待說什麼，便見那廂喻景遲闊步入了垂花門，面色同樣不大好看，想是也被鄒肅行之事打了個措手不及。

碧蕪疾步上前，攥住喻景遲的衣袂。「殿下，哥哥他……不，是鄒將軍，傷得嚴重嗎？他究竟是如何傷的？」

出征前幾日，突地從馬上摔下受了傷，此事怎麼想都覺得十分蹊蹺，或許有人不願那鄒肅行去立這份功，才會在背後動手腳，阻止鄒肅行帶兵出征。

喻景遲劍眉蹙起，卻並未答，只沈默著看了碧蕪半晌。「昨夜，父皇又接到一份急報，急報中說，靖城邊軍不知何故接連病倒，能用的兵力只餘下一半，如今敵軍在外虎視眈眈，城門防備薄弱，恐怕在大軍抵達前，城門就很有可能失守……」

碧蕪聞言稍愣了一下，腦中忽而閃過一個想法，脫口道：「難不成，是那鄒將軍自己傷的？」

如今西南邊境局勢大變，敵強我弱，若城門真在此前攻破，那帶兵上陣之人很可能面臨的是奪城之戰，此戰凶險，只怕凶多吉少。莫非是那鄒肅行貪生怕死，才會以此計逼得喻珉堯不得不臨時替換主將。

喻景遲搖了搖頭。「此事本王倒是不清楚……」

他凝視著碧蕪，似是有話想說，卻不知如何開口，少頃，便見碧蕪神色凝重，兀自喃喃道：「他鄒肅行既可使這樣的手段，哥哥他當也可用此計逃過一劫……」

她說著，提步就要出去，卻被喻景遲猛地扯住手腕。

「來不及了……」

她看著喻景遲欲言又止的模樣，心下生出些不好的預感，果然，只聽喻景遲道：「安國公已主動向父皇求旨，願帶兵出征，剿滅凱撒敵寇。父皇准允了，後日一早便會出發。」

此言若一道驚雷當頭劈下，震得碧蕪腦袋發懵，她站在原地，面色發白，許久，忽而提裙疾步跑了出去。

「王妃……」

銀鈴、銀鉤在後頭急急呼喚，忙小跑著追趕。

小漣沒動，只看了喻景遲一眼，微微頷首，恭敬的福了福身，才快步跟了上去。

碧蕪一股腦只想著往外跑，卻什麼都未準備，臨到府門口，才想起叫馬車的事，幸得喻景遲都提前命齊驛安排好了。

他似乎早就知道她會去尋蕭鴻澤，還讓齊驛告訴她，蕭鴻澤出宮後就回了安國公府。

碧蕪乘著馬車匆匆趕到安國公府時，守門的小廝見她，略有些驚詫。「王妃是來看老夫人的嗎？」

她沒答，只焦急的問：「哥哥呢？哥哥在哪兒？」

小廝愣了一瞬，往東面指了指。「安國公應當在自己的院中呢……」

他話音未落，碧蕪已疾步入了府。

蕭鴻澤此時確實在屋內收拾行囊，看到碧蕪進來，他亦沒反應過來，訝異道：「小五？妳怎麼來了？」

「蕭鴻澤，你是不是瘋了！」碧蕪站在他面前吼道，一開口，眼淚就迫不及待的湧出眼眶，止不住簌簌往下墜。「你分明清楚此去有多凶險，為何還要主動請命，你可知道，你這一去，很可能……」

很可能若前世一般再也回不來了。

她驀然哽住聲音，身子不住的顫著，旁人只覺她或是擔憂此戰危險，蕭鴻澤恐有性命之虞，卻不知，她是見過了眼前人的結局而倒過來，拚命阻止一切的發生。

她本以為她做到了，可原來只不過是命運打了個轉，最後回到了原地，狠狠戲弄了她一番。

看著碧蕪泣不成聲的模樣，蕭鴻澤緩緩伸出手落在她肩上，旋即將她輕輕摟在懷裡，大掌一下下拍著她的背，正如幼時安慰被雷聲嚇哭的她。「哭什麼，再凶險的戰役我都曾見過，這次定也能平安回來。」

上了戰場能不能平安碧蕪並不想賭，她只希望蕭鴻澤從一開始就不要去冒這個險。

她倏然想到什麼，抬眸定定的看向蕭鴻澤，不管不顧道：「那鄒將軍能用受傷這法子躲避出征，哥哥定也能，哥哥便用生病的法子，或也不用上戰場，好不好，哥哥便聽我一回！就聽我這一回！」

碧蕪攥著蕭鴻澤的衣袖，哭腫的一雙眼眸裡滿是祈求，她沒有別的願望，只是希望他不要死，父親母親都不在了，她不能忍受再失去自己的親兄長。

看著她這副模樣，蕭鴻澤心下滯澀，卻是久久未言。

他不能應她。

「小五，肅行與我也算是至交，我清楚他的品行，他並非臨陣脫逃、貪生怕死之人，今早我去看他，他同我說的應當是實話。是齊王妃得知了靖城一事，在他騎乘的馬匹上動了手腳，才讓他墜馬折了腿。」蕭鴻澤用衣袂替碧蕪擦了面上的淚痕，低嘆一聲道：「妳作為我的妹妹不願我去冒險，肅行的妹妹亦是如此。小五，我知道，其實陛下心中屬意出征的人選一直是我，想是妳求了譽王，才讓譽王命人以或恐功高蓋主之名進言，使得陛下改變想法。」

他默了默，面上顯露出幾分苦澀。「不瞞妳說，得知肅行自馬上摔下來後，我反而鬆了口氣，雖是陛下的決定，可我總覺得他是代替我去的，不管是肅行還是其他人，若真的出了什麼事，只怕我到死都會心存愧疚，無法原諒自己。且如今這局勢，恐怕除了我，朝中再難有請願之人……所以小五，哥哥不得不去！」

碧蕪抬手看著蕭鴻澤眸中的堅定不移，手臂無力的垂下，眸中的光終是一點點消散了。

她知道，她再也勸不動他了。

她原想過無數阻撓蕭鴻澤不出征的障礙，卻沒想到最大的障礙竟是蕭鴻澤自己。

她這個心存天下，寬厚仁義的兄長根本無法撒手不顧那些深陷苦難的百姓，他早已下定決心，懷必死之心，為國盡忠。

碧蕪終於忍不住掩唇痛哭起來，看著她哭紅的臉，蕭鴻澤薄唇微張，本欲安慰她，最後卻只是抬手落在她頭上，輕輕揉了揉。

他本以為或許這輩子都難再尋回他的妹妹，可誰知後來他不但尋回她，還看著她出嫁、生子。就算此戰他真的無法活著回來，到了九泉之下應也有臉去見他的父親、母親了吧。

翌日，蕭鴻澤晚間要進宮赴踐行宴，蕭老夫人便讓碧蕪抱著旭兒，同蕭毓盈夫婦一道，在家中吃一頓午飯。

喻景遲自也是受了邀，可他曉得，有他在，氣氛定會拘謹很多，便以公事推脫，只說午後會過來一趟。

這一頓飯，蕭家人雖都坐齊了，但席上氣氛低沈，幾乎無人展露笑意，許久，還是蕭老夫人道：「都愣著做什麼，再不吃，這菜可就涼了。」

說罷，她看向蕭鴻澤。「澤兒，此番出征祖母也沒什麼好說的，就只願你能平平安安的回來。」

蕭老夫人面上雖鎮定，可不過說了兩句，便不由自主哽了聲音，但她強忍著。話鋒陡然一轉，故作嚴肅道：「不過待你回來，祖母可就真由不得你了，無論你喜不喜歡，都得給我娶個孫媳進門，快些生個曾孫！」

被碧蕪抱在懷裡的旭兒也跟著起鬨。「娶孫媳，娶孫媳……」

眾人聞言不禁笑起來，面上的陰霾總算是散了些，蕭毓盈拉了拉旭兒的小手道：「你外曾祖母才叫孫媳，對你來說，那叫舅母。」

旭兒作出一副恍然大悟的模樣，對著蕭鴻澤喊道：「那舅舅，就給我娶個舅母，生個曾孫。」

此言一出，眾人愣了一瞬，笑聲頓時更響了。

蕭鴻澤也抿唇笑起來，看向蕭老夫人道：「澤兒不在的這段日子，萬望祖母保重身體，等澤兒回來，便如祖母所願，娶妻生子。」

聽著蕭鴻澤承諾的話，蕭老夫人眼眶一熱，她抬手抹著眼淚，不知是高興還是難過，抑或是悲喜交加，她重重點頭，少頃，只道了兩聲。「好，好……」

宴上，蕭家眾人懷揣著複雜且各異的心緒吃完這頓飯，飯後小半個時辰，喻景遲才姍姍來遲。

見父親來了，喻淮旭沒再待在蕭老夫人身邊，而是轉身屁顛屁顛的去黏喻景遲。

喻景遲與蕭鴻澤本有話要說，但見旭兒死死摟著他的腿不肯鬆手，只得無奈的將他抱起來，一道去了花園涼亭。

他將旭兒放在小凳上，將桌上的瓜果糕點推給他，見他乖乖的拿起一枚蜜棗糕啃，才安心的看向蕭鴻澤道：「靖城此回戰敗，且一下有那麼多人患疾，其中多少有些蹊蹺，安國公到西南後，怕是得先好生調查一番才行。」

蕭鴻澤贊同的頷首。「臣想的和殿下一樣，臣也曾在西南領兵征戰過幾年，知道駐守西南的將士並非懶散之輩，常年操練，應不至於這麼容易病倒下，確實是有些奇怪。」

喻淮旭聽著他父皇和舅舅的對話，又敷衍的啃了一口蜜棗糕。

他對他這位大舅舅前世戰死之事原不大清楚，也曾天真的以為或真是單純的奮勇抗戰、為國捐軀，後來無意在他父皇的御書房翻到一宗泛黃的案卷，才稍稍揭開事情的真相。

見喻景遲和蕭鴻澤皆愁眉緊鎖，喻淮旭伸手扯了扯蕭鴻澤的衣袂，奶聲奶氣道：「娘說舅舅要去打仗了，舅舅去了那裡一定要多穿衣裳，現在天冷，娘都給旭兒穿好多衣裳，舅舅也要穿好多衣裳，不要凍病了。」

看著眼前可愛的小娃娃，蕭鴻澤忍不住笑了笑，解釋道：「旭兒不知道，西南比京城暖和，不需要穿那麼多衣裳。」

「誰說不要的。」喻淮旭滿目誠摯。「京城是冬天，西南也是冬天，冬天冷，都要穿暖呼呼的衣裳，穿不暖的衣裳要凍病的。」

聽他翻來覆去的說著這些話，蕭鴻澤忍不住薄唇抿起，知他這小外甥是在關心他，點頭道：「好，舅舅知道了，舅舅一定聽旭兒的話，多穿衣裳。」

喻景遲盯著旭兒看了半晌，想起他方才的話，垂眸若有所思起來。

少頃，耳畔響起蕭鴻澤低沈的聲音。「臣知道，殿下的野心不止於此。」

喻景遲抬眸看了蕭鴻澤一眼，輕啜了一口茶水，風清雲淡道：「安國公這是何意？本王怎全然聽不懂。」

蕭鴻澤跟著笑了笑，也不再繼續戳穿他。

太子未叛亂前，他尚還覺得自己這位妹夫並無奪位之心，直到太子薨後，他這位妹夫的才能越發掩蓋不住，他才後知後覺，發現喻景遲其實從不似表面看起來的那般簡單。

先前，他將對承王不利的那份證據交給了喻景遲，其實也是在無形中令喻景遲離大業更近一步。

如今朝中呼聲最高的便是承王，可依他來看，這皇位最後會歸屬於誰，只怕還未可知。

蕭鴻澤沈默片刻道：「臣沒有旁的請求，若殿下往後能得償所願，還望善待臣的妹妹。她流落在外十餘年過得夠苦了，往後若真的沒了臣這個哥哥站在她身後，也希望殿下莫讓她吃太大的苦頭。」

喻景遲知曉蕭鴻澤的意思，他是擔憂他將來榮登大寶，會因安國公府沒落而苛待他的妹妹。

但蕭鴻澤不知道，他絕不可能放開他的妹妹，就算她主動提出要走，他也不會答應，甚至有時在看到她疏離逃避的眼神時，他總會生出造一座富麗堂皇的金屋，就將她一輩子鎖在裡頭，再也逃不掉的想法。

他放下茶盞，定定的看著蕭鴻澤，正色道：「安國公放心，本王絕不會讓她吃苦頭，不論往後如何，本王身邊永遠只會有王妃一人。」

看著他格外認真的神色，蕭鴻澤稍稍舒了口氣，同為男人，他知曉喻景遲說的是實話。

他不求他的小五往後母儀天下，一人之下萬人之上，只願她餘生平安喜樂，便足夠了。

第四十九章

北方十月的風已帶了肅殺之氣，若鋒利的刀刃，裹挾著風沙剮在臉上帶來些許刺痛。

蕭鴻澤出征那日，喻珉堯親自相送，以一碗壯行酒祝願大軍凱旋。

天還未大亮，京城卻已是萬人空巷，百姓們圍在道路兩旁為大軍送行，無人為這場戰役而喜，更多的是被迫無奈，身不由己，和只能眼睜睜看著自己的親人上陣，不知前路生死，歸期是否有期。

蕭鴻澤走後，因怕蕭老夫人太過惦記而傷心，碧蕪便帶著旭兒在蕭家陪著祖母住了一陣子。

蕭鴻澤抵達西南後不久，便托人帶信給了碧蕪，報了平安，言五萬大軍抵達靖城後，西南如今形勢還算穩定，凱撒大軍應當沒那麼容易再破邊防。

看了這封信，碧蕪放心了一些，卻也未全然放下心來，蕭鴻澤前世出事在明年開春，也就是大抵兩個月後，若一切仍會照前世那般發展，那她現在安心還是太早了些。

半月一晃而過，眼瞧著旭兒便要滿兩歲了，碧蕪與喻景遲商量了一番，如今西南形勢緊張，這生辰宴不宜大操大辦，待到那日請些至交親朋來，簡單吃上一桌酒席，便算是過了。

旭兒生辰前夕，太后遣人來召她和旭兒進宮。進宮當日，還是太后身邊的李總管親自來接的。

太后倒也沒什麼大事，只是怕碧蕪太擔憂蕭鴻澤，才將她召進宮安慰兩句，說了些體己話。

在太后這廂用過午膳，碧蕪才帶著旭兒離開了慈安宮，方才走了一小段，便見宮道盡頭站著一人，正含笑看著他們。

「爹。」

碧蕪還未反應過來，旭兒便已撒開腿朝喻景遲跑了過去。

見喻景遲一把抱起旭兒，碧蕪緩步行到他跟前。「殿下怎的在這兒？」

「本王剛從父皇的御書房出來，知道王妃今日和旭兒來了皇祖母這廂，便過來看看。」喻景遲問道：「王妃這是要帶著旭兒出宮了？」

碧蕪點了點頭，便見喻景遲薄唇微抿，笑道：「今日還早，王妃難得進宮，不若本王帶王妃去個地方吧。」

聽得此言，碧蕪眨了眨眼，面露疑惑。「什麼地方？」

喻景遲不答，故意賣起了關子。「王妃去了便知曉了。」

雖不知喻景遲究竟要帶她去哪裡，但碧蕪還是乖乖跟在他後頭。前世她在宮中待了十餘年，對這裡還算熟悉。走了一大半，她便恍然大悟，知曉這是要去何處。

果不其然，又行了數百步，他們停在一塊紅底金字的門匾前。

匾上書有「燕福宮」三個大字。

燕福宮是喻景遲出宮建府前的住所，亦是他長大的地方。

喻景遲的生母沈貴人當年就住在側殿，沈貴人死後，喻景遲就養到主殿的祺妃膝下，祺妃亦是十一皇子的生母。

守殿的宮人一看見喻景遲，忙上前施禮，並派人去殿內通稟。

片刻後，便見一人闊步自殿內出來，欣喜的喚道：「六哥，六嫂！」

正是十一皇子喻景彥。

他身著湛藍暗紋長袍，赭色雲紋短靴，玉冠束髮，將近及冠之年，可尚還帶著幾分意氣風發的少年氣。

「六哥，你們過來，怎也不提前知會我和母妃。」喻景彥的聲音裡帶著幾分埋怨。

喻景遲淺淡一笑。「不是特意過來，來不及提前說，王妃今日恰好被皇祖母召進宮，本王便想著順便帶王妃過來看望母妃。」

他說罷，垂首看向懷中。「旭兒，喊十一叔。」

前世，喻淮旭最喜歡的便是他這位十一叔了，他聽話的開口，奶聲奶氣的喚了聲「十一叔」。

喻景彥忙應答，登時歡喜地將旭兒抱了過來。

碧蕪跟在兩人後頭入了殿，便見主殿門口立著一位婦人，約莫四十上下，徐娘半老，卻仍是風韻猶存，自眉眼間尚能瞧出當年昳麗風華。

這便是十一皇子喻景彥的生母祺妃了。

祺妃站在殿門口望眼欲穿，遠遠見他們走近，忙迎上來，她看了眼喻景遲和旭兒，旋即牽起正欲見禮的碧蕪的手。「不必多禮了，快，外頭涼，都進裡頭坐吧。」

碧蕪見過祺妃幾回，但並不算多，前世喻景遲登基後，祺妃亦被奉為太妃，但卻並未住在宮中，喻景遲恩准她出宮與當時已被封王的十一皇子同住。

在這個富麗堂皇的牢籠裡被困了大半輩子的祺妃終於重獲了自由，在趙王府中過著兒孫繞膝的日子，安享晚年。

祺妃拉著碧蕪在殿內坐下，特意讓碧蕪坐在自己身側，她笑容滿面，似乎對他們的到來很是欣喜。「遲兒也有好段日子未來了，沒想到這回竟將王妃和孩子都一併帶來了。」

「是遲兒疏忽，早就該來看母妃的。」喻景遲歉意道。

「唷。」祺妃笑了笑。「你平日公事繁忙，抽不出空來看我也是正常，不必自責。」

祺妃說著，抬眼看向喻景彥懷中的旭兒，驚詫道：「上回見到旭兒還是在中秋宮宴上，這才過了多久，旭兒看起來又長大了許多。」

喻淮旭也是知道祺妃的，他自喻景彥的懷中下來，快步跑到祺妃跟前，乖巧的喚了一聲祖母。

祺妃聞聲，不由得愣住了，以她的身分，本當不起這聲祖母，但聽到旭兒這般喊她，忍不住心下雀躍，忙讓貼身婢子自內殿取來一枚上好的玉珮塞給旭兒，碧蕪見狀要攔，祺妃卻道從前也未給過旭兒什麼，就算是為著這聲祖母也是該給的。

在殿內陪著祺妃說了會兒話，喻景彥便以帶著旭兒去看他收藏的書畫為由，同喻景遲一道出去了。

碧蕪笑著頷首，但其實心知肚明，這兄弟兩人恐是有什麼要緊的事要說，才借旭兒的名刻意躲開。

那三人一走，殿內便只剩下了碧蕪和祺妃二人，見祺妃雙眸含笑，一眨不眨地看著她，好一會兒什麼話都不說，碧蕪著實教她看得有些不好意思了，她赧赧垂眸，忍不住道：「娘娘這般看著我做什麼？」

祺妃這才移開視線。「妳莫見怪，我只是覺得看見妳高興罷了。」

「娘娘緣何高興？」碧蕪納罕道。

「自然是為遲兒高興。」祺妃也不知忖到什麼，唇間笑意漸散，面上反露出幾分感慨。「譽王妃許是不曉得，遲兒那孩子方才養到我膝下時，不過六歲，彼時他母妃才去世不久，他整日抱著他母親留下的那隻兔子沈默著不願說話，也沒有笑意，連太醫院的太醫們都束手無策，只言這是心病，尋常的湯藥根本無用，我當時便愁得厲害，不知如何是好。」

對於喻景遲幼時之事，碧蕪知曉的確實不多，前世喻景遲登基後，放走了不少宮內的老人，尤其是在燕福宮附近當差的，都悉數走了個乾淨。

宮人們礙著性命都不敢隨意置喙帝王往事，因為如此，碧蕪能得知的便更少了。

此時從祺妃口中聽聞，著實是有些新奇。

祺妃低嘆了一口氣，又緊接著道：「沈貴人與我同住在一個殿內，也算得上是好姊妹，她去世後，因陛下不喜遲兒，宮裡幾乎沒有妃嬪願意養他，錢嬤嬤來求我，我心下不忍，還是主動求了陛下，讓遲兒繼續住在燕福宮中，由我教養。」

她說著，又看向碧蕪道：「遲兒性子本就悶得厲害，許多事情都憋在心裡不肯同我說，幼時還常遭其他皇子欺負呢。只可惜我是個不受寵的，也不能幫他在陛下面前討份公道，就只能讓遲兒忍氣吞聲受委屈，才造成他這般內斂的性子。所以我今日見著妳才說高興，自從遲兒娶妃後，我總覺得他變了不少，面上的笑意甚至都多了呢，這些都是妳的功勞。」

碧蕪聞言扯了扯唇角，實在不敢攬功，她也不好說她和喻景遲的婚事一開始不過是場交易，是在夏侍妾死後，這場交易才逐漸變了質。

她想起祺妃方才說的話，順勢問：「娘娘與殿下的生母熟絡嗎？」

「在一個宮裡住了八年，自然是熟的。」祺妃道：「畢竟陛下也不常來燕福宮，平日裡閒得無趣，我便常與沈貴人在一塊兒說說話。她進宮前雖是舞女，但也是才華橫溢的女子，她雖以舞為生，但從未以舞為恥，誰知生下旭兒後，雙腿卻落了疾，只消跳上一會兒，便疼得厲害……」

碧蕪聽至此，問道：「那沈……母妃是不是不大喜歡殿下？」

「怎會呢！」祺妃聞言略有些激動道：「妳莫信外頭亂傳，沈貴人是個極好的人，自也是個好母親，其實，她去世的當晚本是去太醫院為高熱不退的遲兒抓藥的，可不知為何竟會墜亡在觀星臺下。」

碧蕪聞言雙眸瞪大，她從未聽說過這些，她只知，沈貴人當年是因失寵而發了瘋，不停的在殿內跳舞，最後在觀星臺絕望自盡。卻從不知道，原來那夜，沈貴人原是去給喻景遲抓藥的。

雖說觀星臺離燕福宮並不遠，但既是去抓藥，又怎會出現在觀星臺呢，確實有些奇怪。

碧蕪很想再追問，可見祺妃似乎不大願意重提當年舊事，便也閉了嘴不再多說。

與祺妃聊了小半個時辰，見喻景遲和喻景彥還未帶旭兒回來，碧蕪不免有些擔憂起來。見她時不時朝著外頭探看，祺妃了然一笑道：「譽王妃若是擔心，不如親自去尋尋吧，他們三人應當就在附近，跑不遠。」

祺妃都這麼說了，碧蕪便起身福了福，踏出燕福宮，聽守殿的宮人說譽王幾人似乎往東面的御花園去了，碧蕪便順著他指的方向而去。

走了半盞茶的工夫，便見飛簷斗拱的殿宇之間有一座顯眼的高臺，正是觀星臺。

行至觀星臺底下，碧蕪不由得頓了步子，前世喻景遲登基後不久，便命人封了觀星臺，將此設為禁地，誰也不得入內，不過此時的觀星臺尚無人把守，上下自由。

碧蕪仰望著她從未踏足過的這座高臺，不由得心生好奇。

除卻攬月樓外，此處是宮裡最高的地方。

她本想讓銀鉤和小漣守在外頭，她一人上去看看，小漣卻怎麼也不同意，說是必須得讓她跟著才行，碧蕪拗不過，便將她一併帶上了。

那觀星臺有百餘個臺階，靠著毅力登頂後，碧蕪略有些氣喘吁吁，可站在高臺上，將整個巍峨的皇宮盡收眼底，她多少覺得值得。

可下一瞬，念及在此喪命的沈貴人，她揚起的唇角便緩緩落了下來，若沈貴人的死並非自盡而是意外，她實在想不到沈貴人爬了那麼多級臺階到此的緣由。當然，還有一種可能，便是有人故意害死了沈貴人。

可沈貴人分明已經失寵，且處境淒涼，理應不再是誰的威脅，為何還有人要置她於死地呢！

碧蕪想不通，只一步步行至高臺邊沿，邊沿的牆砌得很高，幾乎快到碧蕪胸口，按理應當沒那麼容易墜下去才對。

碧蕪將手攀在石磚上，踮起腳往下望，底下來往的人已然成了一個黑色的小點，這般高度不禁令她雙腿發軟，更是覺得有些頭暈目眩。

她正欲退開，卻覺有人攬住她的腰，一下將她拽進了懷裡，碧蕪陡然一驚，下意識想掙扎，然鼻尖鑽進那股熟悉的青松香，令她動作一滯。

男人遒勁有力的手臂驟然收攏，逼得碧蕪不得不與他貼近，他抱著她的力道格外的重，似乎只要他一鬆手，眼前人就會消失不見。

碧蕪教他抱得喘不過氣，只能狠狠垂著他的脊背，難受的喊：「殿下！」

喻景遲這才放開她，他眸中帶著掩不住的慌亂，厲聲道：「妳來這裡做什麼！」

碧蕪教他這聲音嚇得脖頸一縮，驀然生出幾分心虛，她撇開眼道：「臣妾路過此處，便想著來賞景……」

許是看出她被嚇著了，喻景遲將聲音放柔了些。「此處危險，還是快些下去吧，旭兒已經回母妃那兒，在等妳呢。」

「好。」

碧蕪點了點頭，任由他牢牢牽住，一步步下了觀星臺。

回到燕福宮後，喻景遲與祺妃匆匆道別，便帶著她和旭兒往宮門外而去。

一路上，他都沒有抱旭兒，卻是死死牽住碧蕪的手，不肯鬆開。

沿途遇到的宮人見狀，都忍不住抿唇偷笑，覺得譽王和譽王妃的感情可真好。

碧蕪卻感受不到絲毫甜蜜，她只覺得有些不安，自觀星臺上下來後，喻景遲就變得極其不對勁。

穿過冗長的宮道出了宮門，喻景遲讓銀鈴和小漣守著旭兒，並命候在外頭的康福去另尋一輛馬車送旭兒回去，自己則一把攔腰抱起碧蕪，放在馬車上。

碧蕪不明白喻景遲為何要這麼安排，可不待她開口問，緊接著上車的喻景遲便一把將她按在車壁上，堵住了她的唇。

他的動作瘋狂，似要攫取她所有的呼吸，雙手也絲毫未停歇，撩開衣裙一寸寸在她身上每一處遊走，碧蕪教他撩撥得陣陣戰慄，可抬眸看去，卻發現他眼中並非情慾，而是恐懼，他似乎是在以此方式確認她完好無損，安然無恙。

看著他這副模樣，不知為何，碧蕪心中揪得厲害，生出幾分心疼，不由得伸手牢牢的反抱住他。

喻景遲身子驟然一僵，他放開她，呼吸很快平穩下來，眸中的慌亂與恐懼也逐漸退去，復歸往日的淡漠。他抬手用指腹小心翼翼地擦去碧蕪眼角的淚滴，如珍寶般將她抱進懷裡。

他的確有些失控了。

今日看見她站在觀星臺上，如弱柳般瘦削的身子前傾，衣衫裙襬飛舞在風中飄飄搖搖，彷彿枝頭隨時會墜落的花，他突然想起他的母妃和他母妃留下的那隻小兔子。

在他母妃墜亡後的日子裡，他唯一的寄託便是他母后送給他的那隻雪白的小兔子。

可他萬萬沒有想到，他只是抱著他的兔子去御花園吃草，牠竟生生被人剜去雙眼，折斷雙腿，虐殺刨腹。

再後來，他便知道，若想沒有軟肋，他就不能擁有心愛的東西。即便有，若保護不了，也絕不能讓它現於人前，只有藏得牢牢的，不教人發現，才不會被人傷害。

「殿下……」

碧蕪低低喚了他一聲，卻覺男人的手臂又摟緊了幾分。

喻景遲眼眸漆黑幽沈，若融著化不開的墨，幾息之間，聚起銳利，凝成了陰鷙與狠戾。

這回，他絕不會再讓旁人傷害他的兔子分毫。

第五十章

回了譽王府後，喻景遲便始終沈默，夜間雖宿在雨霖苑，卻並未動她，只抱著她安安分分的睡了一宿。

雖往日他也會抱著她睡，但碧蕪從來只是乖乖的不動，兀自睡去，不予回應。可今日見他這般，覺得或許她上了觀星臺的事令喻景遲想起了故去的母親，心疼之餘不禁伸手搭在他的胸口，將臉貼在上頭。

這夜的喻景遲睡得不大安穩，他時不時蹙眉，神色緊繃，也不知夢見了什麼。

不論是前世還是今生，碧蕪看見的他不是笑意溫潤便是沈肅威儀，不教旁人看出一絲破綻，她還是頭一次見喻景遲這般模樣，想來生母墜亡之事於他而言確實是不小的陰影。

翌日碧蕪起身時，喻景遲已然離開了，旭兒亦醒得早，在屋內又待不住，姜乳娘便領著他去府內花園閒玩。

碧蕪正對著妝檯上那枚海棠雕花銅鏡梳妝，便聽身後的錢嬤嬤問道：「聽聞昨日，殿下帶著王妃去了祺妃娘娘那兒。」

「是啊。」碧蕪答道。「昨日去見了皇祖母，就順道去了一趟，祺妃娘娘還送了塊上好的玉珮給旭兒呢。」

錢嬤嬤低嘆了口氣，面露幾分感慨。「祺妃娘娘確實是個好人。若當年沒有祺妃娘娘，也不知殿下如今會是個什麼結果。」

碧蕪聞言把玩玉簪的手一頓，倏然想起昨日之事，遲疑半晌。「不知嬤嬤……是何時開始伺候殿下的？」

「打沈貴人一進宮，老奴便被調去伺候了，老奴還親眼看著殿下出生呢。」錢嬤嬤說至此不由得展露笑意，可少頃，唇角卻又耷拉下去，她默了默道：「只可惜沈貴人去得早，不然自也能從殿下這兒享享清福。」

提及沈貴人，錢嬤嬤的眸色頓時黯淡幾分，碧蕪咬了咬唇，還是順勢問道：「母妃她……昨日祺妃娘娘同我說，母妃墜下觀星臺的當日，是替殿下抓藥去了，這究竟是怎麼回事？」

聽碧蕪問起此事，錢嬤嬤愣怔了一瞬，面色霎時沈重下來，即便過了二十年重提，沈貴人的死仍是橫在她心口的一根刺，一想起來便扎得生疼。

可問此事的畢竟是他們殿下的王妃，錢嬤嬤長吸了一口氣，才娓娓道：「沈貴人去世那日，殿下不知怎的突然發起了高熱，老奴去太醫院請太醫，可太醫院的那些人捧高踩低，因娘娘失了寵，不得陛下喜歡，便以各種藉口推脫不來，老奴沒有辦法，只能回了燕福宮。貴人見老奴就這麼回來了，並未問什麼，她也清楚是怎麼一回事，便讓老奴守著殿下，自己親自去了太醫院，說就算請不來太醫，定也會拿著退熱的藥回來。」

錢嬤嬤說至此，聲音便止不住哽咽起來。

宮裡人趨炎附勢，欺軟怕硬，碧蕪再瞭解不過，那些個嬪妃表面上雖是主子，但不過也是供男人賞樂的玩意兒罷了，一旦失了寵，無了勢，就會一朝跌到塵埃裡，人人可踐踏，甚至連最低賤的奴婢都不如。

待錢嬤嬤稍稍緩過來些，碧蕪才接著問：「那，後來呢？」

錢嬤嬤抬手擦拭眼角的淚。「老奴左等右等，直等到天快亮了，貴人還未回來，老奴正準備出去尋，便有宮人跑進來，說貴人自觀星臺上摔了下去……老奴聽到這話，忙跑到觀星臺那兒，便見沈貴人躺在觀星臺底下，血肉模糊，可即便如此，她手上還是緊緊攥著那包藥材……」

本就已忍了許久的錢嬤嬤，聲音越發喑啞，如今再提當年舊事，終是忍不住崩潰的哭出聲來。

碧蕪忙從袖中抽出絲帕為錢嬤嬤拭淚，她也不知該如何安慰，只得道：「嬤嬤莫哭了，當年的事嬤嬤並未做錯什麼，嬤嬤這些年能將殿下養大，已是對得住母妃。」

錢嬤嬤聞言卻是搖了搖頭。「不，都是老奴的錯，是老奴疏忽，沒有注意到殿下聽見貴人的事，也跟著跑了出來，那麼小的孩子，親眼看見自己母親慘烈的死狀，該有多震驚痛苦啊……」

聽得此言，碧蕪心下猛然一驚，她雖未親眼見過沈貴人去世時的模樣，但光是聽描述，便覺可怖得緊。

一個六歲的孩子，發著高熱，看見自己母親墜亡時面目全非的慘狀，只怕是一生都忘不了這個場景吧。

碧蕪垂下眼眸，心下有些堵得慌，分明前世兩人交頸而臥，做了那麼多年親密的事，她卻只知他這人陰鷙狠戾，心思深沈，善於偽裝，卻從不知曉他經歷的那些不堪回首的過往。

她其實，全然不瞭解他！

旭兒兩歲的生辰宴正如先前打算的那般，簡單的辦了，喻珉堯雖沒來，倒也特意派李意來送了禮，只不同於周晬宴那回送來的，這回他賜下的都是些蒙學的書籍和文房四寶，還讓李意來傳話，說八皇孫大了，也是時候該學起來了。

前世旭兒開蒙確實早，且是喻景遲親自教導，但這回倒是喻珉堯這個祖父更關心些，由此也可看出他對旭兒的看重。

不同於其他孩子，旭兒看見這些書冊倒是不覺厭煩，碧蕪將他抱到膝上，一字字指著教他認，他學習的速度著實讓碧蕪驚了驚，旭兒前世雖也遠比旁的孩子聰慧，可絕未到達過目不忘的地步，然這一世只需教上一遍，旭兒幾乎就能記住大半。

一旁的錢嬤嬤都忍不住誇讚，說小公子可真是機敏過人，有哪家孩子像小公子這般聰慧的。

碧蕪聽罷，僅扯唇笑了笑，沒有應聲，心下也不知此事是好是壞了。

旭兒的生辰一過，便意味著年節也近了。

趁著天好，碧蕪便帶著旭兒去街上閒玩，倒也不只是玩，她自也有正經事要辦的。

她沿街看了一會兒，最後走進一家首飾鋪子，指著掌櫃的拿出的一對金累絲鑲寶耳鐺同銀鈴瞧，問道：「銀鈴，妳瞧著這可好看？妳覺得繡兒會不會喜歡？」

銀鈴抿唇笑起來。「奴婢瞧著都好看，只要是王妃送的，趙姑娘定然都會喜歡，不過王妃，恕奴婢直言，趙姑娘哪裡像是會缺這些的。」

自趙姑娘離開京城，去了琓州後，這一年多來，她家王妃常隔幾個月便會託人送些東西過去，或是書籍首飾，或是繡品吃食，往往同信一塊兒捎過去。

碧蕪放下那對耳鐺，道：「我也知她不缺，可我送這些過去也不是為了接濟她，不過是想她瞧見這些個玩意兒能開心一些罷了。」

碧蕪瞭解趙如繡，她心思重，想來到現在都還覺得對不起自己，與其一遍遍勸她放下，不若送些東西過去讓她知曉，自己是從未怪過她的。

那些父輩祖輩的恩恩怨怨皆與她無關，她不必全然攬在肩上，徒增負擔。

「說起來，趙姑娘似有好一陣子沒有回信了，從前王妃送東西過去，趙姑娘至多半月便會回信，這回都快有好幾個月了。」銀鉤驀然道。

聽銀鉤這麼一說，碧蕪倏然反應過來，這段日子因為蕭鴻澤的事，她疏忽了其他，這麼算來，趙如繡那兒的確快有四個月沒消息了，著實有點奇怪。

銀鈴聞言接話道：「指不定是趙姑娘許了婚事，忙碌得緊，才抽不出空來給我們王妃回信呢。」

許了婚事……

碧蕪愣了一下，唇角泛起一絲苦笑。

若真是這樣，便好了。

太子叛亂奪位之事天下皆知，趙如繡如今雖還算是未嫁之身，可也是差一點便要成為太子妃的人，身分尷尬，名門世家定無人敢娶她，就怕因著她的身分讓陛下想起太子來，為全家招致禍患。何況以趙如繡的出身學識，也不可能下嫁給尋常百姓為妻。

她這輩子要尋個相攜終身的人，只怕是難了。

碧蕪低嘆了一口氣，轉而挑了一支樸素但雕刻精緻的桃花玉簪，讓銀鈴拿出銀錢來付了帳。

街道兩旁擺了不少小攤肆，賣著吃食，碧蕪牽著旭兒，買了些蜜餞果乾和剛蒸好的梅花糕，還給旭兒買了支糖葫蘆。

喻淮旭不記得自己幼時如何，但至少前世長到那個年歲，其實早就過了愛吃糖葫蘆的年紀。

可見他母親指著那個沿街販賣糖葫蘆的小販，用那雙溫柔的眸子問他想不想吃時，他毫不猶豫的點了頭。

他如今還是個孩子，自然要有個孩子的模樣，乖乖巧巧的，讓他母親高興。

他拿著糖葫蘆，時不時伸出舌頭舔著上頭有若琥珀般晶瑩剔透的糖面，待糖都快舔乾淨了，才用牙去咬裡頭的山楂，頓時酸得眼睛都瞇起來了。

喻淮旭不明白小孩子們為何都喜歡吃這樣的東西，他又舔了兩口糖，就意興闌珊的放下了糖葫蘆。

碧蕪見狀，忍俊不禁。「糖葫蘆哪有你這般吃的，自然是要同糖一塊兒吃，才不會覺得太酸呢。」

喻淮旭任由母親用絲帕替他擦著嘴，一抬眼便看到前頭一家鐵匠鋪旁，擺著一個卦攤，卦攤上放著桌椅，一衣衫襤褸的老道閒坐在那兒，久久無人問津。

喻淮旭本只是隨意瞥了一眼，誰承想卻一下怔住了，因他總覺得那個老道，他似是在哪裡見過一般。

正當他木愣愣盯著那老道看時，那老道也抬首望來，兩廂對視，老道忽而展露笑容，提聲喊道：「小公子，算卦嗎？」

碧蕪聽見這話，抬頭看過去，旋即順著那老道的視線看向旭兒。

銀鈴瞥了那人一眼，蹙了蹙眉，看向碧蕪道：「王妃，想來就是個江湖騙子，見小公子衣著不俗，欲借此騙上一次罷了。」

「是呀，王妃，莫要上了當。」銀鉤也勸道。
碧蕪見旭兒始終盯著那廂看，低下身問：「旭兒想過去看看嗎？」
喻淮旭點了點頭，雖想不起自己究竟是在何處見過這老道，可腦中總會閃過一些零零碎碎、模模糊糊的畫面，或許離得近一些，會憶起更多。
「那便去吧。」碧蕪直起身，笑著對銀鈴、銀鉤道：「無妨，左右只當是去玩玩。」
老道見幾人往這廂走來，不由得喜笑顏開，他坐在桌前，斂了斂笑意，正色問：「不知這位夫人和小公子想算些什麼呀？」
喻淮旭並不懂卜算之術，只扒著桌子，眨著雙眼問：「你能算什麼？」
「算吉凶，算姻緣，算前程……」老道笑咪咪道：「小公子想算什麼，老道便給你算什麼。」
聽到「吉凶」二字，碧蕪心下驀然一咯噔，脫口問：「若是吉凶，該如何測？」
「倒也簡單，只需生辰八字便可，不過……都說舉頭三尺有神明，這算卦前，需得敬拜一番才能靈驗……」
老道捋了捋鬍鬚，露出一副為難的模樣，碧蕪登時了然，回首看了銀鈴一眼，銀鈴不情願的掏出一兩碎銀拋在桌上，沒好氣的問：「夠是不夠？」
「夠了夠了。」老道將碎銀收進袖中，對著四方拜了拜後，才取出紙筆，讓碧蕪告知旭兒的生辰八字，旋即看著紙上的字在口中默念了一會兒，還掐著手指在那裡算東算西，一副煞有介事的模樣。
銀鈴見狀，忍不住附耳對著銀鉤道：「我看呢，這就是個專門胡說八道騙人錢財的壞胚子。」
她話音方落，便見那老道驀然張大嘴，浮誇道：「老道瞧著，小公子這是大富大貴之相啊，將來定能蟾宮折桂，金榜題名，光宗耀祖啊！」
銀鉤聞言，差點沒笑出來，她家小公子生來就是皇嗣，身分尊貴，哪裡需要去考什麼科舉呀，這老道果真如銀鈴所說，就是個不折不扣的大騙子。
碧蕪亦搖了搖頭，只道自己傻，還真相信這老道能算出什麼來，她牽起旭兒的手道：「走吧，旭兒，娘帶你去茶樓喝茶吃點心可好。」
瞧著眼前幾人對他的卦不屑一顧的模樣，老道不免有些尷尬，他行騙多年，光這一招「大富大貴」素來是屢試不爽，今兒怎的還失靈了呢。
他頓時覺得沒面子，忙喊住幾人。「等等，這位夫人，你們今日給的錢多，老道再額外送你們一卦，就算算夫人您的婚姻，如何？」
銀鈴下意識想阻止，卻聽碧蕪已然折過身答應下。
「好呀，那你便算算看。」
倒不是她還願意相信這老道，只是這錢到底是花出去了，不若就再瞧瞧這老道還會如何胡扯。

她自己提筆，回憶半晌，寫下從蕭老夫人那兒聽來的生辰八字。

老道本已信心滿滿的想好了如何去講這一卦，但在看到紙上的生辰八字後，卻陡然蹙起眉頭，面露古怪，他深深看了碧蕪一眼，須臾又若方才那般掐指算了起來。

沒一會兒，老道眸中閃現一絲驚懼與慌亂，他吞了吞口水，額上冷汗簌簌直冒，片刻後才緩緩開口。「夫人您……」

銀鈴都能猜到他要說些什麼了，無非是他家王妃婚姻和睦，定會與夫君白首到老云云，她嘲諷的扯了扯唇間，卻聽那老道說：「夫人本是氣運極佳之人，可中途不幸，為人所奪，原該是命途多舛，不久於人世……」

「呀，你這臭道士，胡說八道些什麼！」銀鉤忍不住低喝道。

那老道卻沒理會她，只看著碧蕪自顧自繼續說：「不過，夫人得人所助，重獲了氣運，只夫人身上的氣運本不是夫人的……老道不能多言，恐窺了天命，折了陽壽，唯願夫人往後能放下些許執著，或能重得圓滿，不然只怕再重蹈覆轍。」

「重蹈覆轍」這四個字，令碧蕪一怔，她還欲再問什麼，卻見那老道手忙腳亂收拾起東西，邊整理邊道：「得了夫人的這一兩碎銀，足夠老道快活兩日了，今日也不擺攤了，回去好生睡上一覺。」

說罷，他看似興高采烈的收攤離開，實則腳步慌亂無措，就跟逃命一般。

碧蕪想起他方才說的話，久久都反應不過來，見她沈默著，銀鈴以為她是在意那老道的說辭，安慰道：「王妃莫聽那個騙子胡扯，您天生有福氣，又怎會像那老道說的那般呢。」

銀鉤也忙在一旁應和。

碧蕪勾了勾唇。「無事，我哪裡有相信他，不過是覺得他說的有趣罷了。」

她垂了垂眼眸，沒錯，銀鈴說得對，一個江湖騙子的話，當不得真，不必太放在心上。

她強壓下心中的不安，牽起旭兒的手，緩步往不遠處的茶樓而去。

喻淮旭皺著小眉頭，跟著往前走了幾步，卻忍不住回首看了眼那老道離開的方向，若有所思。

西南，靖城。

酉時過後，蕭鴻澤才自城內回來，他接過侍從遞過來的大氅披上，看著頭頂紛紛揚揚的雪，不由得劍眉緊蹙。

出征前，他那位小外甥曾同他道，讓他多穿些衣裳莫要生病著涼，他尚不放在心上。不承想到了靖城才發現，向來溫暖的靖城今年竟也遭了寒冬，整個城池都被茫茫白雪覆蓋。

他呼出一口氣，看著空中飄散的白霧，面色凝重。

他本不知那些戍邊將士究竟患了何疾，竟會一下病倒了那麼多人，直到來了靖城，才從大夫口中得知，這些人恐是身患會傳染的疫疾。

只幸得這病不至於死，但需好好調理才可，所有得病的將士都分批被關在院落裡，只有病徹底好了才能被放出去。

他原想去看，卻被新上任的甯州刺史死死攔下，言他是大軍主將，若被傳染此病，屆時定然軍心大亂，蕭鴻澤聞言只得作罷。

可想不到沒過多久，他帶來的那五萬大軍竟也逐一生了病症，被拉去城中小院。

蕭鴻澤命人去打聽過，所有得病的將士皆是一開始渾身發冷，後來輕者咳嗽流涕，重者高熱昏迷，與張大夫所說的疫疾症狀十分相像。

可即便如此，蕭鴻澤仍覺得此事萬分蹊蹺，似有哪裡不對勁，卻又無從入手。

他長嘆了一口氣，一籌莫展，沈著步子回了營帳。

守在營帳外的兩個小卒見蕭鴻澤回來，張了張嘴，本欲說什麼，卻不知如何開口，只能眼睜睜看著蕭鴻澤入內，兩人對視了一眼，皆皺著眉頭露出為難的神情。

蕭鴻澤取下大氅抬手掛在架上，繞過屏風，正欲褪下外袍，卻聽身後發出窸窸窣窣的聲響。

他警覺的一蹙眉，懸在帳壁上的長劍出鞘，寒光凜然，直指床榻的方向。

此時，只見床榻上拱起一團，裡頭似乎有個人微微蠕動著，看衾被勾勒出的窈窕身形，當是個女子。

蕭鴻澤緩緩放下長劍，眉頭卻蹙得更深了些，他闊步出了屏風，沈聲喚道：「來人！」

守在門口的其中一個小卒快步進來，拱手道：「將軍有何吩咐？」

「裡頭這人是怎麼回事！」蕭鴻澤強忍下怒氣，質問道。
「這……」那小卒吞吞吐吐。「是刺史大人小半個時辰前命人送來的，刺史大人說將軍此番來靖城，也未帶個女人來，他看這女子姿色不錯，也乾淨，便……」
又是陳驟那廝！
上上回是金銀，上回是宅院，這回竟給他送女人來了！
蕭鴻澤頭疼的揉了揉眉心，隨即定定道：「派人將她送回去！」
「可將軍……」小卒露出為難的神色。「這個時候城門都已經關了，如何將這女子送回去，且軍營裡都是男人，也不好送到別處去……」
聽得此言，蕭鴻澤面色頓時更沈了些，想必陳驟便是利用這點，才趁著這時將人送來。
他回首看了眼屏風，抿唇沈默半晌，拂手道：「罷了，你退下吧。」
那小卒鬆了口氣，如釋重負般正要退出去，卻聽蕭鴻澤冷冷砸下一句。「明日，你們二人各去領五十仗，就當懲治你們守衛不力，目無法紀，隨意放人入內！」
「是……」
小卒退下後，蕭鴻澤才又緩步走入屏風後，他看了眼角落裡鋪設的絨毯，方想著今日便在此將就一宿，餘光便見一隻雪白纖細的藕臂自衾被中伸了出來。
蕭鴻澤迅速別開眼去，不予理會，須臾，卻聽衾被裡頭的人低咳了兩下，細弱的聲音幽幽傳來。

他聽不清這女子在說些什麼，但總覺得這聲音有些熟悉，他思考半晌，提步上前，低身將衾被掀開一角。

借著帳內昏黃的燭火，乍一看清此女的模樣，蕭鴻澤不由得雙眸微瞠。

第五十一章

床榻上的女子被突如其來的光刺得睜不開眼，少頃，才逐漸適應過來，看向蕭鴻澤。

眼前的人較之先前又瘦削了許多，蕭鴻澤遲疑半晌，才試探的喚道：「趙姑娘？」

趙如繡清了清嗓子，挪動之下發現渾身無力，想是方才捂住她嘴的那布巾中撒了迷藥。

「安……安國公。」她嗓子乾啞得厲害。「可否給我倒杯水？」

聽她這般稱呼，蕭鴻澤便知自己沒有認錯人，他點了點頭，起身倒了杯水遞到趙如繡手邊。

趙如繡正欲坐起來伸手去接，忽覺身上涼颼颼的，垂首往衾被內一瞧，才發現自己只穿了一件薄透的衣裙，且那式樣著實有些不像話。

她臉頓時紅了個透，尷尬的抬眸看去，聲若蚊蚋道：「可否，再給我件衣裳……」

蕭鴻澤別開眼，以手掩唇，同樣有些窘迫，他背過身，扯下掛在架上的長袍，反手遞給趙如繡。

身後傳來窸窸窣窣穿衣的聲響，很快就是低低的飲水聲，沒一會兒，便聽女子清麗的聲音響起。「我已好了，安國公轉過來吧。」

蕭鴻澤這才轉過身去，只見趙如繡穿著那件不合身的男子衣袍，倚靠著床欄，坐在床榻上，顯然身子還沒什麼力氣。

「趙姑娘不是應該在琓州嗎？」蕭鴻澤坐在她對面的圓凳上，蹙眉道：「為何會出現在此處……」

他滿腹疑惑，只覺有些荒唐，沒想到趙如繡這個世家貴女居然會被陳騤抓住，還獻給了他。

趙如繡聞言面色略有些凝重，她低嘆了口氣道：「此事說來話長，只幸得終於見到了安國公。」

「見我？」

「嗯。」趙如繡重重一點頭，緩了緩道：「不瞞安國公，我是在三個月前來到靖城，只因聽聞靖城將士接連病倒，急缺大夫，才想著過來幫忙。」

「趙姑娘一直在城內？」蕭鴻澤詫異道。

他倒是不知，原來這位長公主之女，差點成為太子妃的趙姑娘居然還會醫術。

趙如繡似乎看出蕭鴻澤在想什麼，苦笑道：「我自幼便很喜歡醫術，但母親覺得醫術於女子無用，不許我學，我便只能一人偷偷的看醫書。一年多前，在抵達琓州後，才在父親的准允下正式拜師學醫，後聽聞靖城一事，便帶著貼身婢女紅兒來了這裡。」

「趙大人同意了？」蕭鴻澤問道。

作為唯一的掌上明珠，趙如繡的父親竟捨得讓女兒來邊城這麼危險的地方。

趙如繡搖頭道：「沒有，我父親自是不會肯的，我騙我父親說，我想去庵廟中帶髮修兩年，為母親贖罪，他就親自送我去了那庵裡。我讓主持師太替我隱瞞，第二日，便偷偷帶著紅兒一路南下來了靖城。」

自靖城敗仗後，城中人紛紛逃竄，根本沒有大夫願意去那個隨時可能會喪命的地方。或許她前去，能起的作用不大，可好過眼睜睜看著那些原本能活的將士未在戰場犧牲，卻因受傷未治而不甘的死去。

來靖城的理由，趙如繡其實只道出一半，另一半，便是想來看看這座她外祖父楊武曾拚命守衛的城池。

而且，這裡亦聚集著她外祖家當年枉死的近百口亡魂。

她母親欲以極端的方式報滅門的血海深仇，到最後不過是徒增罪孽。趙如繡的確想為母親贖罪，可整日在寺院廟庵誦經祈福，超度亡靈終究是虛妄，不過是讓自己心安罷了，不若真正做些什麼。所謂行善事，結善果，她或也能盡綿薄之力幫助世人，亦使亡靈安息。

她不過一介女子，無法阻止戰火蔓延，但她可以努力救回幾條人命，讓那些在家中苦苦盼歸的人多幾分團圓的希望。

雖此舉對不起她父親，可讓她在琓州安安分分的過一輩子，她亦心不能寧。

思至此，趙如繡定定地看向蕭鴻澤道：「城中疫疾一事，安國公定然有所耳聞，想是也有懷疑，這場疫疾並不簡單。」

聽趙如繡提及此事，蕭鴻澤的背脊亦挺了挺，肅色道：「趙姑娘知道內情？」

「是，為了隱瞞這個秘密，我和其他的大夫都被關在院裡，被人看守著不得外出，打聽到這次大軍的主將正是安國公時，我才會費盡心思來到這裡。」趙如繡道。

為了自院中逃出去，她特意與燒飯的婆子調換了衣裳，喬裝一番。

可即便出了院子，大軍主將仍並非誰都能見著的，正當她不知該如何是好時，就聽聞刺史大人在尋伺候蕭將軍的婢女。她無計可施，只能趁此機會主動上門，不承想，他們要找的婢女，並非伺候衣食，而是……

不過，對趙如繡而言都一樣，畢竟，她想要的只是見到蕭鴻澤，道出真相。

「那疫疾究竟是怎麼回事？可是有人故意散播？」蕭鴻澤問道。

他一直覺得這場疫疾來得太古怪，好似有人故意安排一般，他甚至猜想過，是軍中出了敵國奸細，為奪得大戰勝利而不擇手段。

誰知他卻見趙如繡搖了搖頭，說出令他瞠目結舌的答案。「根本沒有疫疾，這不過是那些人為了保全自身而撒的天大謊言罷了。」

她說著，解下脖頸上懸掛的貼身小荷包，從裡頭掏出什麼，給蕭鴻澤瞧。

蕭鴻澤定睛辨了半晌，才認出來。

是蘆絮……

年關漸近，京城的大街小巷掛起了紅燈籠和對聯，門戶上的門神和年畫亦換新，只佳節的歡愉到底沒有去歲那般濃重，西南戰事壓在百姓心頭，許多人注定要過一個不團圓的年。

臨近除夕，喻珉堯特意給群臣賞了五日的節假，以掃舊塵，迎新歲。

喻景遲這陣子不必去上值，就在府中親自教旭兒識字。

碧蕪推門進去時，便見他將旭兒抱到膝上，一字字教他認。

南面的窗子開著，依稀可見院中雪景，一株臨窗雪松與紅梅相依，在白茫茫中透出些許紅綠，構成一幅唯美獨特的雪景圖。

檀香木雕花長案旁擺著一個紫金香爐，嫋嫋香煙氤氳而上，滿屋溫暖馨香。

這幕熟悉的場景讓碧蕪心神恍惚，總覺得回到了前世。

可一切到底與前世不同。

前世她不過一個奴婢，過得戰戰兢兢、小心翼翼，唯恐行差踏錯。而今這日子有血有肉太有生氣，讓她心下生出充盈的滿足感，竟有些不真實。

旭兒抬首看見她，笑著喊了一聲娘，碧蕪回以一笑，上前將手中的湯盅擱在一旁的榻桌上，恭敬道：「殿下教習旭兒想必也累了，臣妾親自熬了湯，殿下不若先歇息一會兒，喝些湯吧。」

喻淮旭見自家母親只備了這一份，頓時不滿道：「娘，旭兒也要喝。」

碧蕪俯身在他鼻尖刮了刮。「你近日上火，喝不得這湯，娘另給你燉了百合蓮子湯，放在東廂呢，你過去喝吧。」

喻淮旭扁了扁嘴，不情不願的跟著姜乳娘走了。

碧蕪掀開盅蓋，舀了半碗遞到喻景遲手邊。「殿下快嘗嘗吧，一會兒怕是要涼了。」

喻景遲瞥了眼那碗湯，又抬首看向她，眸中含笑，挑眉道：「今日又是枸杞豬腰湯？」

提起這事，碧蕪臉倏然一紅，她掩唇乾咳一聲道：「不過是尋常的羊肉湯罷了，殿下多心了。」

「是嗎？」喻景遲端起湯碗抿了一口，讚嘆道：「的確是好湯，王妃今日怎的有興致親自熬湯？」

碧蕪怎麼好說，是那日自錢嬤嬤那兒聽說了他的事情，略有些心疼。這人自尊心極重，自不希望她對他還懷揣著一份同情，便隨口道：「熬湯不過小事，殿下教旭兒辛苦，臣妾心下感激不已。」

聽得此言，喻景遲喝湯的動作一頓，眸色沈了幾分，但面上仍是笑意溫潤。「舉手之勞罷了。」

待他慢條斯理的喝完湯，小漣收拾了碗盅退下去，屋內一時只剩下他們二人。

喻景遲翻著案桌上的東西，突然抽出一張紙，挑了挑眉，看向碧蕪道：「這字可是王妃所寫？」

碧蕪抬首看去，不由得一驚，心下懊惱怎忘了將此物收進去，少頃，她故作鎮定，反問道：「是臣妾寫的，臣妾一直描著殿下的字練習，殿下瞧著可還入得了眼？」

喻景遲聞言一副恍然的模樣。「怪不得本王覺得這字與本王的這麼像，王妃無師自通，當真是厲害。」

碧蕪緩步行到他身側，恭維道：「自沒有殿下厲害，殿下這字，筆走龍蛇，遒勁有力，臣妾就是見這字好看，才跟著學的，可怎麼也學不到殿下半分精髓。」

喻景遲的神色變得意味深長，他伸手溫柔的拉過碧蕪，指著紙張上的一個字道：「王妃的字練得極佳，倒也不必全然與本王相同，只本王覺得，這個『靜』字或還有改進之處。」

他將沾了墨的湖筆塞進碧蕪手中，攏住她的手，從背後抱住她，順著他的動作在紙面上一筆一畫的寫著。

碧蕪起初還算專心，直到感覺一陣風裹挾著涼意竄入裙底，她便知又上了這人的當，腰肢旋即被大掌壓低下來，涼意越發深入，最後變成滾燙的熱意，令她只能拚命咬著唇，努力讓自己不發出聲音來。

偏那人還要低笑著在她耳畔道：「王妃的心還不夠靜啊。」

碧蕪埋怨的橫了他一眼，她幾乎快忍受不住之際，就聽門扇被人敲了敲，小漣的聲音響起。「王爺，王妃，小公子喝完湯了。」

聽得此言，碧蕪動了動，方想直起身子，腰肢卻又一下被壓了下去。

「王妃有些累，已經歇下了，妳們帶著小公子去別處玩吧。」喻景遲淡淡道。

「是。」

小漣應聲罷，似乎對旭兒說了什麼，幾人離開，屋外很快便沒了動靜。

碧蕪愣神間，就見桌面上的書冊紙張被拂去，天旋地轉的一下，整個人便被翻轉過來，抱坐在案上。

她定然不知自己如今有多勾人，朱唇被貝齒咬得紅腫，簡直比點了口脂還要嬌豔，一雙濕漉漉的眼眸迷離含情，那種努力掙扎著想清醒又淪陷的神色，最令男人有摧毀的慾望。

喻景遲喉結輕滾，啞聲道：「好似失火了……」

碧蕪並未聽清，眨了眨眼，問：「殿下說什麼？」

略帶薄繭的大掌在她面上輕柔的撫摸著，她看著他灼熱的眼眸中略帶幾分愧意，隨即啟唇道了句莫名其妙的話。「這回怕是得讓王妃吃一回苦了。」

還不待碧蕪追問，他已然欺身而上，堵住她的紅唇。

喻景遲雖夜裡時而放肆些，可這還是頭一遭在白日做這般事。

一個時辰後，看著銀鈴、銀鉤疑惑的收拾起那些濕答答的、沾染了水漬的紙張，碧蕪埋下頭，羞得一句話都不敢說。

喻景遲離開後，碧蕪忙讓小漣去煎藥，待那苦澀的藥汁呈上來，她方才喝了一口，便驟然止住動作。

不對，這味道不對！

前世，她喝過太多這湯藥，那味道她怎也不會認錯，今日的湯碗雖喝起來相似，但有些輕微的不同。

小漣見她面露異樣，問：「王妃，您怎麼了？」

碧蕪深深看了她一眼，笑問：「小漣，這藥可是妳親自去抓的？」

「是啊。」小漣答道。「奴婢不放心，抓藥煎煮都是奴婢自己來的，並未假手於人。」

她眸色真誠，讓碧蕪不好再繼續質疑她，只遲疑道：「今日這藥，似是有些煎焦了，要不再重新煎一碗來吧。」

碧蕪將碗遞給小漣，小漣湊近嗅了嗅，露出疑惑的神情，但還是恭敬的一福身，端著藥碗離開了。

小漣前腳剛走，碧蕪便喚來銀鈴，吩咐她一會兒待小漣煎完藥，偷偷從藥罐裡收拾起一些藥渣來。

見銀鈴滿目疑惑，她解釋道：「我方才喝了一口，發現這藥的滋味不大對，或是那藥鋪老闆黑心，用了次等的藥材。我怕小漣知道了心裡難受，一會兒妳將藥渣收起來一些，下回好與那掌櫃的對質。」

這理由乍一聽沒什麼問題，細想卻多少有些彆扭，但既是碧蕪說的，銀鈴也未再多問，只點了點頭，領命下去了。

小漣再呈藥上來時，碧蕪細細嗅了嗅，就知和方才那碗一樣。她尋了個由頭故意差開小漣，轉而將藥偷偷給倒了。

倒不是她擔心小漣會害她，只是前世碧蕪見過經歷過許多，讓她變得格外謹慎，就怕生出萬一。

翌日一早，她借著去挑兩疋布做春衣之名，帶著銀鈴出了門，讓車夫順道去了東街張大夫的醫館。

第五十二章

張大夫的杏林館，碧蕪已是許久未來了，生意依舊是這麼好。張大夫心善，常救濟一些貧苦之人，遙想當年若沒有他的收留，芸娘根本撐不過半年。

乍一看見碧蕪，張大夫也有些驚詫，他恭恭敬敬上前，正欲施禮，卻被碧蕪給拉住了。

「張叔不必如此，您對我有恩，哪裡需行這麼大的禮。」碧蕪看向人來人往的店外，低聲道：「張叔，我今日來，是有些事想要問您。」

張大夫看出碧蕪的顧慮，指了指東面的屋子道：「去裡頭吧。」

入了屋內，碧蕪才自袖中掏出一包油紙，遞給張大夫。「張叔可否替我瞧瞧，這裡頭都是些什麼藥材，有何藥用？」

張大夫接過，小心翼翼的打開紙包，拿起裡頭的藥渣在鼻尖輕嗅，仔細辨認過，才確認道：「這些都是避子的藥。」

碧蕪雙眸微瞠。「真是避子藥？」

「是啊。」見她反應這麼大，張大夫疑惑道：「怎麼了，這藥有何不對嗎？」

碧蕪秀眉緊蹙。

不對，很不對！

若這些是避子的，那先前她喝的都是些什麼？難不成也是避子的？
碧蕪咬了咬下唇，又問：「張叔，我這兒還有一個藥方，您聽聽看，這又是治什麼的方子。」
她思索半晌，依著記憶，將先前看過的藥方逐一複述出來。
張大夫聽罷，思忖半晌道：「這應是女子調理身體的藥。」
他回想著那方子，還不忘誇讚道：「這方子著實是有些妙，用藥既大膽又謹慎。碧蕪，也不知這方子是哪個名醫所開？」
碧蕪沒有說話，她只緊蹙著眉頭，心下跟絞著一團亂麻般混亂不堪。
她知道，張大夫沒必要騙她，若他說的是真的，那前世康福並未誆她，她喝的並非避子湯，而真是調理身子的補藥。
只是她當時並不信，她似乎從來不願意信他的。
而這一世，孟太醫應她所求給她開了一樣的藥，卻騙她說這是避子湯，陰差陽錯，讓她誤以為前世的判斷沒錯。
怪不得，她向來不準的月事越發正常，連經痛之症都好了許多，原是這藥的療效。
只奇怪的是，她兩世都不曾喝避子湯，為何不會有孕呢？
碧蕪百思不得其解，直至想起喻景遲先前的異常和他說過的話，腦中靈光一閃，她看向張大夫道：「張叔，這避子湯女子能喝，那可有男子喝的避子湯？」

這著實有些難為張大夫了，他思忖半晌道：「我的確曾在醫書中見過此類藥方，但不曾開過，畢竟哪裡有男子願意喝這藥的，故而也不知是否真的有效。」

見碧蕪一直在說著避子的事，張大夫默了默道：「碧蕪，其實這避子湯就算是喝了，也不一定全然有效，亦會出現意外，比如若在女子癸水來潮前半月行房，就極易受孕。若是能不喝，還是不喝的好，避子湯性涼，女子喝多了很傷身，時日一久，想再有孕也難了。」

聽得此言，碧蕪頓時恍然大悟，一切似乎都明朗起來。怪不得，喻景遲總是在她癸水前後才會碰她，原是怕她在此期間有孕。

她為蕭鴻澤的事來求他那日，他中途出去再回來，想是特意喝了藥。

還有昨兒白日在屋內，他用愧疚的眼神，說什麼讓她吃苦，她還不明白是什麼意思。

原來是真的吃苦，是吃苦藥。

因是突如其來的情況，喻景遲來不及提前喝藥，又實在沒忍住，想著她癸水剛走，應不容易受孕，這才碰了她，事後命人將她的藥換成了真正的避子湯。

他或許真沒想到，喝起來分明一樣苦澀難嚥的藥汁，她竟一下喝出了分別。

難道前世，她之所以不孕，也是因為喻景遲喝了避子湯嗎？

可他為何要這麼做，若僅僅只是不想要孩子，他大可讓她來喝這個湯藥，難不成是真的顧忌她的身子，怕她喝多了傷身。

他有這麼在乎她嗎？不論前世還是今生？

碧蕪垂下眼眸，實在不敢確認，如今只有一件事能讓她確定幾分。

那便是小漣當是喻景遲的人！

若真如小漣所說，那湯藥並未假手於人，那她一開始抓的就不是原先那副藥。

自杏林館回去後，碧蕪只作不知，也什麼都未在面上表現出來，待下回再喝湯藥時，發現湯藥重新變回原來的味道，就知自己應當是猜對了。

且不管喻景遲讓小漣守在自己身邊究竟意欲何為，可她知道，小漣並沒有傷害她的心，不然前世小漣也不會冒著生命危險引開承王的人，最後慘死在亂劍之下。

或許，小漣就是喻景遲派來保護她的吧，這世是她，上一世可能是為了保護旭兒。

畢竟上一世，小漣是在菡萏院那場大火後不久，被調到雁林居伺候的。

左右，她也是為了執行主子的命令，碧蕪雖心知肚明，但並未為難她，也未趕她，亦未挑明，一切依舊若從前那般。

轉眼，又是一年除夕夜。

西南，靖城。

雖為戰火的陰霾籠罩，可除歲的歡愉還是暫且蓋過了戰爭的恐慌，家家張燈結綵，再不濟也會在窗扇上貼上精緻的紅窗花。

此刻城中燈火最輝煌之處當數靖城府衙，看著案桌上的美酒，屋中婀娜而舞的美姬，蕭鴻澤端起杯盞輕啜了一口，眸色陰沈，蘊著難熄的怒火。

然放下杯盞的一刻，他神色復又恢復常態，薄唇微抿，眉眼間甚至還透出幾分歡躍。

詠州刺史陳騄見這位原還剛正不阿、高風亮節的大軍主將，此時正眼也不眨的盯著堂中起舞的美人時，不由得露出諷刺的笑意。

都是男人，縱然不喜金銀錢財，可面對美人，有哪幾個男人把持得住。

他稍稍傾過身，滿面堆笑。「不知今日這安排安國公可還滿意，靖城是個小地方，比不得京城繁華，如今又逢戰亂，能尋來這些舞女下官也算是盡了全力。」

蕭鴻澤笑了笑。「陳大人有心了。」

陳騄接著問：「不知其中，可有國公爺瞧得上眼的？」

蕭鴻澤舉著酒盞的動作一頓，旋即側首看來，挑了挑眉。「陳大人這是又要送人給我？營帳裡那個已經夠我受的了，陳大人還是歇了這心思吧。」

陳騄見蕭鴻澤說話時唇間含笑，便曉得這位國公爺應當對上回送過去的女子十分滿意。也是，那般美貌，可不是那麼好尋的，堂中幾個舞女與之相較，霎時便成了庸脂俗粉。

他既不要，那就罷了，有一個女人整日勾著這個安國公便足矣，只消熬到天氣暖和，屆時就什麼麻煩都沒有了。

幾人正飲酒賞舞之際，卻見一小卒手忙腳亂的跑進來，對著蕭鴻澤慌慌張張稟道：

「將……將軍，劉守備跑了！」

蕭鴻澤微一蹙眉。「跑了？」

聽到「劉守備」三字，一旁的陳驟回憶半晌道：「下官記得，那個劉守備不是前些日子衝撞國公爺您，正被您派人關押著，明日便要施軍法嗎？」

提及此事，蕭鴻澤劍眉緊蹙，面上顯而易見的不悅，似乎不大願意說道。

看他這般，陳驟不由得想起那個劉守備怒罵蕭鴻澤，說他沈迷酒肉女色，不配為大軍主將的場景，笑著安慰道：「將軍莫動氣，那劉承就是個莽夫，看來也是知道自己小命不保，才會掙扎著逃跑，趁他現在跑得不遠，派人抓回來便是。」

底下那小卒聞言，又猶豫道：「將、將軍，劉守備還將您帳中的楊姑娘一併擄走了。」

蕭鴻澤面色倏然一變，猛地站起身。「楊姑娘不是在帳中嗎？怎會被擄走的！」

「這……聽說是楊姑娘見將軍久久不回來，便出帳去等您，誰知遇到逃跑的劉守備，也不知怎的，就被劉守備給擄走了。待被人發現，他早就帶著楊姑娘跑遠了。」小卒頓了頓，問道：「將軍，可需派人去追？」

蕭鴻澤還未發話，陳驟搶先命令道：「還不快去！」

那小卒應了聲「是」，方才轉過身離開，只聽得一聲「等等」，回首看去，便見蕭鴻澤蹙眉道：「不必去追了，你下去吧。」

那小卒雖心有疑惑，但還是拱手恭敬的退下了。

陳驟頓時疑惑的問道：「國公爺為何不派人去追？」

蕭鴻澤煩躁的將杯中酒一飲而盡。「大敵當前，正是需要人的時候，沒必要為追一個小小的守備浪費兵力，何況……若眾將士知曉我對一個跟隨我多年的人趕盡殺絕，只怕動搖軍心。」

陳騾看著蕭鴻澤這副模樣，暗暗勾了勾唇角。「安國公說得是，至於那女子，要再尋一個美貌相當的，也不是登天的事。改日，下官花些心思，再送一個到國公爺的營帳去。」

蕭鴻澤聞言卻是瞪了陳騾一眼。「陳大人是嫌我大昭的言官太空閒，想給他們在陛下面前參我一本的機會嗎！一個劉承已夠我受的了，大戰在即，這段日子，還是暫且安分些吧，莫讓有心人抓了把柄。」

「是，是，是下官考慮不周了。」陳騾連連應道，可一垂首，眸中的嘲意卻頓時更深。果然，再清的水滴進墨裡，都會變得混濁不堪，這位原自詡清高的安國公到最後還不是和他們同流合污，沆瀣一氣，成了道貌岸然之人。

人心啊，本就是自私且貪婪的東西，根本禁不起考驗。

與此同時，四、五里外，那被劉守備擄走的「楊姑娘」，此時在馬上被顛簸得極其難受，胃裡翻江倒海，她忍了許久，到底有些忍不住，乾嘔聲在漆黑寂靜的夜裡顯得格外清晰。

聞得此聲，騎馬之人一扯韁繩，勒馬而停。

劉承先行翻身下馬，旋即將馬上人小心翼翼扶了下來。那人腳才一沾地，身子便驟然軟下去，索性就順勢蹲了下來，捂著胸口不住的乾嘔著。

見這模樣，劉承也不知如何是好，好一會兒，聽嘔聲止息，才解下馬上的水囊遞過去，低身問：「楊姑娘，您沒事吧？」

趙如繡面色蒼白，她伸手接過水囊，仰頭喝了一小口，緩緩搖了搖頭。「給劉守備添麻煩了。」

「姑娘說的哪裡話。」劉承略有些愧疚道：「定是我馬騎得不好，才讓姑娘坐得這般難受。」

「哪裡是守備的錯，是我身子太弱，才會這般的。」趙如繡忙道。

兩人互相攬著責任，少頃，驀然相視一笑，劉承扶著趙如繡的手臂，小心翼翼的將她扶站起來，提議道：「楊姑娘若是真受不住，不如我們歇息一會兒再趕路？」

「不，不能歇。」趙如繡想也不想道。

他們並不知軍餉貪污之事究竟涉及了多少人，身邊還有誰可信，也不知給陛下的奏章是否能安全抵達京城，與其冒著暴露的危險派人送信，不如選擇誰也不信，由他們自己來。

為了安全向京中傳信，趙如繡和蕭鴻澤好不容易想出這法子，以求騙過那些人的眼睛。如今她逃了出來，懷揣著重要的證物和信箋，定要快些趕往京城面見陛下，稟明實情，一刻都不能耽擱。

「可楊姑娘您如今這般……」劉承本欲勸阻，但見趙如繡神情堅定，嘆了口氣道：「好吧，不若我先帶姑娘慢慢騎上一段，待姑娘適應了，我們再趕路？」

「嗯。」趙如繡點了點頭，將手搭在劉承的手臂上，正欲讓他協助上馬去，側首卻見那劉承目不轉睛，愣愣的盯著她瞧。

「劉守備，劉守備？」趙如繡納罕的喚了他兩聲。「你怎麼了？」

劉承這才回過神，他略有些不好意思的撓了撓頭。「沒事，就是覺得姑娘生得太好看了，一時看呆了。」

趙如繡聞得此言，著實愣了好一會兒，旋即掩唇「噗哧」一下笑出了聲。

只覺這劉守備倒是有些意思。

分明身材挺拔高大，長著一張還算俊俏耐看的臉，性格卻粗獷直爽，且看起來有些愣頭愣腦的。

她在京城出生長大，待了那麼多年，從未在哪個世家公子口中聽過這麼直白的話。

畢竟這般誇女子，往往只會被人視作輕浮，但不知為何，從這位劉守備口中聽見，她絲毫不會覺得厭惡。

劉承頓時被她這笑弄得手足無措起來，還以為是趙如繡不信，滿目真摯的解釋道：「楊姑娘，我說的都是真的，我劉承從不騙人。您長得確實好看，一笑起來便更好看了，尤其是您那雙眼睛，怪不得……怪不得將軍將您留在他帳裡呢。」

趙如繡聽得此言，淡淡笑了笑。「你別誤會，我與你們將軍並無什麼，我之所以去他帳中，只是為了給他遞消息的。」

聽到「遞消息」三個字，劉承面上頓時顯出幾分痛恨，咬牙切齒道：「陳騄那個混蛋，還有那些整日只知尋歡作樂的畜牲，真不把我們這些將士的命當命！」

劉承說著，將趙如繡一把托上了馬。「楊姑娘，妳說得對，我們還是快些趕路得好，莫要耽誤，早去京城一步，就早些送陳騄和那幫貪污軍餉、踩在千萬將士們屍首上享樂的混蛋們去見閻王！」

他騎著馬慢悠悠的走了一段，自覺趙如繡應當適應得差不多後，才攏緊趙如繡的披風，讓她靠在自己懷裡，道了句「楊姑娘，冒犯了」，旋即勒緊韁繩，高喊一聲「駕」。

駿馬頓時如離弦的箭一般疾馳而出。

縱馬馳騁在荒無人煙的原野上，迎面颳過來的寒風如刀刃一般鋒利，冰涼，割得趙如繡面上生疼。

趙如繡咬著唇，看向星光璀璨的夜空，驀然想起今夜是除夕團圓夜。她不在父親身邊，也不知這個年，她父親一人該如何度過。

不能奉養在父母膝下，她到底是不孝。

她心下愧疚不已，少頃，卻搖了搖頭，眸光越發堅定了幾分，畢竟這一夜，無法團圓的又何止她的家。

自靖城一路北上抵達京城，就算不眠不休的趕路，至少也要五日。

大戰在即，她只願能快一些、再快一些，畢竟事關所有靖城百姓、幾萬將士，還有安國公的性命安危。

若安國公有何好歹，她姊姊定然會十分傷心，畢竟那是她姊姊唯一的兄長，是與她血脈相連之人。

趙如繡長呼了一口氣，拚命壓下心頭不安。

凱撒大軍虎視眈眈，隨時準備進犯，希望一切能趕得及才好！

大年初六一大早，天未亮，碧蕪便抱著旭兒進宮去看了太后，太后歡喜旭兒歡喜得緊，見他吃了好幾塊梅花香餅，便命李嬤嬤將剩下的餅裝在食盒裡，讓她們帶走。

食盒裡共六塊梅花香餅，碧蕪不欲讓旭兒吃太多，回到譽王府，給了旭兒一塊，剩下的碧蕪分給身邊的三個丫頭、錢嬤嬤和姜乳娘。

御膳房的大廚做的梅花香餅可謂一絕，其他地方自是不會有的，銀鉤見她自己沒吃，反都分予他們，捧著那小塊餅，一時竟有些無從下口，默了默，道：「王妃，要不，您還是自己吃吧，奴婢今日午飯吃多了，吃不下。」

此話一出，銀鈴和小漣頓時也止了動作看向她，就連旭兒也舉起手中的餅，作勢要塞到她嘴裡。「娘，旭兒不吃了，您吃，您吃。」

碧蕪見狀，不由得笑起來。「我既分了，哪有再收回來的道理，何況這一小塊餅罷了，你們讓來讓去的，倒像是我常年餓著肚子，無食可吃了。這梅花香餅雖是御膳房所出，對我來說也不算稀罕，我亦可做出一模一樣的。」

聞得此言，三人面面相覷，皆有些驚詫。

碧蕪不由得掩唇笑道：「不信，今日午後，待我去採些梅花，親自給你們做梅花香餅，到時你們要吃多少便吃多少，哪需這麼讓來讓去。」

坐在一側的喻淮旭毫不懷疑他母親這話，當年在宮中他最愛吃的便是這道梅花香餅，後來那位做餅的御廚告老還鄉，他母親還特意同那御廚討了食譜，空閒時一人在小廚房裡琢磨著，只為做出最類似那御廚手藝的梅花香餅。

碧蕪自不打誑語，在屋內坐了一會兒，休息好了，便讓銀鈴尋來一個小提籃去摘梅花。

想吃梅花香餅，也只有在這個時節，要說府裡梅花開得最好的地方，當屬梅園了。

梅園是喻景遲為生母沈貴人所建，素來不喜人隨意入內，碧蕪便沒讓人跟著，而是自己一人往梅園的方向而去。

碧蕪對梅園此地也算是熟悉了，她穿著一件滾兔毛邊的桃紅披風，提著小竹籃，在花開爛漫的梅花樹間穿梭，青蔥玉手時不時從枝椏裡側採一、兩朵梅花。

同一棵樹她至多只摘十餘朵，便轉身去另一棵樹上摘。若盯著同一棵樹摘，到時樹上光禿禿的，只怕不大好看。

碧蕪摘了小半籃，自覺應當差不多了。這些梅花不光可以做梅花香餅，還可以做梅花粥呢。

雖在幾個丫頭面前誇下了海口，但碧蕪心下還是有些沒底，畢竟許久沒做，也不知手藝有沒有生疏。

若吃起來好，到時也可命人送一些去安國公府，讓她祖母嘗嘗。蕭老夫人這段日子雖面上未表現出來，可因惦記她兄長蕭鴻澤的事，食難下嚥，越發消瘦了。

憶及蕭鴻澤，碧蕪心口一滯，頓覺難受得緊，少頃，她長舒了一口氣，覺出幾分疲憊，提步往主屋的方向而去。

這天尚寒著，方才在外頭站了一會兒，便覺冷得厲害。碧蕪坐在主屋的小榻上，緩了一會兒，手腳才復又暖和起來。

她坐了半炷香的工夫，正準備提著籃子回雨霖苑去，餘光卻倏然瞥見東面的牆上，掛著一幅丹青。

這幅丹青畫面簡單，上頭唯一藍衣女子，懷抱著一隻活靈活現的白兔。

那女子低垂著頭，青絲蓋住了半邊臉，看不清楚模樣，只勉強能看見她面上欲落未落的半滴淚。

碧蕪怔怔的看著畫中人，須臾，竟鬼使神差的抬手，落在那滴眼淚上，下一瞬，手指微陷，像是按到了什麼。

伴隨著輕微的磨擦所產生的滯澀聲響，碧蕪眼看著身側的白牆移開，驀然出現了一個大半人高的入口。

碧蕪瞠目結舌，往內望了一眼，便見其內黑漆漆的，沒有任何光亮。

她萬萬沒想到，此處竟會有一個密室，也不知通往何處。且看這滿滿的塵灰，當是許久沒有人來了。

碧蕪考慮半晌，到底忍不住好奇，正欲踏進去，卻聽門扇倏然被叩響，小漣的聲音旋即響起。

「王妃，府外來了人，說要見您。」

碧蕪打開房門，問道：「是何人求見？」

小漣搖了搖頭。「奴婢不知，門房那廂只傳了話，那人說她與王妃是舊識。王妃曾送她的那些個小什物她很喜歡，今日特上門親自道謝。」

碧蕪原還納罕不已，直至聽見「小什物」幾字，才倏然反應過來，雖有些難以置信，但她還是讓小漣快些將人請進來，旋即自己快步往花廳的方向而去。

碧蕪在廳中不安又激動的坐了一會兒，便見小漣領著兩人進來，為首的女子一襲長披風將自己掩得密密實實，直至行至碧蕪跟前，才抬手掀下帽子，露出一張清麗卻疲憊的臉來，勾唇對她莞爾一笑。

碧蕪雙眸微瞪，驚得許久都發不出聲音，淚意上湧，眼前倏然變得模糊起來。

「不過一年多未見，姊姊怎麼竟不認得我了。」見她木愣著久久沒有反應，那人不禁玩笑道。

「繡兒！」

碧蕪快走幾步，一把將她抱入懷中，眼前人還和上回分別時一樣消瘦，甚至因為眼底青黑，看起來憔悴不堪，更加沒有神氣。

碧蕪有些心疼地看著她，隨即不解道：「繡兒，妳怎的突然來了京城，自上回我同妳寄信，妳可有好一段日子未回覆我了。可是琓城那廂出了什麼事？」

如今不是說這些的時候，趙如繡微微搖頭，她拉住碧蕪的手，肅色道：「姊姊，我來不及解釋太多，我是由劉守備護送著一路從靖城趕來的，受安國公所託，要將信交予陛下，可我如今這樣定不能貿然進去，所以只能先找到姊姊這兒，希望姊姊請譽王殿下幫我一把。」

「受哥哥所託？」碧蕪秀眉微蹙，這才仔細去看趙如繡身後的男人。

這人稍稍有些面熟，似乎確實是她哥哥的部下。

看趙如繡心急如焚的模樣，碧蕪曉得此事定然事關重大，不再多問，忙讓小漣遣小廝騎快馬去請喻景遲回府。

等候喻景遲的期間，趙如繡才將西南邊境發生之事娓娓道出。聽完原委，碧蕪不由得面露錯愕。

想來她哥哥前世戰死，便有這般原因在，她將垂在袖中的手握緊成拳，然即便如此仍止不住絲毫顫意，甚至連帶著身子都微微顫抖起來。

她心下既有得知真相的慶幸，又有這一世蕭鴻澤或能改變戰死結局的歡喜，但更多的是憤怒，對那些貪圖享樂、罔顧將士性命、家國安危之徒的痛恨。

若沒有這些人，前世，蕭鴻澤又何至於落得那麼一個結局。

不到一炷香的工夫，喻景遲便匆匆自府衙趕回來，他看向趙如繡，只聽得她說了兩句，都未詢問，便頷首道：「事不宜遲，本王現在就送趙姑娘進宮。」

此時的天色已然暗沈下來，離宮門下鑰不遠，碧蕪特意讓繡兒換上自己的衣裙，披上那件桃紅的滾兔毛披風。

送趙如繡上了馬車，碧蕪直看著馬車車頂消失在眼前，仍站在府門口久久的望著，沒有離開。

她不禁有些感慨，命運當真是奇妙，這一世她若沒有間接救下趙如繡，趙如繡便不會前往靖城，發現這場疫病中的貓膩，亦不會帶著她哥哥的信來到京城。

她拚盡全力想改變的事，或也在冥冥之中，改變了蕭鴻澤的命運。

小半個時辰後，皇宮，御書房。

內侍總管李意自守衛那廂得了消息，匆匆入殿內稟道：「陛下，譽王殿下求見。」

喻珉堯劍眉微蹙，仍埋首在奏章間頭也不抬，煩躁道：「這個時辰，他來做什麼，若無要事，教他明日再來吧。」

李意頓了頓。「譽王殿下說，他有要事稟奏，恐等不到明日。」

聞得此言，喻珉堯才抬起頭，考慮半晌，才道：「讓他進來吧。」

「是。」

李意領命退下，沒一會兒便領著兩人入了殿。

喻珉堯隨意瞥了一眼，問：「譽王今日怎的突然帶譽王妃……」

他話至一半，卻止了聲。他下意識以為喻景遲身側的女子是碧蕪，可仔細一瞧，那身形分明不大一樣，且令他覺得有些許熟悉。

正當喻珉堯疑惑之際，卻見那女子脫下披風，低身施禮。「臣女趙如繡參見陛下。」

聽到這個名字，再定睛一看，喻珉堯面色微沈，眸中霎時透露出幾分厭惡。

雖說罪不及子女，但趙如繡畢竟是安亭長公主的女兒，還與長公主生得有些許相像，令喻珉堯不得不聯想到那個殺了他最心愛兒子的女人，他劍眉深蹙，轉而看向趙如繡身側，厲聲問：「譽王，這是怎麼回事！」

喻景遲拱手道：「回稟父皇，趙姑娘此番來京，乃是受安國公所託，帶來西南靖城的消息。」

趙如繡雖心下早有準備，但見她這位名義上的、曾對她諸多疼愛的「舅舅」，此刻看著她時眸中的慍怒和不悅，她的心到底還是墜了墜。

但她知曉如今當以大局為重，她壓下心頭的難過，屈膝跪下，取出懷中信箋高舉，隨即抬首定定的看著那個高高在上的天子，一字一句道：「臣女趙如繡受安國公所託，將此信奉予陛下，願陛下還西南眾將士一個公道！」

喻珉堯眸色沈沈的看了趙如繡片刻，而後瞥了眼李意，李意會意，上前自趙如繡手中取過信箋，恭敬的呈上。

喻珉堯拆開信封，展開信紙，將其上所書草草掃了一遍，可每看一行，他的面色便沈一分，到最後薄唇緊抿，額上青筋暴起，顯然已是怒不可遏。

但他還是穩了穩呼吸，看向趙如繡，問：「信中所言可句句為真？」

「千真萬確！」趙如繡道：「陛下若是不信，臣女還帶來了證據。」

說罷，她將一直拿在手上的棉衣舉起。不過，這次她並未呈給喻珉堯，而是順著棉衣破裂的口子猛然一撕。一瞬間，蘆絮、麻繩混著一些碎破布在空中飛舞，緩緩飄落在御書房奢華金貴的織花絨毯上。

喻珉堯盯著滿地狼藉，胸口上下起伏，抬手在案桌上猛然一拍，發出震耳的聲響。

「好，可真好！可真是朕的好愛卿，一個個拿我大昭將士的性命開玩笑！」喻珉堯看向喻景遲道：「給朕查查，朕不信，一個小小的刺史會有這麼大的膽子私吞軍餉，只怕還有其他同黨！朕要將這些餘孽一個不剩的統統緝拿！」

喻景遲沈默半晌，隨即上前一步道：「不瞞父皇，其實幾日前，兒臣在查江南鹽運一案時，有下屬來稟，說偶然發現一車自西南運來的棉衣被拉至偏僻處偷偷焚毀，兒臣覺得有蹊蹺，便命人從中搶出一件，那件正同趙姑娘手上這件一樣，表面雖為棉衣，實則以蘆絮及碎布充之。」

這話，喻景遲自是撒了謊，他調查此事何止幾日。自從那日在安國公府花園受了旭兒言語啟發，在蕭鴻澤啟程出發後，他便派了數人前往各地調查此事。雖一開始只是疑心，但沒想到在細查一月後，還真給他找到了蛛絲馬跡。

喻珉堯聞言，怒道：「既是早已知曉，為何不及時同朕稟報！」

喻景遲鎮定地答道：「此事事關重大，兒臣雖有所懷疑，但未明真相，不敢隨意妄斷，向父皇稟報。」

未知真相，不敢隨意妄斷，那也就是說，如今應當是知曉了真相。

「說吧，都查到了些什麼？」喻珉堯直截了當道。

喻景遲也不繞圈子。「誠如父皇所言，一個小小的刺史的確沒有這麼大的膽子與能耐，為貪污軍餉在軍需物資上動手腳，兒臣細查之下，發現此事牽扯甚廣……上至負責軍餉軍需的戶部尚書，下至製作這批棉衣的地方官員，前前後後只怕有數十人參與此事。」

說話間，喻景遲緩緩抬首去探喻珉堯的反應，見喻珉堯聽到「戶部尚書」時愣了一瞬，攥著湖筆的手背上青筋繃起，便又默默垂下了眼眸。

趙如繡亦是瞠目結舌，因戶部尚書不是旁人，正是淑貴妃的次兄方屹錚。

喻景遲薄唇微抿，又道：「父皇，如今調查真相到底是次要，大戰在即，西南最缺的便是棉衣與藥材，還有治病療傷的大夫，還望父皇能及時派人將這些物品運往靖城。」

喻珉堯沈默許久，聞言深深看了喻景遲一眼。「貪污軍餉一事你繼續查探便是，不論誰人參與其中，都不必有所顧忌，只管秉公辦理，至於押運軍需……朕會派十一親自去，你不必擔憂。」

「是，父皇。」喻景遲應聲。

喻珉堯瞥了眼趙如繡，默了默，抬手道：「若無事了，且都先下去吧。」

趙如繡遲疑了一瞬，但看喻珉堯神色堅決，還是聽話的福了福身，隨喻景遲一道退下。

兩人離開後，喻珉堯盯著眼前的奏章看了許久，才沈聲吩咐道：「李意，命人準備棉衣藥材，找幾個太醫院太醫，再派人去趙王府，命趙王連夜押送這些軍需物資趕去靖城。」

「是，陛下。」

李意領命，方才走了幾步，卻聽身後喻珉堯長嘆了口氣，似是自言自語般喃喃道：「你說，朕以往這二十幾年，是不是真的眼拙了。」

——未完，待續，請看文創風1147《天降好孕》3（完）

2023年1月出版

醫躍龍門

文創風 1134～1136

她的醫身好本事可是專治有緣人的，
他的疑難雜症，統統包在她身上啦！

初來妻到，福運成雙／丁湘

因修行岔氣而穿越到古代的海雲初很頭痛，眼下這是什麼爛劇本啊——
原身乃堂堂官家千金，無奈老爹捲進朝堂之爭，只得委身豫王世子營救入獄家人，
孰料那混蛋下了床就不認帳，竟將她賣進青樓，幸虧奶娘相助才逃出生天。
可隨奶娘避居鄉下的原身已珠胎暗結，又因洪水和奶娘一家失散，最後難產而亡，
若非她醫術高超施針自救，及時讓腹中的龍鳳胎平安出世，才不致釀成一屍三命！
如今有隨身空間的藥庫傍身，此地不宜久留，她決定帶娃上路尋找奶娘一家，
投宿破廟卻遇見突發急症的神秘公子，見死不救非醫者所為，遂自薦診治。
這公子的來頭肯定不簡單，但病殃身子實在太弱，底子差便罷，還有難纏痼疾，
醫病也須看醫緣，既然有緣相遇，他的頑疾就交給她這個中醫聖手對症下藥吧！

2023年1月出版

當個便宜娘

文創風 1129～1130

一串冰糖葫蘆抵得上兩碗麵條了，村裡的孩子幾乎很少人吃過，
兒子乖巧懂事，都沒敢多看它兩眼，可她這後娘不忍心啊，
不就是幾文錢罷了，她又不是沒有，買，兒子想吃她都買！

行過黃泉，情根深種／宋可喜

一塊紅布擋住了視線，嘴裡也堵著團布，手腳則被麻繩緊緊捆綁著，
莫非，她被人綁架了？但她不是已經死了嗎？怎麼又活過來了？
而且，白芸能感覺到自己的骨相發生了變化，這根本不是她的身體啊！
正想著，一個老婆子掀開紅布，警告她今日若敢出啥么蛾子就打斷她的腿！
她堂堂算盡人事的相神，別人向來對她恭敬有加，現在竟被人揪著耳朵罵？
但現在不是生氣的時候，看這陣勢，難不成她穿越了？還穿成個新嫁娘？
隨著原身的記憶漸漸湧現，她總算明白了眼前的情況──
她是父母雙亡、被奶奶綁到宋家嫁給病入膏肓的宋清沖喜抵債的小可憐！
雖說她一肚子火，但無奈被餓了兩天，渾身乏力，只得乖乖和大公雞拜堂，
好不容易進入洞房，眼前竟溜進個可愛的小男娃衝著她喊「阿娘」，
所以說，她的身分不僅是個隨時會當寡婦的新娘，還是個現成的便宜娘？

命可算不可認，情可愛不可怕／懿珊

2022年12月出版

算什麼大師

算卦事業步上軌道後，她的煩惱就少了八成，
唯一遺憾的是，原主的執念居然是要考大學?!
去烹飪學校學做美食不好嗎？不用寫作業、練習冊，更不用考英文！
幸好，這張考卷還有選擇題，能讓她卜卦算答案混分數……

文創風 1124 **1**

神算門掌門林清音因專注修煉，不知世事，最終渡劫失敗，
本該魂飛魄散，可她轉眼成了家貧、被霸凌自殺的高中資優生。
再活一回，她決定好好體驗普通人的生活，用心享受人生，
但在世俗中凡事都要錢，她便趁著暑假在公園算卦，一卦千元。
她從群眾中挑出一個霉運當頭的青年試算開啟生意，算不準退費！
這人叫姜維，家境優渥、課業優秀，天生的氣運也是上佳，
本該是幸運兒，卻被人搶走了運氣，導致全家倒楣。
知道幫了個學霸，她開心極了，她的暑假作業就全靠他了！

文創風 1125 **2**

缺錢的林清音熱愛學習，只因為原主成績優異才能免付學雜費！
免費的課，上一堂，賺一堂，而且在學校還能到食堂吃飯。
最初，她被親媽的地獄廚藝嚇怕了，搞不懂為何大家都愛吃三餐，
如今她什麼都愛吃，還吃得特多，真的是用身體實踐把錢吃光這件事。
所以除了讀書，算卦賺錢也不能停，幸好新學期重分班後環境單純，
大家都一心專注於課業，直到她發現同學太單「蠢」，居然搭了黑車要回家。
有她在，女同學安然無恙，但這也驗證人不能只專注一件事，必須通曉常識。
藉此，她也交到了朋友，一起讀書、吃飯、住宿舍，友情……挺不賴的嘛！

文創風 1126 **3**

福兮禍之所伏，算命算得準確，林清音也換來同行眼紅檢舉迷信，
她雖不懼，但避免擾民仍是租用一間卦室，營造出舒適的環境。
替人排憂解難，總會收到額外的謝禮，吃的、喝的都很常見，但一車習題？
她平常讀書考試已經寫夠了好嗎？這確定是好意？人心真是太複雜了！
就像同樣是親戚，她媽媽家的純樸善良，她爸爸家的卻吃人不吐骨，
平常總是想占她家便宜也罷，逛街遇到了還要過來說她家窮？
她記得姜維曾經說：「看到別人被打臉是很痛快的事，有益身心健康。」
今天她就要體驗親自打臉了，想來肯定更痛快、更有益身心健康囉？

文創風 1127 **4**

順利考上想要的學校，林清音得趁著暑假將累積的算卦預約結單，
這忙碌時刻，卦室的助理卻要去度假，生活白癡如她只得另找助理。
所幸同在放暑假的姜維有空，替她把庶務安排妥當，還懂得做點心孝敬！
投桃報李，她見他對修煉有興趣，便指點一二，順利獲得徒弟一枚，
這徒弟資質只比她差一些，氣運也不錯，重點是讀同一所大學使喚方便。
上大學後，她幸運的發現一塊風水寶地，在連假時進山閉關，築基突破，
可突破後還沒來得及開心，一張開眼卻發現跟來的徒弟身上都是龍氣！
看著一點湯都不剩的鍋，她不禁嫉妒他的好運，抓個魚吃還能吃到龍珠？

文創風 1128 **5** 完

姜維到處撿龍碎片讓林清音很是眼紅，不過在謝禮中獲得靈藥跟謎之琥珀後，
她便為此釋然了短暫的時光，畢竟這時代能得到這些東西極其難得。
至於為何說短暫呢？只因接下來她就慘遭網上爆紅，預約排滿了外國人。
別說她最頭痛的英文了，光是面相判斷標準她就沒經驗，八字也得考慮時差，
雖然生意興隆，對她來說卻也是一場心靈風暴……她、她需要度假！
因此她到長白山泡溫泉，順手收了人參娃娃當徒弟，讓父母享受了當爺奶的樂趣。
說來人類的親情、友情她都覺得很美好，唯獨愛情她一直不知該怎麼體驗，
不過她很忙，而實踐才是真理，等她有空閒再挑個品行好的人來試試戀愛！

2022年11月出版

掌勺千金

文創風 1120～1121

十指不沾陽春水的嬌嬌女，
變身熱愛美食的料理達人！
不論街邊小吃，還是辦桌筵席，通通難不倒她！
千金變大廚，舞鍋弄鏟，十里飄香——

點食成金／江遙

突然穿越到小說世界裡當個千金小姐，江挽雲有點懵。
家財萬貫，貌美如花，又有個超寵她的富爹爹，
聽起來這新的人生好像不賴對吧？才怪哩——
因為她這角色，是個腦袋空空的炮灰配角呀！
爹爹死後，她被繼母剋扣嫁妝，嫁給怪病纏身的窮書生，
受不了苦日子，丟下丈夫跟人跑了，卻被騙財騙色，悽慘一生。
江挽雲畢竟是看完小說的人，自然不會讓自己落入悲慘結局，
要知道那個被拋棄的病書生陸予風，就是小說男主角，
他以後會高中狀元，飛黃騰達的呀！
所以在男女主角正式相遇前，她會做好原配夫人的角色，
照料臥病在床的男主角，以免他掛點，導致故事提早結局。
靠著一手好廚藝，她先收服陸家人的胃，再收服全家的心，
一家人齊心努力上街賣美食，脫離負債，前進富裕——
目標推廣美食！努力賺錢！爭取舒舒服服過日子！

風 文創
1146

天降好孕 2

國家圖書館出版品預行編目資料

天降好孕／松籬著. --
初版. -- 臺北市 : 狗屋出版社有限公司, 2023.03
冊 ; 公分. --（文創風 ; 1145-1147）
ISBN 978-986-509-407-2（第2冊 : 平裝）. --

857.7　　　　112001155

著作者	松籬
編輯	黃暄尹
校對	吳帛奕
發行所	狗屋出版社有限公司
地址	台北市104中山區龍江路71巷15號1樓
電話	02-2776-5889～0
發行字號	局版台業字845號
法律顧問	蕭雄淋律師
總經銷	知遠文化事業有限公司
電話	02-2664-8800
初版	2023年3月
國際書碼	ISBN-13　978-986-509-407-2

本著作物由北京晉江原創網絡科技有限公司授權出版

定價280元

狗屋劃撥帳號：19001626

網址：love.doghouse.com.tw　E-mail：love@doghouse.com.tw